文学理论教材比较研究

李红波　著

郑州大学出版社

图书在版编目(CIP)数据

文学理论教材比较研究 / 李红波著. -- 郑州 : 郑州大学出版社，2023. 8

ISBN 978-7-5645-3224-6

Ⅰ. ①文… Ⅱ. ①李… Ⅲ. ①中国文学-当代文学-文学理论-研究 Ⅳ. ①I206. 7

中国国家版本馆 CIP 数据核字(2023)第 139247 号

文学理论教材比较研究

WENXUE LILUN JIAOCAI BIJIAO YANJIU

策划编辑	王卫疆　刘　开	封面设计	苏永生
责任编辑	张　帆	版式设计	苏永生
责任校对	吴　静	责任监制	李瑞卿

出版发行	郑州大学出版社	地　　址	郑州市大学路 40 号(450052)
出 版 人	孙保营	网　　址	http://www.zzup.cn
经　　销	全国新华书店	发行电话	0371-66966070
印　　刷	郑州宁昌印务有限公司		
开　　本	710 mm×1 010 mm　1 / 16		
印　　张	15.5	字　　数	240 千字
版　　次	2023 年 8 月第 1 版	印　　次	2023 年 8 月第 1 次印刷

书　　号	ISBN 978-7-5645-3224-6	定　　价	69.00 元

序

李红波的博士论文《文学理论教材比较研究》即将出版，我由衷地为他高兴。

2000 年秋天，红波来南京大学读硕士，毕业后隔了 4 年又来读博士，前后十多年里，与我有两次师生之缘。那些年正值世纪交替的节点，百年回顾、百年反思的话题在各个领域都很红火，文学理论界也是一样。当然，这种回顾与反思也是文学理论自身发展的必然要求。20 世纪后期进入新时期以后，我国文艺理论界拨乱反正，在观念上、方法上有了重大的变化，各种探索盛行，各种意见纷纭，到了 21 世纪初，经过二三十年的激荡与沉淀，是焉非焉、得焉失焉、功焉过焉自然有一番辨析总结的需求。红波对论文选题的思考也正应和了这股思潮，确定由文学理论教材着手，则是从他较熟悉的领域切入。他一直在高校从事文学理论教学工作，对于教学改革也很热心，两种因素叠加，就促成了这样的选择。与学科前沿相比，教材特别是基础课程教材建设虽然总有其滞后性，但也不同程度反映了后者的进展，可以说是学科整体发展的一面镜子，从教材看学科，这则是他选题更深一层的动因所在。

那一时期文学理论界的上述反思是从多方面展开的，一路走来，已有相当的成绩。红波从中西比较切入进行这一研究，角度在当时是新颖的，现在看来也还很重要。在中国，文学理论作为一个年轻的学科，从最初起源到后来的步步发展，都与世界大环境息息相关，20 世纪 80 年代其爆发性的跃进尤其如此。因此，要想深入地思考我国教材建设的问题，就必须有国际的视野，要运用比较的方法。这样，中西比较作为本书的主旨和特色就自然有其突出的意义。红波搜集的中国文学理论教材有近百种，对中国有影响的英美文学理论教材则有近五十种，他就此进行了认真的对照比较。书中从四个方面分析中西教材的异同：一是文学观念的变革，二是理论范式的转换，三是学科意识的变化，四是教学观念的演进。应该说这些的确是影响教材编写的主要因素，作者抓得比较准也比较全，以此为线索，较好地展现了中西教材和理论教学的不同特点和发展趋向。针对我国教材建设，作者提出“直面当下文学实践和批评实践，打破学科藩篱，以学生需求为中心，建构开放的理论学习体系”的构想，也是中肯的意见。红波博士毕业之后又回到了他原来工作的学校，继续从事教学和研究，就文学理论教材和知识形态等问题深入钻研，本书第五章就是其中的部分成果。作者从学科边界、知识叙事和受众接受三个方面出发，着重分析关键词作为一种文学理论知识体系结构的性质和功能，在原有四个维度的基础上，从知识形态的维度丰富了全书的内容。

研究教材不可能完全局限于文学理论本身，它与教学观念和实践紧密相连，涉及教学论、课程论等教育学领域，是一个跨学科和有关学科融合的问题，可以说是一个看起来容易做起来有点难度的选题。所以，研究选题确定之后，红波恶补了一些教育学方面的知识，特别是关于文科教学、文学教学和理论教学论的知识，把我的《文科理论教学论》那本小册子翻了无数遍不说，还读了不少后现代的教育观和课程论著作，现在书中谈到的生成的文学观、活的理论、建构的知识、对话的接受等观念，就都带有明显的后现代色彩，这些都给本书增添了学术和实践价值，富有启发意义。

红波这本书的主体完成于十多年前。近些年来，文学理论教材建设和研究都有了新的进展，其中，中西教材的横向比较研究，学界虽持续有人在做，但大多还是就教材个案展开，像本书这样把教材作为整体的研究对象置于中西比较视野之下的论著，仍很难得见到。何况，本书论述的中外教材中的许多问题，不少依然存在；书中关于文学理论知识建构、书写和传播的一些分析，今天看来仍有新意。因此，本书在当下出版，对于认识中西文学理论教材的特征以及各自优劣，从而促进文学理论研究和教学而言，自然有其现实意义。

十多年来，在整个国家发展的大背景下，中国的人文社会科学包括文学理论学科都得到了长足的进步，文学事业和高等教育事业也有了新的气象，文学理论教材建设状况如何，该怎样发展，这是本书主题在新时代的自然延续，还希望红波能够继续关注和探索。

本书以文学理论核心基础课程即文学概论教材为主，兼及多方面文论教材建设，对于其中各种问题，有的给出了答案，有的只是提出了问题，给出的答案也是见仁见智，尚有或大或小的探讨空间。例如，学科理论体系与教学体系的关系，"大理论"与"中(小)理论"的关系，系统性与开放性的关系，基础性教材与提高性教材的关系，教材与专著的关系，学科前沿与基础知识的关系，中国语境与西方语境的关系，教材与教学的关系，以及诸多文学理论问题本身，等等，都还可以结合这些年文学原理研究、教材建设和教学实践的新发展做一番探究。希望红波这方面的工作不要停步，期待他为文学理论的教材建设和研究奉献更多的新成果。

胡有清

2023 年 8 月于南京大学和园

前言

进入21世纪以来，我国的文学研究界正在展开一场对文学理论的反思，在此语境之中，本书选择了教材的比较研究题目。因为文学理论教材既是文学理论知识的载体，又是传播文学理论知识的主要媒介，连接着文学理论的生产和消费；所以，从教材出发不仅能够进一步深化对文学观念、学科意识、教学观念的反思，而且有助于破解理论教学之中的接受危机。同时，通过比较研究，还能够使我们更加广泛和深入地了解英美教材的编写现状，进一步看清楚双方教材的优劣，为我国教材的编著乃至理论的重建提供有用的启示和建议。

本书绪论部分首先对21世纪以来我国教材研究现状、英美及我国教材编著情况进行了客观的综述。接着提出了本书写作的思路和方法——在转型的视域之下，进行中国与英美教材近30年平行比较研究是可能的；通过对双方典型教材的比照分析，比较它们在文学观念、理论范式、学科意识、教学观念和知识呈现五个方面异同，也是可行的。据此本书主体分为如下五章内容：

第一章是比较双方教材如何对待文学观念的转变。通过分析能够发现，在文学本质相对化、动态化和理论多元化的语境之中，英美教材面对新的文学现实，敢于发声，走向解构之中的多样建构。我国教材虽逐步呈现出文学观念多元化的趋势，但是，大多还陷在本质主义和非本质主义的冲突之中，不是在某种文学观念之下继续探寻文学的普遍本质，就是在对本质主义的清算之中走向绝对的历史主义和相对主义。这就需要我们一方面继续反思文学理论知识建构中的本质主义思维，培育知识建构中的历史意识；另一方面在提倡历史化和地方化知识观的同时，重新思考文学的共时特征。

第二章比较论述了我国与英美教材在理论范式上的不同。20 世纪 80 年代，西方理论开始了从大理论到中层理论的范式转换，与此呼应，英美教材也开始了批评理论、理论问题、关键范畴等多种中层理论的书写。同时期，我国的文学理论教材主要还是围绕着文学活动进行宏大体系的理论建构，具体表现为本质论—创作论—作品论/体裁论—接受论/批评论—发展论的“五大板块”。相形之下，把那些“单一”“大写”的理论，改写为“复数”“小写”的形态各异的文艺学知识，有助于我国当前文艺学知识的发展研究。

第三章是比较双方教材在学科意识上所表现出的差异。从 20 世纪 60 年代开始，英美的文学理论开始转向“理论”或“批评理论”。英美的教材也开始在学科网络中跨界整合，在整合的实践之中学科本位变得虚化和多元化。现阶段，我国教材在学科属性上主要表现出文学的审美性和文化性，学科的自律和他律对立互伤的状况。这种情形启发我们既要关注学科意识的转换，又要超越学科的束缚，寻找学科规训之间的过渡地带。

第四章是比较分析教材编著应如何适应教学观念的转变。理论的不可控制性和反思性使文学理论正在成为一种不确定的知识，成为“活的理论”，知识的不确定性鼓励知识在师生的对话之中生成。英美教材承认知识的相对性，尊重学习者的主体性，推崇在实践、差异之中多元生成。而我国的部分教材，在编著上追求稳定清晰的一般规律书写，偏向于知识体系的圆融和自洽。知识的不确定性要求我们在教材编著之中放弃确定性的修辞，为学生探究理论创设合适的路径。

第五章是从知识呈现的角度来看两者的不同以及教学策略的适应性转变。本章首先梳理了我国新世纪所出现的文学理论知识危机的三种表征：价值危机、实践危机和接受危机。这些危机的背后是一种知识的危机，就是文论知识与文学现实的隔膜。知识危机的背后是知识生产观念的不当和知识呈现方式的僵化，表现为知识生产主体对知识客体的过分开掘，传播过程之中对知识变异的过分恐惧。这需要我们转变知识的生产观念和呈现方式。本章第三部分是比较英美教材的几种知识生产和呈现的特别方式，分析知识的碎片——关键词与知识体系的张力，在这种张力的作用下，文学理论的知识形态开始多元化和幽灵化，难以赋形，此时教学的多元和对话变为必需。

当然，本书在最后也指出了英美教材的一些局限性。同时综合上述研究提出，我国的教材需要在知识体系的建构上，摆脱文学观念和知识建构上的本质主义束缚，直面当下文学实践和批评实践，打破学科藩篱，以学生需求为中心，建构开放的理论学习体系。

李红波

2023 年 5 月

目　录

绪　论

第一节　教材研究的现状及本书的思路和方法

进入21世纪以来，对文学理论的反思成为文学研究方向性的问题，理论家们从学科内外，对文学理论的概念、范畴、命题、知识体系以及知识建构本身，进行了全面而深刻的清理。在这股反思的潮流之中，教材作为文学理论知识的主要呈现形式和传播媒介，成了文学理论反思的途径、对象和中心，“关于文学理论教材建设与教学改革”的问题，甚至在2007年前后成为文艺学研究的热点。[①]

就文学理论教材研究的思路看，主要有以下几个方面：

一是追根溯源的历史意识。21世纪以来，在此方面的研究成果比较丰硕。代表性著作有《中国文艺理论百年教程》《中国现代文学理论知识体系的建构——文学理论教材与教学的历史沿革》《中国现代文学理论发生史》等。[②] 这三本书的共同之处就是都瞄准了20世纪的百年，《中国现代文学理

---

① 汪正龙：《2007年文艺学热点分析》，《南京师范大学文学院学报》，2008年9月第3期。

② 毛庆耆、董学文、杨福生著：《中国文艺理论百年教程》，广东高等教育出版社2004年版；程正民、程凯著：《中国现代文学理论知识体系的建构——文学理论教材与教学的历史沿革》，北京大学出版社2005年版；傅莹著：《中国现代文学理论发生史》，上海文艺出版社2008年版。

论知识体系的建构——文学理论教材与教学的历史沿革》一书选择开始的时间相对较晚是1910年,其余两本均为晚清。三本书都从我国现代文学理论的学科发起、课程设置和教材编著开始,追根求源的意识非常强烈。不同点是:《中国文艺理论百年教程》偏重于理论变迁和教材编著的有关问题;《中国现代文学理论知识体系的建构——文学理论教材与教学的历史沿革》偏重于理论教学和教材编著之间的关系探讨;《中国现代文学理论发生史》则更多的是关注现代文学理论的学科意识流变和教材编著之间的关系。具体来说,《中国文艺理论百年教程》把从晚清至20世纪90年代近百年的文艺理论的教材编著情况分为两个时段:第一时段从晚清至中华人民共和国建立,书中将其描述为文艺理论教材的萌芽—发展—演化—转变时期。第二时段是从20世纪50年代到90年代,书中将其描述为新中国文艺理论教材的创建初期—突破期—重新思考时期。该书更像是一部我国百年文艺理论的教材发展史。《中国现代文学理论知识体系的建构——文学理论教材与教学的历史沿革》分为三编:上编为中国现代文学理论知识体系的转化(1910—1949),中编为政治文化语境中文学理论教学(1949—1966),下编为新时期的文学理论教学(1978—2002)。在具体方式上,选择有代表性的教学问题或教材来透视某一历史时段。可以说,该书是关于20世纪百年的教学和教材的问题史。《中国现代文学理论发生史》虽有20世纪的百年意识,但是主要还是在"发生"二字上下功夫,通过对中外典型教材的个案分析,生动地论述了从晚清到20世纪40年代初期,我国文学理论作为一门现代学科的萌芽、发展和流变过程。虽然该书也对新时期以来的纯文学观念、典型理论以及艾布拉姆斯的"四要素"做了一定程度的反思,但是正如作者所言:"许多问题未能展开,尤其是20世纪后半叶的问题,留待以后再论。"①所以,可以说该书是关于20世纪尤其是前半叶的中国文学理论学科史。值得一提的是,三本书尤其是前两本还搜集了许多关于文学理论教材和教学的第一手资料,堪称翔实完备,具有很高的参考价值。

二是编著情况的客观调查。代表性的专著就是童庆炳主编的《新时期

---

① 傅莹著:《中国现代文学理论发生史》,上海文艺出版社2008年版,第162页。

高校文学理论教材编写调查报告》。[①] 全书抽取了新时期(1978—2004)的53本教材,分别从学科定位、体系框架、核心范畴与逻辑起点、对中国古代文论与西方文论的接受情况、思想倾向与现实关怀、教材特色、学术质量与接受情况等方面进行了文本调查,并且结合社会、文化以及理论本身的情况进行分析和判断,是对新时期教材较为全面客观的一种描述。书后也附有百年文学理论教材书名总录、新时期部分文学理论教材的详细目录等,有一定的参考价值。

三是变革之中的反思意识。代表理论家有陶东风、南帆等,他们从理论的变革和知识建构的方式上来反思教材建设中存在的问题。如陶东风认为我国现阶段的教材在知识建构上受制于本质主义思维的影响,观点僵硬,不能回应激烈变化的文学现实,特别是大多教材固守审美的无功利观念,无视了日常生活审美化的新审美原则的崛起。所以,应该重建文学理论的知识体系,当然应该重写文学理论的教材。他自己还主持编写了探索性的教材《文学理论基本问题》。其余的理论家,大都主张应该承认文化转向的事实,接受非本质的文学观念,改变文学理论知识的建构方式和思维方式,在此基础上,重建我国的文学理论知识体系。

此外还有《中国20世纪文艺学学术史》和《中国当代文学理论(1978—2008)》,二者都有部分章节涉及文艺学教材编著的具体问题。[②]《中国20世纪文艺学学术史》作为一套学术史,主要在第三部的第二、三、四章谈到20世纪50—60年代我国文艺学教材的编著问题。该书走"内史"和"外史"相结合的路子,把文艺学教材放在话语权争夺的政治、文化场域中加以考量,因此较有新意。如在谈到1950年代我国的文艺学教材编著的时候,一方面是揭示新的教学要求和过去大学传统的疏离;另一方面是论述新时代的政治话语对文艺学教学的新规约。正是内外的结合才使得文艺学教材出现新的版本和体系。《中国当代文学理论(1978—2008)》主要通过主要成绩、理

---

① 童庆炳主编:《新时期高校文学理论教材编写调查报告》,春风文艺出版社2006年版。

② 杜书瀛、钱竞主编:《中国20世纪文艺学学术史》,中国社会科学出版社2007年版[本书主要参考孟繁华著:《中国20世纪文艺学学术史》(第三部)];董学文、金永兵等著:《中国当代文学理论(1978—2008)》,北京大学出版社2008年版。

论走势、学科范式、理论反思、学科定位五个部分，试图对我国1978—2008年文学理论总体状况进行总结和反思，其中“基础研究和学科定位”部分的二、三节是对近30年教材的具体分析，比较有特色的是作者把我国的教材基本模式分为辐辏式、链带式和综合式三种，并对其利弊进行了分析，这种从理论模式角度分析教材的视角不仅新颖，而且能够窥探理论书写之中存在的一些问题。同时，作者还从辩证唯物主义的角度反思了教材在理论体系的建构之中所出现的问题以及对外国教材的借鉴情况。

以上的这些教材研究角度不同、观点不一，总结了我国文学理论教材编著中的经验，揭示了教材编著之中存在的问题，并对之进行了深刻的反思，提出了有针对性的对策，必将对我国的文学理论教材编著产生积极的影响。

如果我们跳出这三个角度，给我国的文学理论以及教材编著一个世界语境的话，就会发现：“对我国新时期文学理论教材建设影响较大的是欧美的文学理论教材，其影响几乎贯穿了近30年的全过程。”[①]新时期以来的文学观念流变、知识体系构成以及学科意识的转换等问题都与对欧美资源的借鉴密不可分，以欧美为主的西方资源成了我们近30年文学理论主要的模仿和学习对象，所以，我们有必要从中西比较的角度审视我们文学理论以及教材中存在的问题。限于资料的搜集，本书主要选取英美国家的教材作为比较研究的对象。

中外教材的比较研究工作在21世纪也取得了一定的成就，就中国与英美教材的比较来说，首先，胡亚敏的长文《英美文学理论教材编写情况调查》[②]是近年来在此方面有代表性的成果。全文不仅综述了英美当前的文学理论教材，而且按照教材类型、编写立场、逻辑思路和编排风格四个方面对英美的典型教材进行分析，并提出了自己对教材编写的新理念。全文视野开阔，信息量大，大致描述了当代英语世界文学理论教材的编写情况，对我国当下的教材编写具有一定的启发性，文后附有英美国家的一些代表性教

---

① 董学文、金永兵等著：《中国当代文学理论（1978—2008）》，北京大学出版社2008年版，第362页。

② 胡亚敏：《英美文学理论教材编写情况调查》，见童庆炳主编《新时期高校文学理论教材编写调查报告》，春风文艺出版社2006年版，第323-363页。

材，有一定的参考价值。其次，张法、张旭春等的《世界语境中的中国文学理论》[①]是新近的从比较角度研究文学理论教材的专著。该书上编从中外比较的角度，仔细分析了我国5本有代表性的文学理论教材，其中3本是21世纪以来的教材，作者吸纳了西方最新的理论，通过对典型教材的分析，论述了受国外影响的中国近百年来的文学理论发展流变情况；下编《世界文学理论的权威参考文献》，搜集了同类专著忽视的德语区、法语区和俄语区的文学理论教材的版本信息和片段翻译，参考价值颇高。董学文等著的《中国当代文学理论（1978—2008）》的第五章第三节也是对国外教材的简要分析，本节不仅大致概括了1978—2008年我国外来教材的引进情况，还分析了国外文学观念对我国教材的影响，特别是辨析了英美教材的理论模式对我国教材的影响，启发意义很强。此外，还有汪正龙的《英美文学理论教材的现状与走向管窥——兼谈对我国文学理论教材改革的启示》以及张旭春的《全球化时代的文学理论？——评〈文学理论新读本〉》等文章。这些研究对于我们了解国外特别是英语世界当下教材的编著状况以及少数国内重点教材对国外教材的模仿和借鉴情况，有一定的帮助。但客观地说，就中西教材的比较研究来说，还是处在一种情况介绍、影响研究的开拓性阶段，本书在这些研究的基础之上，就中西教材的比较做一些深化、系统和平行研究的工作。

从英美与我国教材编著的具体情况出发，本书选择了近30年[②]作为比较研究的时段。从英美的情况看，20世纪60年代，在文学研究界发生了学界熟知的从文学理论到批评理论的转向，但是这种转向带来的后果，如文学理论的多元化，跨学科化以及批评化等特征，要等到70年代中后期才沉淀反映在教材的编著之中。正如J.希利斯·米勒（J. Hillis Miller）所指出的，“事实上，自1979年以来，文学研究的兴趣中心发生大规模的转移：从对文学作修辞学式的‘内部’研究，转为研究文学的‘外部’联系，确定它在心理学、历史或社会学背景中的位置”。[③] 从西方教材编著的实际情况看也是如此，比

① 张法、张旭春等著：《世界语境中的中国文学理论》，安徽教育出版社2010年版。

② 1978—2008年，相对应于我国改革开放时期的前30年。这一时期英美与我国的文学理论及教材编著都发生了巨大的变化。后文提及近30年，不再加注。

③ J.希利斯·米勒：《文学理论在今天的功能》，见拉尔夫·科恩主编《文学理论的未来》，程锡麟、王晓路、林比果、伍厚恺译，中国社会科学出版社1993年版，第121页。

较早的多元流派型的教材也是在20世纪70年代的中后期才出现的。跟西方的境况相似,我国的文学理论也是在20世纪70年代末期,随着改革开放的社会语境开始发生根本性的转变,这种范式的转型近30年来一直不断,对我国的文学观念、知识构成和学科意识产生了巨大的影响。虽然影响我们的外部资源主要是来自欧美,但就教材的引进来说,近30年我们译介的英语区的教材远远多于法语区和德语区的,所以,我们选择近30年的时间节点,进行中国与英美教材的平行比较研究既是可能的,也是可行的。

一般说来,教材的编(著)与三个因素有关:一是教材涉及的知识领域,二是教材所属的学科意识,三是教材所持的教学观念。这三个因素对应教材的三种属性:一是作为某种知识的教材,二是作为某一学科的教材,三是作为教学用书的教材。文学理论教材的研究工作也应在以下三个向度展开:一是文学理论知识本身,二是文学理论的学科意识,三是文学理论的教学观念。因为,文学理论教材首先是文学理论知识的一种呈现,理论知识构成的变化,必将引起教材的变化;其次,教材还应是学科意识的一种表征,不同的学科意识下,编(著)者一定对理论知识有不一样的拣选和建构;最后,作为教学和学习用书的教材,编(著)者的教学观念会在教材的编著之中显现出来。结合英美教材近30年编著的实际,我们把文学理论知识本身的这一角度一分为二,一是文学观念的变革,一是理论范式的转换,因为这两个方面与教材编著关系直接,而且在西方的文学理论转型之中表现最为显著。本书做比较研究的另一理念就是:中国与英美近30年文学理论领域都发生了转向性质的变革,所以,把中西教材的编著放置在一个转型的语境之中考察,也许更能准确地描述二者之间的异同。据此,本书进一步细分为以下部分:文学观念的变革和教材的编著;理论范式的转换与教材的编著;学科意识的转换与教材的编著;教学观念的演进与教材的编著。

本书在写作方法上,全程引入英美近30年来的文学理论教材与我国教材进行比照,试图在中国和英语世界文学理论教材并置的基础上,清晰地描述近30年中国和英美文学理论的教材编著现状,准确地思考我国教材编著中存在的问题,深入地对之进行反思,预测性地提出破解的思路。在具体的做法上,本书主要是通过对国内外典型教材的比较分析,以点带面,对问题进行定性的描述;同时,结合新时期以来文学理论教材编著的具体情况,以论带史,史论结合。

第二节 1970年以来英美文学理论教材综述

自20世纪60年代之后,英美的文学理论就处在激烈的变革之中,时至今日尚未完全停歇,如后理论(post-theory)和反理论(anti-theory)等理论观念在英美的文学理论界还未完全地沉淀下来。理论观念的变革相应地引起了英美乃至西方世界教材编著的巨大变化,近30年来的教材编著尤其如此。所以为了更好地展开本论题,有必要就近30年英美教材的总体状况做以简要的概述:

笔者目前收集到的这一时期的文学理论教材共计47本(其中中译本16本,英文原版31本,含两本准教材),如果加上配套的文学理论教学读本13本(其中中译本2本)和文学理论批评史2本,总数是62本,但是我们下面的研究和数字计算主要是按照教材数量的47本计。以教材在英语世界的出版时间看,最早的是D. W. 佛克马(D. W. Fokkema)和易布思(E. Kunne-Ibsch)的《二十世纪文学理论》[①](初版1977年),最晚的是大卫·艾尔斯(David Ayers)的《文学理论:再引导》(初版2008年)[②]。

我们先从编著的体例上看英美的教材,依据严格一点的分类标准,可以分为四类(跨类型的不重复计算):一是流派型的,有31本,占到66%;二是问题型的,有13本,占到27.66%;三是关键词型,有2本,占到4.26%;四是体系型的,有1本,即R. 韦勒克(Rene Wellek)和A. 沃伦(Austin Warren)的《文学理论》。《文学理论》在美国最早出版于1949年,20世纪50—60年代

---

① 佛克马、E. 贡内-易布思著:《二十世纪文学理论》,林书武等译,生活·读书·新知三联书店1988年版(英文初版1977年)。

② David Ayers:*Literary Theory:A Reintroduction*,Blackwell Publishing,2008.(详见附录二)

在英美广受欢迎,20 世纪 70 年代之后备受冷落,至今已经被边缘化。但是,它在 1984 年被介绍到我国之后,获得了“第二次生命”,对我国的文学理论教材产生了巨大的影响,所以在此列出。

我们这里所说的流派型是指按照时间、性质或实践需要等分类标准,依次排列新批评(或形式主义)至今的主要西方理论流派的一种教材编著方法。按照时间排列的以特雷·伊格尔顿(Terry Eagleton)的《二十世纪西方文学理论》①为代表;依据性质的以基思·格林(Keith Green)和吉尔·列俾汉(Jill LeBihan)的《批评与实践教程》②为代表;按照实践需要的以汉斯·伯顿斯(Hans Bertens)著的《文学理论基础》③为代表。所谓问题型是指选择文学理论或文学批评之中的一些热点或有争议的若干问题来编著教材的一种方式,主要的代表著作是乔纳森·卡勒(Jonathan Culler)的《文学理论入门》④。所谓的关键词型是指选择一些或一个文学理论的关键范畴来结构教材的一种方法。一些关键词的代表是安德鲁·本尼特(Andrew Bennett)和尼古拉·罗伊尔(Nicholas Royle)的《关键词:文学、批评与理论导论》⑤,一个关键词的代表是彼得·威德森(Peter Widdowson)的《文学》⑥。当然,任何分类都是相对的,在这三类之间的混合搭配而成的亚类型非常多,有以共时的文学热点问题带动历时文学流派的,以艾尔斯的《文学理论:再引导》为代表;有以关键词凝聚文学流派的,以罗杰·韦伯斯特(Roger Webster)的《文学理论研究入门》⑦为代表;有把理论流派分解为关键词的,以安·B. 多贝

---

① 特雷·伊格尔顿著:《二十世纪西方文学理论》,伍晓明译,北京大学出版社 2007 年版。

② Keith Green, Jill LeBihan: *Critical Theory and Practice: A Course Book*, Routledge, 1996.(详见附录二)

③ Hans Bertens: *Literary Theory: The Basics.*, Routledge, 2001.(详见附录二)

④ 乔纳森·卡勒著:《文学理论入门》,李平译,译林出版社 2008 年版。

⑤ 安德鲁·本尼特、尼古拉·罗伊尔著:《关键词:文学、批评与理论导论》,汪正龙、李永新译,广西师范大学出版社 2007 年版。

⑥ Peter Widdowson: *Literature*, Routledge, 2004.(详见附录二)

⑦ Roger Webster: *Studying Literary Theory: An Introduction*, Oxford University Press, 1996.(详见附录二)

(Ann B. Dobie)《实践中的理论:一个文学批评的导引》[1]为代表;还有把理论流派分解为问题的,以玛丽·克拉吉斯(Mary Klages)的《文学理论:迷途指津》[2]为代表。

从编著体例的总体情况可以看出,流派型作为一种主流的编著体例已经被英美的理论界所接受,30 年中不仅在数量上占据优势,而且产生了多种变体。而问题型,自 20 世纪 90 年代至今,不断有教材推出,且较有新意,但是对于问题的选择和阐释,还没有形成相对统一的标准和模式,所以,还处在发展阶段。关键词型是在形式上非常新颖的一种编著体例,但是,其独特的形式是否能满足教材普适性的要求,还需要继续探索,所以,在英美应该还处在起步的阶段。

就英美教材编著的总体来看,以下五个方面的特征特别突出:

第一,多元开放的理念。这里的多元和开放是一个问题的两面。所谓的多元,是指英美教材在编著上不再只是依托一种文学观念或是一种文学理论流派,而是在教材之中相对地叙述多种文学观念和理论流派。在一种文学观念或者是一种理论观念的支配之下,建构一种完备体系的文学理论模式,如韦勒克和沃伦的以新批评内外研究区分的文学观念为基础所著的《文学理论》,在 1970 年以来 30 年的英美教材之中已经很难见到。所谓开放是指英美教材对很多问题或者理论的阐述都没有固定的答案或者是定于一尊的说法,如对文学是什么,应该如何进行文本的阐释等问题,教材都没有一致的看法,而是一种开放式的结论或者相对的观念,为读者的阅读和学生的学习留下余地。

第二,重视批评实践。英美的教材在编写时候,把学生批评实践能力的培养放在了突出甚至是中心的位置上。我们以流派型的教材演变为例,在 20 世纪 80 年代,主要的流派型教材都只是一种流派评述型的,把西方各种理论流派排列在一起进行流变和观点的评说,我国学界熟知的伊格尔顿和

---

① Ann B. Dobie: *Theory into Practice: An Introduction to Literary Criticism*, Thomson-Wadsworth, 2002. (详见附录二)

② Mary Klages: *Literary Theory: A Guide for the Perplexed*, 上海外语教育出版社, 2009。(详见附录二)

佛克马的教材可以作为此类的代表。但是进入到20世纪90年代之后，即把流派的介绍和学生批评实践的能力培养结合起来的教材大行其道，在形式上体现为，先介绍流派的基本知识，接着围绕批评文章如何写作，分步骤进行演示。查尔斯·E. 布莱斯勒(Charles E. Bressler)的《文学批评：理论与实践导论》[①]、多贝的《实践中的理论：一个文学批评的导引》等可作为此类教材的代表，因为，此类教材既是理论的介绍又是批评的引导，所以在书名上大多为"理论和批评引导"或者是"从理论到实践"等。大致统计，在笔者搜集的47本教材之中，实践型24本，占比一半以上，足见英美教材对批评实践的偏重。

第三，关注当代理论。具体说来就是只关注20世纪的理论，甚至是新批评或者是俄国形式主义以来的理论。这一点已经成为英美教材的共识，很少见到从古希腊或者是从柏拉图开始的理论叙述。即使有从柏拉图开始的，也只是教材的其中一个章节，一带而过[②]。如布莱斯勒的《文学批评：理论与实践导论》中第二章是关于"一个文学批评的历史纵览"，叙述了从柏拉图(Plato)到马修·阿诺德(Matthew Arnold)和亨利·詹姆斯(Henry James)近2500多年的批评历史，与新批评等流派一样，只是全书十一个章节的其中一个章节。这与英美的学科意识有关，在他们看来，在20世纪之前没有文学理论这一学科，或者说即使有文学理论，也和20世纪以后的学科内涵完全不同，不能包含其中。所以，今天在英美世界所说的文学理论就是指20世纪以来的，具体来说是新批评以来的诸多理论。强调当代性也使文学理论和文学批评史区分开来，就笔者见到的文学批评史教材，如M. A. R. 哈比比(M. A. R. Habib)的《文学批评史：从柏拉图到现在》[③]和加里·戴(Gary Day)的

---

① Charles E. Bressler, *Literary Criticism: An Introduction To Theory and Practice* (3rd edition), Pearson Education，高等教育出版社2004年版。(详见附录二)

② 在47本教材之中，从古希腊开始的共有3本，处理的方式都是用一个章节概括20世纪以前的理论。另外两本是：克拉吉斯的《文学理论：迷途指津》，用一个章节回顾了20世纪之前的文学理论；皮特·巴里的《理论起点：文学和文化理论导引》，第一章就以"'理论'之前的理论——自由人文主义"为题，叙述了亚里士多德到利维斯的自由人文主义理论。

③ M. A. R Habib: *A History of Literar Criticism: From Plato to the Present*, Blackwell Publishing, 2005.

《文学批评新史》[1],两书都是按照历史时期的划分进行的,从柏拉图或者古希腊开始追述,一直到当下,只不过前者详细后者简略而已。两种教材比较,我们发现,英美国家基本把20世纪以前的文学理论甩给了文学批评史课程,文学理论作为一门课程,当代性非常明显,这种均衡的课程分工,对我国教材如何处理文学理论的"史"与"论"的矛盾有一定的启发。

第四,实用多样的助学环节。英美教材在建构以学习为中心的知识体系时,非常重视助学环节的设计,具体说来有三个方面。一是增设词汇表、进阶阅读(further reading)等一般性的助学环节,帮助学生理解教材内容。英美的文学理论教材大多都设计有关于各个流派或者是批评实践所能用到的关键词汇,并就这些词汇的含义和用法做一简单的介绍,同时,很多教材,都在书中和书后附有进阶阅读。较有特色的一本是皮特·巴里(Peter Barry)的《理论起点:文学和文化理论导引》[2],书后所附的进阶阅读是分类的:一般性指南(general guide)(大多是教材)、参考书(reference books)(大多是词典和百科全书)、一般性读本(general reader)、批评实践应用(applying critical theory),甚至还有反理论(anti-theory)类的。相较于大多数教材只是不加分类地进行书目罗列,这种分类对学生的研读更具针对性和指导性。二是增设反思题目或参与环节,满足学生探究和参与的需求。英美的一些教材设计了一些反思或是实践的环节,用来启发学生的思维或是给学生参与的机会。如《应用中的文学理论》[3],介绍流派时在章节之间都涉及一些反思性的题目,让学生通过这些问题,明白两个流派之间的异同,思考一个流派为什么会被另一流派所取代。巴里的《理论起点:文学和文化理论导引》每一章节都设计有"停下来、想一想"(stop and think),目的就是让学生参与到批评的实践中去。还有一些教材直接把学生的论文编入,如多贝的《实践中的理论:一个文学批评的导引》和布莱斯勒的《文学批评:理论与实践导论》等,让学生成为编(著)者,充分满足学生的参与意识。三是增加批评文

---

① Gary Day: *Literary Criticism: A New History*, Edinburgh University Press, 2008.

② Peter Barry: *Beginning Theory: An Introduction to Literary and Cultural Theory*, Manchester University Press, 2002.(详见附录二)

③ Shirley F. Staton: *Literary Theories in Praxis*, University of Pennsylvania Press, 1987.(详见附录二)

章和论文写作等助学内容，帮助学生实现学习的目的。学生学习文学理论的现实目的主要有二：学会写批评实践的文章和完成与文学有关的毕业论文。英美的一些教材，直接把怎样学写批评文章和学位论文的内容编入教材。如《实践中的理论：一个文学批评的导引》和《文学批评：理论与实践导论》都有指导写批评文章的内容。马里奥·克拉尔（Mario Klarer）的《文学研究导引》①和西蒙·艾略特（Simon Eliot）和 W. R. 欧文斯（W. R. Owens）的《文学研究手册》②等教材编有指导学生写学位论文的内容。而这一些内容在我们国内的文学理论教材之中比较少见。这些丰富的助学环节，一方面看出编（著）者视教材为帮助型读本的编写理念，另一方面也体现出教材作为学习用书的根本性质。

第五，多姿多彩的理论读本。类型多种、功能多样的选本（anthologies）、读本（readers）和指导书（guidebooks），也是英美教材编写的一大特色。从编选的时间上看，有通史类，也有断代类。前者以文森特·B. 列奇（Vincert B. Leith）总编的《诺顿文学理论与批评选集》③、哈泽德·亚当斯（Hazard Adams）和勒罗伊·塞尔（Leroy Searle）二人主编的《柏拉图以来的批评理论》④最有代表性，两选本都是从柏拉图开始一直选到后殖民和性别研究等当下的流派，新锐的理论家朱迪思·巴特勒（Judith Butler）、G. C. 斯皮瓦克（G. C. Spivak）等都已经入选，属于读本之中的宏大类型。当然，最多的还是以 20 世纪为时间段的断代选本和读本，有特色的有达芬·帕泰（Daphne Patai）和韦尔·H. 考拉尔（Will H. Corral）的《理论的帝国：一个观点差异的选本》⑤，把不同观点的理论文章收编在一本书里，还有戴维·洛奇编选

---

① Mario Klarer: *An Introduction to Literary Studies*, Routledge, 2004.（详见附录二）

② Simon Eliot, W. R. Owens: *A Handbook to Literary Research*, Routledge, 1998.（详见附录二）

③ Vincent B. Leith: *The Norton Anthology of Theory and Criticism*, Norton and Company Inc., 2001.

④ Hazard Adams, Leroy Searle: *Critical Theory Since Plato* (*3rd Edition*)，北京大学出版社 2006 年影印本。

⑤ Daphne Patai, Will H. Corral (ed.): *Theory's Empire An Anthology of Dissent*, Columbia University Press, 2005.

(David Lodge)、尼尔·伍德(Nigel Wood)修订的《现代批评和理论读本》[①]、K. M. 牛顿(K. M. Newton)编选的《二十世纪文学理论读本》(*Twentieth-Century Literary Theory: A Reader*)等。值得一提的是亚当斯、塞尔二人还编选过《1965年以来的批评理论》[②],因为20世纪60年代,解构思想开始盛行,知识政治成为学院批评的范本,所以选择1965年作为理论的一个转折点能够看出这是一本很有个性的理论读本。从功能上看,有的读本既有导引还有选文,是可以作为教材来使用的,如朱莉·瑞金(Julie Rivkin)和迈克尔·莱恩(Michael Ryan)的《文学理论文选》[③]、拉曼·塞尔登(Raman Selden)的《文学批评理论:从柏拉图到现在》[④]都是如此,前者按照流派,后者按照主题,但是在每一流派和主题之前都有编者的导引,讲清楚流派或主题的流变以及编选的标准,便于学习和阅读。大多的读本都是只在该书的前面有一个总的导引。但是,在英美高校的理论教学之中,教师都会在主教材之外为学生选择一本自编或者他人编著的读本,配合在一起使用。从特色来看,一些读本和编者自己的学术兴趣结合非常紧密,主题鲜明,如尼亚尔·露西(Niall Lucy)的《后现代文学理论文选》[⑤]和伊格尔顿和德鲁·米尔恩(Drew Milne)的《马克思主义文学理论读本》[⑥]就是如此,露西是后现代理论家,伊格尔顿和米尔恩是英国著名的马克思主义理论家。还有露西·伯克(Lucy Burke)、托尼·克劳利(Tony Crowley)和艾伦·格文(Alan Girvin)的《劳特里奇语言

---

① David Lodge, Edited; Revised and expanded by Nigel Wood: *Modern Criticism and Theory: A Reader*, Pearson Education, 2000.

② Hazard Adams, Leroy Searle (eds): *Critical Theory Since 1965*, Florida State University Press, 1986.

③ Julie Rivkin, Michael Ryan (ed.): *Literary Theory: An Anthology*, Blackwell Publishing, 2004.

④ 拉曼·塞尔登编:《文学批评理论:从柏拉图到现在》,刘象愚、陈永国等译,北京大学出版社2003年版。

⑤ Niall Lucy (ed.): *Postmodern Literary Theory: An Anthology*, Blackwell Publishing, 2000.

⑥ Terry Eagleton, Drew Milne (ed.): *Marxist Literary Theory: A Reader*, Blackwell Publisher, 1996.

和文化理论读本》①,分主题编选,彰显选本的语言、文化特点,抓住了 20 世纪西方理论语言转向和文化转向的主要特征。

从大教材的视野来看,这些读本和选本都应该算是教材的一种(但是本书没有完全把它们列入研究的对象,只是作为参考对象)。在教学之中,读本除了可以作为学生和其他学习者的延伸阅读之外,还可以及时选入理论界当下最热门的文本,以弥补主教材和最新学术研究之间的时间性差距。这样,读本不仅起到了主教材起不到的作用,而且还弥补了主教材的不足,和主教材一起构成了一个教材网络,不同的内容,不同的分工,从不同的角度促进学生的知识积累和能力发展。从这一角度审视我国的教材编著,可以看出以下两点不足:一是缺乏高质量和有特色的文学理论读本和选本,这与我国几千年的理论积淀不相符,同时,近 30 年来,我国活跃的文学研究,也缺乏有特色的理论读本和选本给予体现。二是我国文学理论教材的系统化程度不高,近 30 年编著的主教材有 200 多种,但是优秀的读本和指导书确实不多,没能形成主教材、读本和指导书互相支持的学习系统。近几年,在此方面有所改善,南京大学出版社出版的胡有清先生的文艺学系列教材是教材系统化的典范。

第三节 改革开放以来我国文学理论教材综述

改革开放以来,我国的文学理论教材可谓数量众多、特色鲜明。据《新时期高校文学理论教材编写调查报告》的统计,从 1978 年至 2004 年,我国出版的教材有 300 种左右②(含再版、修订等情况)。就笔者所搜集到的 98 种教材来说(不包含 21 世纪的再版教材),从出版时间上看,最早的是 1979 年

---

① Lucy Burke, Tony Crowley, Alan Girvin(ed.): *The Routledge Language and Cultural Theory Reader*, Routledge, 2000.

② 参阅童庆炳主编:《新时期高校文学理论教材编写探查报告》,春风文艺出版社 2006 年版,第 1 页。

版的蔡仪的《文学概论》,最晚的是2009年版的李春青、赵勇的《反思文艺学》。从名称上看,名为“文学概论”的有42本,名为“文学理论”的有24本,名为“文艺学”的有16本,名为“文学原理”的有14本。这些教材从整体上看,呈现以下四个方面的特征:

第一,以审美为中心的多元文学观念[①]。改革开放以来,我国文学观念多次变革,但是,审美作为一项指标,或是占据主要位置,或是成为文学观念有机的组成部分,始终为我国的文学观念提供支撑。客观来说,这与我国近30年文学活动的现实有密切的关系。因为审美的文学观念是我们为追求文学的自主性和政治话语博弈的结果,具体地说,是我们和庸俗社会学斗争得来的,一定的意义上,对我们自主文学观念的形成弥足珍贵。从存在的理由来看,1992年之前,主要是为了对抗庸俗社会学的观念;1992年之后,作为高雅文化代表的超功利的审美观念,又肩负起了对抗低俗大众文化的任务。就是说视文学为无功利的审美观念,基本符合20世纪80年代以来我国的文学现实,能够说明主流的文学现象,所以至今仍有生命力。

这种状况在教材之中体现得也很清晰,在以群和蔡仪主编的教材[②]之中,主要是反映论的文学观,且文学观念和政治话语较为紧密地捆绑在一起。到了20世纪80年代初期已经开始出现审美观念复归的信息,一些教材开始关注文学艺术之中的美以及审美属性。如1983年版易健和王先霈的《文学概论》和1984年版童庆炳的党政干部的自学辅导教材《文学概论》,都在文学的本质和特征部分提出文学是社会生活审美反映的命题。1985年版十四院校编写的《文学理论基础》就谈到了文学的审美作用,而且强调“文学的认识作用和教育作用只有通过文学的审美作用才能达到”。[③] 这种以审美为基础的文学多种社会作用的论述至今仍是我国教材的主流观点。到了20

① 这里所说的审美是指一种以德国古典哲学为基础的无功利的审美,不是当下“新美学”所提倡的关于日常生活的审美。

② 以群主编:《文学的基本原理》,上海文艺出版社1980年版;蔡仪主编:《文学概论》,人民文学出版社1981年版。

③ 十四院校《文学理论基础》编写组编:《文学理论基础》,上海文艺出版社1985年版,第106页。

世纪80年代中后期,以审美为内涵论述文学本质和特征的教材①就越来越多了。可以说,从1979到1989的10年时间,我国文学理论界在对文学观念的认知上,基本上完成了从意识形态的反映论到无功利审美论的转变。到了1989年的时候王元骧的教材之中已经出现了文学是审美意识形态的命题,开始整合意识形态和审美两种文学观念。1990年黄展人的教材借鉴了这一命题,后来童庆炳的《文学理论教程》强化并推广了这一命题。

就21世纪近10年审美的文学观念在教材之中的表现来说,主要有以下三种表征:一是单独强调审美,认为文学是一种审美活动。如鲁枢元等人主编的《文学理论》②。二是审美和意识形态对接。如王元骧主编的《文学原理》③和童庆炳主编的《文学理论教程》。三是审美和其他指标并列成为文学的特征。如童庆炳主编的《文学理论新编》④。

第二,以文学活动为基础的理论体系。改革开放以来我国的文学理论在总结自身近百年的理论传统和借鉴国外理论框架的基础上,形成了有着我国特色的理论体系,那就是以文学的本质、创作(生产)和阅读(消费)的活动过程为基础的多种板块理论。在教材之中出现的主要论题和一般的顺序是本质论—创作论—作品论(体裁论)—接受论(批评论)—发展论,俗称"五大板块",也有人称为"五大论"。从笔者调查的近100部的教材来看,直接和间接使用此种理论体系或框架的教材要占到96%以上。从21世纪教材编著的具体情况看,大部分教材还是采用了这种理论架构来进行理论的书写,此种现象一方面表明这一理论模式的生命力,一方面也表明我国理论界对此种理论模式的认同。一些理论家认为"五大板块"的理论模式符合M. H. 艾布拉姆斯(M. H. Abrams)的艺术四要素(世界—艺术家—作品—欣

---

① 代表教材有1986年版林焕平主编的《文学概论新编》、1987年版王振铎和鲁枢元主编的《新编文学概论》、1988年张豫林主编的《文学概论教程》、1989年童庆炳主编的自考教材《文学概论》等。

② 鲁枢元等主编:《文学理论》,华东师范大学出版社2009年版。

③ 2002年新版的《文学原理》继承1989年版的文学观念,认为文学是一种审美意识形态。

④ 童庆炳主编:《文学理论新编》,北京师范大学出版社2005年版。本书主张文学离不开三个维度:语言、审美和文化。

赏者)说,所以“在文学概论多种教材中广为流行也就不足为怪了”。[①] 同时,也有编者从教学的角度指出:“对于一本‘概论’性质的文学理论教科书来说,这种(五大板块)结构和布局有其坚实的合理性。”[②]这种理论模式是否完全合理、完全符合教学的要求,可以暂且不论,但是在教材编著之中的流行确是事实。与英美教材灵活多变的中层理论和小理论的书写相比,这种体系的文学理论知识更新太慢,有的文学理论命题已经不适应新的文学现象和文学实践。和21世纪学生对理论的多元化要求相比,这种理论体系显得抽象和僵硬。

第三,以普遍原理为特征的知识性质。如果我们把理论也作为一种知识,就非常有必要思考这种知识的性质,即理论以一种什么样的面目示人。纵观我国近30年的文学理论教材,视文学理论为文学的“基本原理”“基本规律”或者“一般规律”的是主流的知识观念。从以群的《文学的基本原理》到童庆炳的《文学理论教程》,对文学理论知识性质看法一脉相承,认为文艺学是“一门以文学为对象,以揭示文学基本规律,介绍相关知识为目的的学科”[③]。即使是陶东风的《文学理论基本问题》和南帆的《文学理论新读本》等创新型的教材,虽明确提出非本质的文学观念,反思文学知识的普遍原理存在,但在论述文学问题时仍然使用纯理论推演的形式,潜意识之中继续寻找认知文学一般规律的“灵丹妙药”。这和英美教材批评与理论混杂的编写理念有所不同。

持有这种文学理论知识性质的教材大多都认同一种文艺学的“三位一体”架构的学术分工[④],认为文艺学“包括三个分支,即文学理论、文学批评和文学史”。这三个领域正好对应文学的基础理论、应用理论和历史意识。这种分工又与我国的文学基础理论课、批评实践课和文学史课的课程设置相

---

① 童庆炳主编:《新时期高校文学理论教材编写调查报告》,春风文艺出版社2006年版,第40页。

② 鲁枢元等主编:《文学理论》,华东师大出版社2009年版,绪论第2页。

③ 童庆炳主编:《文学理论教程》,高等教育出版社2004年版,第3页。

④ 值得一提的是以群和蔡仪以及21世纪初期的一些教材之中没有这种文艺学“三位一体”架构的学术分工论述。充分说明这种学术分工不是自然而然的,所以其来自何处,为什么会对我国教材编写的学科意识产生巨大的影响,需要反思和研究。

一致,这种学术分工看似完美,但在实际操作上对文艺学或者说文学理论教材的编写有着很高的要求。调研我国新时期的教材编写,几乎没有一本教材能够把这三类问题都做以论述和研究,因为这三类问题在实践上是文艺学这个中文二级学科无法包含的,应该是文学研究这个更大学科的研究内容。所以,英美学界已经开始出现不少以文学研究为旨归的导引型教材[①],此类教材既包含理论引导,又有文学批评和评估,还有关于文学史书写的问题,值得我们借鉴。

第四,以基础理论为特色的教学体系。应该说,这种教学体系的形成与普遍原理的知识追求相呼应,正是对文学知识普适性的强调,才使文学的基本规律成为研习的重点,这已经成为我国教材的一个共识。认为文学理论课就是文学的基础知识或基础理论课,是关于文学基础理论的教学。体现在课程上,我们课程名一般都为"文学概论",很显然有导论和基础知识的意思,是给文科大一和大二的学生学习的。体现在教材编写上,大多教材都认为书中的知识应该是关于文学的"ABC",是一种文学的基本知识和基础理论。一些教材直接将名称定为《文艺学基础》《文学理论基础知识》《文学的基本原理》等。在这样的教学观念指导下,我国绝大多数教材是在谈论文学的基本特征、文学基本文类的知识、文学写作的普遍规律、文学阅读和批评的基础知识等。从入门的角度来说,刚刚接触文学理论的文科大学生学习一点基础的理论知识是必要的,但是,由于这种基础知识远离开了当下的文学问题、新近的文学思潮、流派,以及当前的文学热点,所以从接受者的角度看,和处在青春期大学生阅读的大众性、当代性和多元化有一定的隔膜,一定程度上会造成学生学习兴趣的减弱。英美的教材虽然也强调导引和基础,但是由于英美整个文学理论的知识体系近30年有着一种批评化和问题化的转向,所以即使是导论型的教材也很重视对当下文学现象、文学问题及热点的解读、判断和评估,重视对学生批评能力的培养,和我国的教材有很大的不同。

---

① Simon Eliot, W. R. Owens: *A Handbook to Literary Research*, Routledge, 1998. Mario Klarer: *An Introduction to Literary Studies*, Routledge Taylor & Francis Group, 2004. Alan Durant, Nigel Fabb: *Literary Studies in Action Interface*, Routledge, 1990.(详情可参阅附录二)

第一章
文学观念的变革与教材编著

第一节　文学本质的消解与文学观念的变革

在20世纪60年代之前，在英美国家的文学研究领域处于支配地位的理论是新批评。新批评是建基于形式主义之上的一种文学理论，它视文学文本为一种独立自足的审美结构，文学文本是完全有别于其他的文本的特定的文本，有着自己清晰的身份和独特的本质，可以超越历史、社会和文化的语境而存在。文学批评就是对文学文本的独有形式进行细微的解读，在对文本语言的张力、含混、反讽等独特的形式技巧分析的基础之上，可以产生出一种对文学文本具有普遍指导意义的文学理论。从默里·柯理格(Murray Krieger)在谈近代美国理论的时候所提出的"新批评削弱了历史的强调，转而寻求形式的——或更精确地说——结构的原则，认为这些原则能说明任何文学作品的特殊性质"[①]可以看出，新批评认为文学是有普遍本质的，文学理论是一种超越于文学批评之上的抽象理论，它完全可以从批评之中抽取出来，然后去指导文学批评，在一定的时候再嵌入文学批评之中而不会走样和变形。

20世纪的60年代之后，新批评的理论受到了解构主义和实用主义哲学

---

① 柯理格著:《近代美国理论:建制·压抑·抗拒》，单德兴编译，书林出版有限公司1995年版，第6页。

思想的挑战，一股消解文学本质的思潮开始弥漫开来，一直影响到当下的文学研究。如果我们仔细辨识这股消解思潮，会看到这样的四种路径：

第一种，解构主义。以雅克·德里达（Jacques Derrida）和乔纳森·卡勒（Jonathan Culler）等为代表。卡勒是德里达思想在美国忠实的拥护者和优秀的阐释者。在解构主义者看来，文学不是没有本质的，而是有着一种独特的本质，这种本质就是不断超越自我、颠覆自我，文学就是一种倾向于淹没自我的建制。因为“仅仅保持本来面目的文学会是什么样子呢？假如它是自身，它即不是自身”。[①] 也许文学的魅力正在于对以前的文学观念的超越，优秀的文学文本一定是对以前的文学传统的超越、偏离、修正甚至是颠覆，如果做不到这一点，就不能晋升到成功之作的行列。正如鲁迅先生说过的：“总之，自有《红楼梦》出来以后，传统的思想和写法都被打破了。”[②]所以，德里达指出：“应该宣告，不论在什么情况下都不存在文学的本质，不存在文学的真实，无所谓文学的存在和存在的文学 。”[③]

第二种，生成主义。以莫里斯·布朗肖（Maurice Blanchot）和吉尔·德勒兹（Gilles Deleuze）为代表。生成哲学推崇运动和不确定性，就文学本质来说，德勒兹等认为不存在一种可以用一种维度或是多个维度捕获的文学本质，因为“写作是一个关于生成的问题，它总是未完成的，总是处于形成之中，超越了任何可经历的和已经历的体验之内容”[④]。这句话表明：一个文本的身份和意义总是处在一种生成或者说是生产的状态之中，不可能静止和稳定下来。布朗肖的看法与德勒兹一致，他指出：“然而，作品——艺术作品、文学作品——既不是完成的，也不是未完成的：作品存在着。……除此之外，作品什么也不是。”[⑤]生成的观点告诉我们，一个作品永远不会完成，只

① 雅克·德里达著：《文学行动》，赵兴国等译，中国社会科学出版社 1998 年版，第 149 页。

② 鲁迅著：《中国小说的历史的变迁》，见《鲁迅全集》（第九卷），人民文学出版社 2005 年版，第 348 页。

③ 雅克·德里达著：《文学行动》，赵兴国等译，中国社会科学出版社 1998 年版，第 113 页。

④ 吉尔·德勒兹著：《哲学的客体：德勒兹读本》，陈永国、尹晶译，北京大学出版社 2010 年版，第 243 页。

⑤ 布朗肖著：《文学空间》，顾嘉琛译，商务印书馆 2003 年版，第 2 页。

有作家的写作工作暂告一段落；没有原发性的文学创作，只有一种普通的写作行为，这种行为的结果是可能在“游牧”的过程之中生成文学。

第三种，实用主义。以伊格尔顿和美国哲学家理查德·罗蒂（Richard Rorty）为代表。伊格尔顿在谈到文学文本和其他文本的区分时，很形象地指出：“一件作品可能是作为历史或哲学而开始其生命的，然后逐渐被列入文学；或者，它可能是作为文学而开始的，后来却由于其考古学上的意义而受到重视。有些文本的文学性是天生的，有些是获得的，还有一些是被强加的。在这里，教养可能比出身重要得多。问题也许不在于你自何处来，而在于人们怎么对待你。如果他们决定你是文学，那么你似乎就是文学，不管你自己觉得你是什么。”[①]在伊格尔顿看来，不存在必然本质上的文学文本，只存在一种幸运的文本，在社会文化的运作之中，偶然成为文学。一个文本能否成为文学文本，不在于其来自哪里，而在于要去哪里。我国文学史上，就有着长久发达的“良史为文”的传统。从实用主义的角度看，一个文本在文学的历史上，有可能被加冕或是被罢黜文学的称号。

第四种，混杂主义。以米歇尔·福柯（Michel Foucault）和爱德华·W.萨义德（Edward W. Said）为代表。福柯通过激活“话语”这一古老的概念，认为文学、哲学和科学等学科都是通过话语实践所形成的一个领域和范围，但是，任何东西都不能预先保证这个范围——在我所处尚属简陋的测定这一点上——将是稳定的和自律的。[②] 换句话说，文学和其他的学科一样是一种知识，一种话语实践，而且和其他类型的话语混杂在一起，无法完全从社会文化的语境之中独立出来。文学本身和其他的学科一样也是一种社会文化权利的表征。萨义德则是从批评的角度，提出批评的世俗性就是让批评作品重新连接上它们所源自的社会、机构或生命。[③] 通过细读激活文本中的每一个词语，揭示文本中一种文化对另一种文化的宰制和塑形，发现文本中大

---

① 特雷·伊格尔顿著：《二十世纪西方文学理论》，伍晓明译，北京大学出版社 2007 年版，第 8 页。

② 米歇尔·福柯著：《知识考古学》，谢强、马月译，生活·读书·新知三联书店 2003 年版，第 230—231 页。

③ 爱德华·W.萨义德：《权利、政治与文化——萨义德访谈录》，薇思瓦纳珊编，单德兴译，北京，生活·读书·新知三联书店 2006 年版，第 25 页。

众已经习以为常的权利建制,恢复文本和现实的紧张对抗关系。这就需要把那种依据纯粹的文学性,从其他文本中区分出来的文学文本再次置于社会文化的关系网络之中进行考察。

这种从不同的角度对文学本质的消解,对近30年来的文学研究和理论书写带来了深刻的变化,引起了文学观念和文学理论的相应变革。这种变革主要表现在以下两个方面:

第一是文学本质的相对化和动态化。从以上消解文学本质的四种途径就可以看出,解构主义和生成主义是持一种动态的文学本质观,认为文学本质是不断变动和超越的;实用主义和混杂主义是持一种相对的文学本质观,认为文学的本质是一种偶然而不是必然。但是,它们都不完全否认文学本质的存在。也就是说,文学本质的消解并不意味着文学标准的完全丧失,也不意味着文学文本和其他的文本没有任何的区分。实际上,无论是在普通人的心目中还是在专业的文学研究之中,人们都会拥有自己的区分和批评的标准,换言之,我们在"文学是什么"的问题上存在着一些共识,这些共识可以帮助我们很快把文学和非文学的文本做以区分。因为在我们各式各样的阅读经验之中,把文学和非文学做某个最小的区分有其实用的价值。[①] 但是,这也说明只存在一种相对的、动态的文学本质,不存在一种普遍的、永恒的文学本质,不存在一种像新批评所推崇的那种适用于一切文学作品的绝对的文学本质,在不同的社会文化语境、不同的地域之中,会有着不同的文学观念。没有一种静止、稳定的文学本质,因为不同的历史时期、不同的文化语境中的人们对文学有不同的观念。汉代人对文学的看法就会和唐代人不同,我国改革开放之前的文学观念和今天的文学的观念也有很大的区分,从马克思主义的角度看文学和从精神分析的角度看文学也会有很大的差别。所以,文学本质伴随着语境的不同不断地变化,只存在一种动态的不断生成的文学观念。总之,那种脱语境的、永恒的、普遍的文学本质是不存在的,只有一种具体的、相对的、不断变化的文学本质。

第二是理论的多元化。文学本质的消解,最终动摇的是看似坚固的文

① 柯理格著:《近代美国理论:建制·压抑·抗拒》,单德兴编译,书林出版有限公司1995年版,第100页。

学边界。从审美的角度看来,非常确定的文学与非文学的界限,在意识形态的反思之下,很快就会松动;从虚构的角度看,非常清晰的文学边界,在写实的冲击下,会变得非常模糊。任何一种关于文学本质的建构,很快都会被超越和颠覆。但是,从欧美文学研究的现状审视,文学本质的消解并没有使文学或是文学研究消失,相反,很多的非文学文本在某种文学观念的支持下,开始进入文学的领域。这些进入文学领域的不同文本背后都有着自己独特的理论假定,这些理论伴随着文学文本的扩容,也开始进入文学理论的领域。20 世纪 60 年代之后,从不同的学科和不同的领域进入文学研究领域的理论多达数十种,如精神分析、马克思主义、结构主义和后结构主义、现象学、接受理论、女性主义、后殖民主义等,分别从心理学、哲学、社会学、人类学等学科,进入文学研究领域,成为文学的理论。洛奇这样描述:"最近文学研究的理论从其他学科借用了大量的术语和概念,如从语言学、精神分析、哲学和马克思主义学科。在这个过程中,文学批评被卷进了一个旋涡,这个旋涡是由这些学科合并、互跨所形成的一个研究新领域,总的名字称为'理论'。"[①]从今天后视的角度看,这些理论进入文学研究领域,并没有也不是要解决文学本质的问题,但是给研究文学敞开了更加广阔的视角。就是说,没有一种理论能给"文学是什么"一个最终圆满的答案,但是,从不同角度看待和审视文学,是必要的也是必需的。这些理论给文学研究带来了很多意想不到的活力,使文学研究呈现出不同于传统的全新的面貌,就当下的文学理论状况来说,理论多元化已经是不可遏制的势头。

在当下英美的文学研究之中,文学本质的相对化、动态化和文学理论的多元化,这种既对立又统一的研究格局,一方面给文学研究带来了新的观念和方法,另一方面也给文学理论带来了困惑,那就是在多元化的文学理论之中,如何把握文学的相对本质,如何对文学理论做有秩序的书写。这既是文学理论教材编著之中一个基本的问题,也是文学研究领域带有挑战性的一个问题。

---

① David Lodge (ed.), Revised and expanded by Nigel Wood: *Modern Criticism and Theory: A Reader*, Pearson Education, 2000, pp. xi-xii.

第二节 解构中的建构
——英美教材文学观念建构的主要方式

20世纪60年代之后,解构主义和实用主义的哲学观念在欧美学界成为主潮,稳定的二元观念和事物的深层结构被质疑或是颠覆,这种思潮对人文学科的学术实践产生了巨大的影响,慎谈规律、回避本质的思维方式开始盛行。文学理论的领域亦是如此,文学研究完全突破了文学具有普遍、稳定本质的新批评观念,开始了文学本质的多元化探索,文学理论的多范式书写。这一点在文学理论教材的编著之中也得到了充分的体现,就英美近30年教材的文学观念建构来看,主要有以下三种情况。

一、指出理论的发展方向

在指出理论的发展方向方面,流派型的教材最具有说服力,因为流派型的教材从形式上看,只是多种流派的排列组合,是文学本质消解之后的产物,符合理论多元化的趋势。但是细读就会发现,英美大多的流派型教材都有着明确的文学观念和显豁的理论立场,如:佛克马和易布思的《二十世纪文学理论》、伊格尔顿的《文学理论导论》、塞尔登等的《当代文学理论导读》等。目前,对我国文学理论影响较大的还是伊格尔顿的《文学理论导论》。这本教材在总体的文学观念上是非本质主义的,主张文学没有普遍的本质,但是在回答"文学是什么"这一问题的时候,作者更偏向于实用主义,提出了颇有影响的"杂草"理论。所谓"杂草"理论,是说一个文本成为文学是我们选择、使用的结果,不是天生如此,所以"'文学'和'杂草'不是本体论(ontology)意义上的词,而是功能(functional)意义上的词:它们告诉我们的是我们的所作所为,而不是事物的确定存在"①。这句话表明,文学性不是一

① 特雷·伊格尔顿著:《二十世纪西方文学理论》,伍晓明译,北京大学出版社2007年版,第9页。

种脱语境的存在，而是一种社会性存在，存在于社会实践和批评实践之中，与“我们的所作所为”有关，更多的是社会、文化的价值判断。

在此理念引导下，作者在考察英国文学的兴起的时候就明确提出“文学，就我们所继承的这一词的含义来说，就是一种意识形态。它与种种社会权利问题有着最密切的关系”①。对文学本质实用主义的分析，与作者意识形态的文学观念是相辅相成的，因为重视文学在实践流程之中的社会身份，导致的必然是意识形态性质的批评，也就是作者提出的政治批评。接着作者就用意识形态的文学观念评述了西方世界20世纪80年代之前主要的文学流派（所以，国内一些译本也根据本书内容把书名意译为《二十世纪西方文学理论》），最后伊格尔顿坚定地指出：“从雪莱到诺曼·N. 霍兰德，文学理论一直就与种种政治信念和意识形态标准密不可分。”②能够看出，对文学理论政治性的强调与文学观念的意识形态主张是一致的，或者说前者是后者在理论上的具体表现。可以说，伊格尔顿正是基于自己对文学属性的判断，指认了文学理论的方向，得出政治批评的结论。这一方面与伊格尔顿个人的学术兴趣有关，因为他是一个马克思主义的左派理论家；另一方面与西方20世纪60年代以来的学术转向有关，那就是由街头的政治转向知识的政治，学院的批评开始兴起。

佛克马和易布思的《二十世纪文学理论》也是非常有特色的一部流派型的教材，有着自己对文学理论和批评的判断。书中没有盲目地去追逐英美的非本质思潮，一味对文学本质进行拆解，随意对文学理论进行多边建构，而是冷静地指出：“文学肯定不是一个静止的概念，而必须从共时和历时这两种角度加以确定。”③正是基于此种理念，选进教材的四种文学理论基本按照历时顺序展开，同时，编者更加偏重对文学的共时观照，致力于寻找一种“超语言”（metalanguage）式的文学理论，因为“我们虽然不能寻出一切有关

---

① 特雷·伊格尔顿著：《二十世纪西方文学理论》，伍晓明译，北京大学出版社2007年版，第21页。

② 特雷·伊格尔顿著：《二十世纪西方文学理论》，伍晓明译，北京大学出版社2007年版，第196页。

③ 佛克马、易布思著：《二十世纪文学理论》，林书武等译，生活·读书·新知三联书店1988版，第4页。

方面的总规律,但无疑地能够发现文学是由一些具有普遍性质的‘关系’所决定的”①。在这种文学观念的指引下,著者期望从流派的历史沿革之中,找到共通的概念和价值追求,进行文学的科学化研究。所谓科学化的研究就是要求“任何一种文学理论都应该有方法确保研究者的观察和结论不因他个人的偏爱和价值观念而受到干扰”②。这种排除研究者个人主观因素的理论观点代表着文学批评“硬知识”的模式追求,在今天看来是受到了当时自然科学知识性质的影响,需要反思。但是著者对文学本质共时性的追求和描述,对于当下文学研究之中的非本质主义泛滥和文学价值观的混乱状况,不啻是一种清醒剂。值得一提的,这一教材有着鲜明的比较文学特点,因为编者都是比较文学的学者,所以,形式主义的“母题”分析、中国对马克思主义文学理论的接受以及接受理论的历史问题等议题,都带有浓厚的比较文学色彩。

塞尔登等的《当代文学理论导读》是近 20 年来在英美较有代表性的流派型教材,相比以上的两种教材,这本 1985 年初版,2005 年第 5 版的教材与前两本教材相比有两点明显的差异:一是教材的引论之中既没有对文学本质的预设也没有对文学本质的讨论。二是教材编选的流派比以上两种教材多了许多,主要是一些在 20 世纪 80 年代前后出现的新理论,如后现代理论、后殖民理论等。这种差异的出现并非仅仅是因为这本教材晚出,主要的原因仍是基于编(著)者的文学理论观念。首先,在编(著)者看来,与其小心翼翼地描述文学的本质,不如系统地思考文学理论的秩序更有价值。所以,教材论述的对象由文学转为文学理论,编(著)者依据罗曼·雅克布森(Roman Jakobson)的语言学交流模式来为文学理论分类,主要分为作者——浪漫人文主义理论;读者——现象学理论;写作——形式主义;语境——马克思主义四种,对文学理论这种归类,表明了教材对文学理论的反思意识进一步增强。同时,这种用文学理论的反思替代文学本质讨论的做法,在近 20 年的英

---

① 佛克马、易布思著:《二十世纪文学理论》,林书武等译,生活·读书·新知三联书店 1988 版,第 10 页。

② 佛克马、易布思著:《二十世纪文学理论》,林书武等译,生活·读书·新知三联书店 1988 版,第 8 页。

美教材之中颇受欢迎。其次,作者还对近20年的文学理论变化,做出了自己解读,认为近20年的西方理论存在着一个"理论转向时期",在这个"'理论转向时期'孵化出了大量的、多样的实践部落,或者说理论化的实践,它们对自己的课题有清醒的自我意识,同时又代表了至少在文化领域中政治行动的激进形式"①。而女性主义批评、后殖民主义批评以及酷儿理论等正是这种理论转向的产物,也是与文化研究和社会运动密切相关的理论政治,编(著)者把这种尚未完成的理论转向称为"后理论"(post-theory),认为这就是正在到来的理论。

通过对先后传入我国的三本流派型教材的比较分析能够发现,非本质主义的文学观念并没有使英美教材完全陷入流派的无序堆积之中不能自拔,而是一方面开放式地述评众多的文学理论和批评流派,另一方面预测性地指出文学、文学理论或文学研究的发展方向,对当前的文学研究或文学现状做出自己的判断或描述。这一点在西方的很多教材中都有体现。

二、提出相对的文学观念

非本质思维的盛行虽然有助于客观全面地审视和理解文学现象,但是很难对文学现象和文学现实进行深入和系统的解读,所以,如何在解构的视野之下,立足于一定的角度和位置,提出相对的文学观念,重新认知当下的文学现实,也是教材编著之中不可回避的一个主要问题,一些英美教材对此做出了有益的探索。

威德森的《文学》②一书是一本直面文学观念变革的书,对文学和现实关系的探索,提供了新的经验,值得我们借鉴。作者在开篇的时候,就谨慎地提出自己的写作理念:"进一步说,这本小册子的主要设想是,在一般文化生

① 拉曼·塞尔登等著:《当代文学理论导读》,刘象愚译,北京大学出版社2006年版,第9页。

② 彼得·威德森著:《现代西方文学观念简史》,钱竞、张欣译,北京大学出版社2006年版。严格来说,这本书不是一本教材,虽然北京大学出版社以现代精品教材的名义引进,但它是英国劳特里奇出版的一套新的批评术语中的其中一本,类似的还有《话语》《崇高》《互文》《隐喻》等,本书的原名是《文学》(*Literature*),由于内容上主要是论述20世纪西方文学观念的发展,所以中译本的书名为《现代西方文学观念简史》。

产的范围内思考文学的当代性,包括它的本性,它的产地、它的功能。"[①]这句话包含了三个方面的意涵:一是本书的当代性,就是说作者主要探讨20世纪以来的文学观念变革,这是英美教材的一个特点,前面已经有过说明,这一点在本书之中体现得也很充分。二是本书的文化性,即作者不是把文学仅仅作为一种非现实的独特写作,而是把文学作为一种文化产品,但是又不等同于一般的文化产品,而是有着自己独特品格的文化产品。这其实也是本书的第三点,就是文学的独特性。把后二者联系起来,就是作者在本书之中把文学视为一种独特的文化产品,所以,作者"不是去界定'文学是什么',而是对于站在新千年开端的我们自己,力求暂且去弄明白文学可能意味着什么"[②]。

为了弄清楚当下的文学意味着什么,作者特意选了三个中心问题:一是文学,二是文学价值,三是经典。这三个问题都跟文化有关,尤其是后两者。从文学价值看,文学是在社会、文化的接受之中实现自己的价值的;从经典来看,传统经典受到的挑战和新经典的崛起,事实上是文化价值的一种转换,这本身就是一场正在发生的文化战争。所以,在整部书中作者重视的不是文学是什么,而是我们如何看待文学,因为我们将文学视为什么,文学就将以什么样的方式发挥作用。接着作者就在第二章简要回顾了古希腊以来人们是如何看待文学的,谈到阿诺德等人的文学观念时,作者指出:"他们将文学视为道德与精神价值的宝库,认为这些价值可以集中地代表完整的'人文'教育,可以增进民族文化。"[③]进入到20世纪之后,作者还探讨了文本细读和美国精神的关系。第三章是一个过渡章节,作者主要是想说明:文学观念在20世纪60年代发生了怎样的变化?为什么传统经典被怀疑?大众文化怎样冲击着"大写的文学"而导致了各种"小写文学"的出现?第四章和第五章是该书的主要部分,作者主要是说明文学作为一种独特的文化产品,如

① 彼得·威德森著:《现代西方文学观念简史》,钱竞、张欣译,北京大学出版社2006年版,第2页。

② 彼得·威德森著:《现代西方文学观念简史》,钱竞、张欣译,北京大学出版社2006年版,第1页。

③ 彼得·威德森著:《现代西方文学观念简史》,钱竞、张欣译,北京大学出版社2006年版,第46页。

何被读者阅读，通过改变读者的自我，进而形成一种“模式”或是“观念”，并最终改变现实。

可以说作者在书中主要就是围绕文学和现实之间的关系来论述的，所以作者在书的最后直接说：“我在整部书里一直反反复复地重申：正是各种文学创造了‘诗化现实’，它们通过一种创造性的文本编织，从不成形的事物中，形成某种‘模式’和‘主体感’，这也表示出，正是过去和当下的文学作品‘写作了我们’。”[①]从全书我们可以看出：作者正是在文学和现实的互相建构这一基本的观念出发来论述西方的文学变革的。所以，作者非常重视文学的文化属性，认为文学既是文化的表现者又是文化的塑造者。在这种观念的支配下，作者在“文学—现实—读者”的三角架构之中，探索文学存在的意义和价值。

如果说威德森的《文学》一书指出文学和现实之间的互相建构关系，把文学视为一种文化产品，一定程度上是受到了文化研究，特别是英国文化唯物主义和新历史主义的影响。那么米勒的《论文学》[②]，提出文学是一种虚拟现实，则更多的是接受了解构主义思想的影响。

米勒早年深受德里达解构思想的熏染，而且一直没有抛弃解构主义的学术思想，德里达有关解构的思想，仍是写作《论文学》这本非常有特色小书的哲学基础，这一点在米勒的长篇论文《论文学的权威性》[③]之中可以得到印证。所以，作者在一开始就使用了一个既感性又煽情的小标题——“再见

---

① 彼得·威德森著：《现代西方文学观念简史》，钱竞、张欣译，北京大学出版社2006年版，第194页，译文参考英文原文有改动。

② 这本书虽然不是作为教材引进的，但是更像是一本教材，全书共有五章：第一章，什么是文学；第二章，文学是虚拟现实；第三章，文学的秘密；第四章，为什么阅读文学；第五章，如何阅读文学；第六章，如何比较地阅读文学。这六章既包含了文学研究的主要问题，又介绍了西方20世纪的代表性的文学理论，同时全书在介绍理论的全过程时结合作者自己的阅读体验：一个中心的案例——《瑞士鲁滨逊一家》。全书在论述文学研究的主要问题的时候，做到了理论和实际相结合，适合初步接触文学理论的大学生做教材。本书的英文名是 *On Literature*，直译应为《论文学》，由于本书是作者受劳特里奇出版社的邀请，对文学终结论的回应之作，所以，广西师范大学出版社的版本译名为《文学死了吗》。

③ 《论文学的权威性》，见J.希利斯·米勒著、易晓明编：《土著与数码冲浪：米勒中国讲演集》，吉林人民出版社2011年版，第31页。

吧，文学?”但是，作者只是以此提出文学终结的问题，不是要下一个文学死亡的结论。接着，米勒从现代意义上的文学如何可能开始谈起，总结出印刷时代文学开始走向终结，新(电子)媒介时代的文学开始崛起。但是，作者并不像其他的解构主义的理论家一样，把文学颠覆之后，就开始转向谈其他的问题，而是继续追问在此种情况之下，人们对文学的阅读和专家、学者对文学的研究又意味着什么。在此语境之中，米勒从根本上思考文学存在的意义，在回应这一问题时，米勒没有空谈理论而是结合自己对作品《瑞士鲁滨逊一家》的阅读体会。他指出，文学的阅读就是要去经历一种不同于现实世界的另一世界。但是“文学作品并非如很多人以为的那样，是以词语来模仿某个预先存在的现实。相反，它是创造或发现一个新的、附属的世界，一个元世界，一个超现实(hyper-reality)。这个新世界对已经存在的这一世界来说，是不可替代的补充。一本书就是放在口袋里的可便携的梦幻编织机”①。这段话中，米勒已经开始提出自己的文学观念——文学是虚拟现实。

美国另一位解构批评的领军人物乔纳森·卡勒，也写过一本导引型的文学理论书籍——《文学理论入门》，但是卡勒在探讨文学观念时，提出文学的本质就是对自我颠覆，这实际上只是停留在解构的层面，没有进一步提出自己对文学独特的看法；而米勒不仅解构，还开始了自己明确的建构，这是二者在文学观念上的明显不同。在回答虚拟现实从何处来的时候，两书的主张相同，都重视语言在文学创作和阅读之中的作用，这与解构思想是一致的，因为把文学的本质解构之后，能抓住的就是文学使用的媒介——语言。二者都是使用了J. L. 奥斯汀(J. L. Austin)的语言述行理论来支持自己的文学观念，这一点在《论文学》的第二章和第三章表现得非常突出。米勒认为文学的虚拟世界依靠语言来塑形，来揭示；同时读者也是依靠语言来进入虚拟世界。所以，米勒在回答为什么阅读的时候就直接提出“虚拟世界对你有益”，因为“人类不但有居住在想象世界的天性，他们必须如此。这个需要本

---

① J. 希利斯·米勒著：《文学死了吗》，秦立彦译，广西师范大学出版社2007年版，第28—29页。

身并非不健康”[①]。

至此，我们能够总结出米勒的文学观念，那就是文学就是一种作者通过语言所塑造的虚拟现实。在这种观念之下，米勒提出阅读文学是一种解构式的非逻辑阅读，一方面要把文学看成一种世俗的魔法，而自愿受到魔法的诱惑，沉浸于虚拟世界，是一种所谓天真式的阅读；另一方面是通过一种语言分析所进行的“修辞性阅读”，质疑文本之中的各种权利，这是一种批判式的阅读。米勒认为全面的阅读应该包含这样的两个方面，但是作者更强调人们应该进入这样一个虚拟世界。

全书之中米勒虽然一直在强调虚拟世界的作用，但是也不断指出这一虚拟世界必须和现实世界映衬而存在才有意义，不能离开现实的世界，但是，作者又坚决反对虚拟世界是对真实世界模仿的“反映论”。回顾近30年来我国教材之中的文学和现实的关系，先是拘泥于反映论，提出“文学是现实生活的形象反映”的文学命题，过于贴近现实世界；后又提出文学超越现实的审美命题，过于远离现实。米勒这种以语言为媒介出入两个世界的命题，既可以进入虚拟世界超越现实世界，也可以比照虚拟世界批判现实世界，这一点对我国的文学研究很有启示。

克拉尔的《文学研究导引》也是一部在文学观念上很有特色的教材。在谈到文学观念的时候，教材主要关注新的媒介对文学的影响，指出文学正在新的媒介环境之下，使用新的表达和分析方法，所以，文学批评家应该抛弃过去传统的文本分析方法，综合绘画、音乐、电影甚至是网络技术等媒介去对新的文学现象进行评判。教材作者的这种主张是基于自己对文学新变的判断，他认为新的媒介环境之下文学发生着两个方面的变化：“一方面是，视觉和听觉媒介正在被引入到文学之中；另一方面，各种媒体、文类、文本类型和话语正在混杂在一起。”[②]作者敏锐地看到了现在各种媒介对文学的影响，例如电影作为动态影像和文学之间的互动已经非常明显，文学采取影视的模式进行创作，已经是很多作家的自觉意识；影视借鉴文学的创作手法来表

---

① 希利斯·米勒著：《文学死了吗》，秦立彦译，广西师范大学出版社2007年版，第121页。

② Mario Klarer: *An Introduction to Literary Studies*, Routledge, 1999, p. 3.

现也不是什么新鲜事。网络作为一种新的媒介也正在改变着文本和文学的生存环境。教材在文本分类的时候,也给予了新媒介足够的重视,让电影作为第四文类和小说、诗歌、戏剧并列在一起,电影这种新文类进入文学研究的领域,正是近几年图像和文学博弈的结果。整部教材设计分为明显的两部分,第一部分(一至四章)以阐述文学观念和介绍文学理论为主;第二部分(五至八章)以文学研究为主,教学生如何寻找和使用研究材料并推荐有关书目,是一本实用性很强的教材。

这些教材一方面认为文学本质是流动的、历史的、非绝对的;另一方面从文学与现实,文学与媒介某种特定的角度尝试性地提出一种相对的文学观念,对当前的文学现实进行尝试性的解读,试图从共时和历时两个角度确立自己的文学观念。需要解释的是,编(著)者在提出自己的文学观念时,都指出了自己受限的角度和范围,而且都无意在这种观念之上建构一种全面、系统的文学理论。

三、以解构为建构

1970 年以来,英美的文学理论教材,在探索文学本质的时候,大多采取的都是质疑或是颠覆的解构策略。但是,从总体上看,一味地对文学本质解构的教材并不多见,很多教材在解构之中有所建构,或是以解构本身为建构,前一种的形式多样,以上已经有所论述,这里主要论及第二种情况——最具代表性的教材是乔纳森·卡勒的《文学理论入门》。

卡勒是一位深受德里达解构思想影响并且能够娴熟运用解构思想的一位文学理论家。《文学理论入门》一开篇不是追问“文学是什么”,而是从“理论是什么”开始。因为在作者看来,“文学是什么”的问题是跟“理论是什么”的问题连在一起的,所以“理论是什么”本身就是一个值得怀疑的问题。经过作者的分析,理论特别是文学理论再也不是那种从文学的现象之中抽取出来的规律,正如作者所认为的:“文学研究的理论并不是对于文学本质的解释,也不是对于研究文学的方法的解释(尽管这些也是理论的一部分,而且本书的第二、五、六章里也会论及这些)。理论是由思想和作品汇集而成的一个整体,很难界定它的范围。"[①]既然理论不再是文学实践的抽象和总结,有着各种各样的范型,而且滋生起来很难控制,在品性上不易驯服,所以很难界定它。与之相伴,文学也有着各式各样的界说,和理论一样难以统一和稳定,所以文学本质也很难被完美界定。因此,作者才提出"文学是什么还重要吗"的问题。在这种思路的指引下,作者在质疑和颠覆了时下主要的五种文学本质观后,认为文学之所以没有一个唯一和终极的定义,是因为文学总是不断地超越自我,文学不断淹没自己的建制,一定的意义上,超越成为文学的唯一本质,卡勒将其表述为:"文学是一种为揭露和批评自己的局限性而存在的艺术机制。"[②]这与德里达对文学本质的表述几乎如出一辙,德里达借卡夫卡的小说《在法的面前》的说法,将文学本质比喻为"法",指出"在愚弄法的一瞬之间,文学超越了文学"[③]。德里达还将文学本质类比为一种奇怪的建制,因为"文学大概就处于一切的边缘,几乎是超越一切,包括其自身"[④]。文学的本质就是颠覆前人,只有在不断超越之中,文学才获得了生命力,所以,超越就是文学的根本性质。德里达和卡勒在质疑了别种文学观念之后,建立起了自己独特的文学本质观。

类似的关于文学本质探讨的教材还有:韦伯斯特《文学理论研究导引》和布莱斯勒《文学批评:理论与实践导论》等,他们都认为文学没有无时间性的普遍的本质,但是并非没有任何本质,文学的本质取决于文学场域之中的意义斗争和批评家的共识。韦伯斯特指出:"文学理论,或者毋宁说是理论,采用各种各样的办法去定义文学,或者说至少是思考某个问题并试图给出文学的某种定义。"[⑤]布莱斯勒也认为:"文学的定义取决于某种特定的文学理论以及读者和批评家都接受的文学批评流派。例如,对形式主义者来说,

---

① 乔纳森·卡勒著:《文学理论入门》,李平译,译林出版社2008年版,第3页。

② 乔纳森·卡勒著:《文学理论入门》,李平译,译林出版社2008年版,第43页。

③ 雅克·德里达著:《文学行动》,赵兴国等译,中国社会科学出版社1998年版,第150页。

④ 雅克·德里达著:《文学行动》,赵兴国等译,中国社会科学出版社1998年版,第14页。

⑤ Roger Webster: *Studying Literary Theory: An Introduction*, Oxford University Press, 1996, p.5.

文学就是通过一种特别的方式使文本包含某种特殊品质的写作。另一方面，对于读者反应批评来说，读者内心和文本的互动效果，将帮助读者决定一个文本是不是文学。有效的文学理论知识，能帮助所有的读者形构他们一直发展着的文学定义，并且也使他们相信是什么构成了文学作品。"①换言之，在这些教材编（著）者的理念之中，文学并非没有本质，只不过这种本质在不断变化之中，变化的原因和路径取决于文学场域中各种因素的协商和斗争。

这是一种独特的文学观念建构方法，看似编（著）者只是在解构别种文学本质观，实际上也是在提出自己的一种文学本质观。解构哲学的特点之一就是在超越中生成，教材的编（著）者正是在一种超越狭隘文学本质的姿态上，巧妙地建立自己的文学观念。

总之，从主要的英美文学理论教材来看，在一种文学本质的基础上，建构一个宏大的理论体系，或者用一个文学观念解读文学的所有活动，这种编著模式已经被抛弃。一个典型的例子就是不可能再像韦勒克和沃伦的《文学理论》一样，在文本的独立自足的观念之上提倡文学的内部研究，摒弃文学的外部研究，建立自己宏大的文学理论知识体系。与此同时，平等地展示各种文学观念，历史地展开各种理论流派成为文学理论编著的通例。因为，大多的英美教材编（著）者都认为文学本质是不断流动和持续生成的，当下的任何一种文学理论都不可能给文学本质的认知提供一个全面系统、无懈可击的解决方案。理论的多元化已经成为一种既定的事实，这促使着英美的理论家开始转变理论的观念，认为："文学理论作为一个知识领域，并不是要建议或提供一个关于什么是文学或者应该怎样去研究文学的简单而严密的解决方案，但是做不到这一点，并不一定是文学理论的负面品质。"②因此，按照卡勒说法"文学是什么"，一定意义上不重要了。据此，很多的英美文学理论教材，在编著的时候，都不在"文学是什么"的本质论上纠缠，很多的教

---

① Charles E. Bressler: *Literary Criticism: An Introduction To Theory and Practice* (3rd edition), Pearson Education, 高等教育出版社 2004 年版，第 12 页。

② Roger Webster: *Studying Literary Theory: An Introduction*, Oxford University Press, 1996, pp. 5-6.

材一开头就讲20世纪文学理论发展的主要趋势及其特征，然后就是20世纪流派的依次展开，以史代论的特征非常明显。

但是又不能说，西方教材的编著理念完全走向了非本质主义，或者是彻底的解构主义或实用主义，不再关注文学观念的生成。客观来说，绝大部分的英美文学理论教材还是持续关注新的文学现象，不断地进行新的文学实践，运用多种形式、多样思路，积极地建构适合解读当下文学现实的文学观念。只是，这些生成性的文学观念，都是相对和动态的，有一定的时效性和受限性，是不可能作为一个宏大理论的起点而被学生不做任何反思的接受。正如卡勒所指出的："我并不认为文学和非文学文本没有任何区分，但是，我认为这种区分性和文学的特有品质，不能作为某种特定的和内在固有的品质被想当然地接受。"①教材的编（著）者不能设定任何的文学本质观，作为唯一正确的文学真理，在教学之中让学生毫无选择地接受。

这种编著方式转变的背后其实是一种知识建构方式的转变，如果说文学的本质就是"如何看待文学"，文学理论就是"如何言说文学"，把这两个问题结合起来，就是文学理论如何被生产出来的问题。福柯曾经在《词与物》之中描述过这一问题，他指出："我们去说我们所看到的东西，这是徒劳的；我们所看到的并不寓于我们所说的。我们设法凭着使用形象的比喻、隐喻或直喻去表明我们所说的一切，也将是徒劳的；凡它们取得辉煌业绩的地方，并不是由我们的眼睛展开的，而是由句法系统限定的。"②福柯过度夸大了观看与言说之间的距离，甚至割裂了二者之间的有机联系，态度比较悲观。客观地说，观看与言说之间是有着紧密的联系的，正是知识的存在决定着生产主体的知识想象，正是知识的想象才催生了言说者的言说。但是福柯的悲观正提醒我们两点：第一，要想系统地思考20世纪后半期西方和中国文学理论的流变，我们就"更需要一双锋利的眼睛或一种较为确信的抑扬顿

---

① Jonathan Culler: *The Pursuit of Signs: Semiotics, Literature, Deconstruction*, Routledge Classics, 2001, p. 239.

② 福柯著：《词与物：人文科学考古学》，莫伟民译，上海三联书店2001年版，第12页。

挫的语言”[①]。只有这样我们才能看清文学的本质,并给予准确的表述。第二,辩证地思考二者之间的关系,在福柯看来,二者之间还不一定是“眼睛”决定“嘴巴”那种简单的前者决定后者的关系,因为语言作为一种不透明的工具,可能会对自己描述的对象进行一种潜在的再造,应该说“如何看待文学”与“如何言说文学”之间存在着一种深层的互动关系。我们不一定非要从“如何看待”到“如何言说”,在建构文学理论知识的时候,不是一定要以哲学、社会学、心理学等某一种理念为基础。在一种特定的视角之下,直接定义文学的本质,在此基础上建构全面、宏大的文学理论体系,如从反映论哲学直接定义文学为现实的反映;以审美为基础,定义文学为非现实的审美对象。也可以从“如何言说”反观“如何看待”,可以在一系列文学流派、一组文学问题或一簇文学关键范畴、词汇的基础上,大致勾勒文学观念的边界,动态测试文学批评的标准。因此,我们的教材编著就不一定是先给出文学的定义,然后再在此定义之上建构全面、系统的知识体系,也可以是一个倒过来的程序,从文学的问题、困惑、思潮、流派等知识出发,在解答和解读这些问题的过程之中,生成我们的文学观念。

第三节　本质化与历史化误区——新世纪三本非本质教材在文学观念建构上的得与失

进入新世纪,我国的文学理论界开始反思知识建构之中的本质主义思维方式,非本质主义的教材编著开始出现,具有标志性的有以下三本:陶东风主编的《文学理论基本问题》、王一川著的《文学理论》和南帆主编的《文学理论新读本》。这三本教材不仅鲜明地亮出自己非本质的文学观念追求,而且都进行了个性化的文学理论建构,从文学理论反思的角度,我们有必要

① 福柯著:《词与物:人文科学考古学》,莫伟民译,上海三联书店2001年版,前言第7页。

对此三本教材文学观念的得与失做以简要的分析。

一、《文学理论基本问题》——历史化的误区

《文学理论基本问题》是近年来出现的有代表性的非本质主义的教材，说其有代表性原因有二：第一，编者有意识地以非本质的思维方式重构文艺学的学科边界、重建文艺学的知识体系。主编陶东风从罗蒂和让·弗朗索瓦·利奥塔（Jean-Francois Lyotard）等西方理论家那里借来了非本质主义的思想，对我国文艺学知识之中的本质主义弊端进行了深入和严苛的反思，认为我国的文艺学知识重建应该走历史化和地方化的路径。所谓历史化就是认为知识的有效性不是固化的而是有自己的时间限制，过了一定的历史时期，知识就会丧失自己的效力或是处于高风险的状态。所谓地方性就是不同地方对同一问题会有不同的观念，例如中西方对文学的看法就是如此。正是基于此种理念，作者提出应该增强我国文艺学知识历史性和民族性（地方性）。第二，作者顺应文学理论的新变化，提出了一系列有活力的文学问题。这又表现在两个方面：一是作者采用了提问题的方式结构教材，一定程度上打破了我国流行的“五大板块”[①]模式。这里不仅有着编写理念的改变。也有着知识理念的变革。赵宪章教授敏锐地指出：“陶编《文学理论基本问题》的可贵之处就在于它摆脱了各种‘板块’的纠缠另立新宗，即从‘问题’出发而不是从既有的‘板块’或某种框框出发重整文学理论的知识体系，以最现实、最鲜活和最实在的‘问题’替代先验预设。”[②]从文学的现实出发、从具体的文学现象出发比从学科本身或是理论本身出发研究文学更具灵活性和生命力。二是作者关注文学的新现象，提出了一些有活力的文学问题。如教材对文化研究和文学研究之间的关系给予了充分的重视，提出了“文学与文化、道德及意识形态”“文学与身份认同”等问题；教材还对大众文化的兴起做了梳理和反思，并对文学性中的互文特征进行了论述。把这些从实

---

① 我国改革开放以来盛行的一种文学理论教材结构模式，一般由本质论、作品论、创作论、批评论和发展论五个部分组成，俗称五大论或五大板块，也有人把发展论减去，称之为四大论。

② 赵宪章：《问题意识和历史优先》，《中华读书报》，2004 年 9 月 8 日。

践之中来的新的理论经验写进教材不仅能够激发学生的学习热情，而且能引导学生逐步深入地理解当下文学中的一些新问题。编者在阐释这些问题的时候有效地吸取了西方和中国传统文论的新的理念和方法。可以看出，编者在努力更新教材的编写理念、体系架构和内容设置。

但是，当非本质主义把反思的利刃对准所谓本质主义的时候，也把同样的问题提给了自己，那就是：非本质主义的底线在哪里，文学知识建构的边界在哪里。这也是《文学理论基本问题》的编者必须面对的问题。就这一点，主编陶东风有过一些谨慎的说明："一方面我们坚信文学与其他的人类社会文化现象一样是随着时代的变化而变化的，不存在万古不变的文学特征（本质），因而也不存在万古不变的大文学理论（Literary Theory）；同时我们也不否认，在一定的时代与社会中，文学活动可能呈现出相对稳定的一致性特征，从而一种关于文学特征或本质的界说可能在知识界获得相对程度的支配性，得到多数文学研究者乃至一般大众的认同。但是我们仍然不认为这种'一致性'或'共识'体现了文学的永恒特征或对于文学本质的一劳永逸的揭示。"[①]从此种表述可以看出，编者一方面在差异的文学观念之中质疑普遍永恒的文学本质，另一方面又愿意在不同的文学现象之中找到所谓的"一致性"。这就需要编者在解构和建构之间，在历时和共时之间，在地方性和普适性之间寻求平衡点，这其实是当下理论建构的一个敏感点，也是对教材编者的挑战。

就本教材的实际来看，编者的这一知识理念并没有得到完美的贯彻，知识建构的历史化和地方性压倒了共时性和普适性，知识的条块化和零散化倾向较为明显。第一，教材在"基本问题"的选择上，缺乏必要的理论观念和文学观念为支撑，没有自己明确的立场。教材选择了以下七个问题：①什么是文学；②文学的思维方式；③文学与世界；④文学的语言、意义和解释；⑤文学的传统与创新；⑥文学与文化、道德及意识形态；⑦文学与身份认同。这七个问题虽然有文学的内部问题也有外部问题，有创作方面的问题，也有阅读方面的问题，但是为什么要选择这样的七个问题而不是别的七个或者

---

① 陶东风主编：《文学理论基本问题》，北京大学出版社2004年版，第10页。

多个问题编(著)者却没有直接的说明,只是在谈到教材的结构时候说要选择"中外文学理论史上反复涉及的,或者在今天的文学研究中大家集中关注的基本问题结构全书"①。即使我们认为这是编者选题的标准,这个标准也过于宽泛,因为"中外文学理论史上反复涉及的,或者在今天的文学研究中大家集中关注的基本问题"绝对不是只有这七个问题。

再与卡勒的《文学理论入门》相比,也可看出编者选择标准的模糊和泛化。卡勒一开始就在教材的前言之中提出自己对理论的反思,他认为:"如果把当代理论作为相互对立的研究方法或解读方法,就会使理论失去许多其本身的趣味和力量,这种趣味和力量来自它对常识的广泛挑战,来自它对意义的产生和身份形成的探讨。"②这既是卡勒自己的理论观念,也是他在本书之中选问题的标准,他否定了那种流行的流派型写作方式,因为他不愿意把理论视为"相互对立的研究方法或解读方法"。同时,对照编者在书中所谈的七个问题,我们可以不严格地划分为三类,与卡勒的理论观念做以对应:文学是什么,以及文学与文化、道德及意识形态属于理论的第一类问题——对常识的挑战。语言、意义和解读等四个问题都与文本的意义产生有关,基本归属于意义的产生问题。最后一类问题是阅读与身份形成的问题。可以看出,编者在书中设置的问题与自己的理论规定基本一致,而且互相支持;卡勒虽然是在解构式的横向谈论文学理论的问题,但是有着自己思考,有着一定的理论观念作支撑,从选择的问题就可看出卡勒对当今文学研究以及文学理论的基本判断。而总体上看,《文学理论基本问题》选题的标准不够明朗。

第二,教材在问题的论述之中,缺乏足够的凝聚点和公约数。以第一章什么是文学为例,分为五个部分,第一部分是概说,二、三、四部分是按照时间的线索把文学观念的演进分为"形成—成熟—多元发展及泛化"三个时期,这正好是编者知识历史化的体现。二、三、四部分的每一部分又分为中国和西方两个部分,这是编者知识地方性观念(民族性)的具体体现。为了达到解构之中有建构的目的,编者在第五节对文学性的问题又进行了共时

① 陶东风主编:《文学理论基本问题》,北京大学出版社2004年版,第22页。

② 乔纳森·卡勒著:《文学理论入门》,李平译,译林出版社2008年版,前言。

的述评,试图建构自己个性的文学观。但是编者既没有直接提出自己对文学本质的观点,也没有对当下的文学问题做出自己的判断,而是提出“语言性、情感性、意象性和想象性”四项指标作为文学观念的最大共识。且不说读者和学习者能否通过对这四个关键概念的品读和学习,建立起自己的文学观念,细察这四项指标,并不是只有文学文本才具备,如语言性几乎是任何一种写作都具备的特征,意象性在音乐和绘画之中表现得更为明显。反之,具备了这四个指标的文本也不一定是文学文本,就是说,此四项指标根本无法成为当下文学研究的标准,更无法为观审当代文学提供可借鉴的模式。因此,就文学观念部分的讨论来说,既缺乏有力的线索贯穿前后,也没有明确的方向性指向,知识零散化的倾向比较明显。纵观全书的其他六个问题,与本部分一样都没有在知识的叙述之中形成主导的文学观念和自我对文学的判断,因此,教材中古今中外的文学理论知识犹如珍珠未被串成项链一样,没有被新的观念激活,没有在新的环境之下生成,呈现碎片化和散落状。

需要说明的是,《文学理论基本问题》的主编陶东风在谈及文学理论的时候,几乎不加区分地使用“文艺学知识”和“文学理论”两个概念,但是在实际的写作中,陶东风更多地使用“文艺学知识”一词。从最直观的意义上来辨析这两个词,前者是关于文学或是文学理论的知识,作为一种知识主要是追求效用,不追求一致性、统一性和系统性;而理论要求更多的是规律性和抽象性。因此,教材的编者在论述问题的时候更多考虑的是关于此问题的中西知识,而不是关于此问题的规律和系统,这也是造成《文学理论基本问题》历史性强、共时性弱的一个不可忽视的原因。深究教材背后的知识假定,也可以看出其相对主义的知识观,因为颠覆了传统或者说是占统治地位的文学观之后,西方的理论家主要有两种选择:一是走向质疑和颠覆占上风的解构主义、生成主义;二是走向实用为主的相对主义。《文学理论基本问题》“以史代论”梳理历史上的各种文学理论知识,相对主义的知识观念比较明显。但是,正如相对主义不是绝对的一样,相对主义的知识观也必须得到反思,如果走向绝对的相对主义,那就只能是学科知识的混乱堆积。

二、《文学理论》——标榜一种新的文学观念

王一川的《文学理论》是一本个人专著式的教材，也是新世纪以来很有特点的一本教材，和其他非本质主义的教材相比，本书的主要特点有二：

第一，以建构为主的文学观念。教材从解构开始走向建构，作者深受西方解构思想的影响，教材自身也受到卡勒《文学理论入门》的影响，教材开篇作者就借用卡勒的理论观念反思了传统的理论观念，认为"人生体验的围栏有多大，文学的围栏就有多大，而相应的，文学理论的围栏也就有多大"①。如果真如作者所言，文学理论和人生的体验一样无边无涯，那么，文学理论就无法运用一种知性的思辨方式进行把握。同理也可以说，文学理论无法成为一种知性的思辨，那么给文学一种稳固和完美的定义也是不可能的，教材在理论的起点上质疑和解构的色彩还是相当浓厚。但是，作者并不只是为解构而解构，而是为了建构，教材在第二章解构了其他七种文学观念之后，就开始建构自己的文学观念。因为当把文学理论视为带有一定普遍性的人文学科时，设定带有规律性的文学本质观就是必要而且必需的，这也是很多解构学者都无法躲开的问题。所以，作者感慨："确实，尽管建立一个完美的文学理论在当前条件下已不可能和不必要，但仍可以根据当前新的文学状况和现有条件，寻求建立起合适和可操作的文学概念分析框架，以便满足当代人探索文学奥秘的渴望。"②如果仔细品味作者在教材的"引言"之中的理论观念的设定，就会发现作者一方面把文学理论的弹性拉到最大，性质上类似于一种人生的体验；另一方面又要文学理论具有普遍规律性。这种解构和建构之间的矛盾正是作者即将提出的理论的特质所在：既要理论的普遍性，又强调理论的人文性，要求其与人生的体验有着同样的质地。这种理论观念既是对传统理论观念的质疑，也是为自己即将提出的新的文学观念做铺垫，暗示了教材在后文提出的文学观念将是一种重视人的情感性和体验性的观念，而感兴修辞的文学本质观正是建立在文学活动主体情感体验基础之上的一种文学本质观。

---

① 王一川著：《文学理论》，四川人民出版社2003年版，第9页。

② 王一川著：《文学理论》，四川人民出版社2003年版，第65页。

第二，提出了文学是一种感兴修辞的新的文学本质观。首先，这一文学本质观有机结合了主体性的文学观念和形式论的美学。因为，“感兴”是一种文学主体性的高扬，其中“感兴”既有中国传统“兴”的美学内涵，又与西方近现代心理学有着千丝万缕的联系，这一点在教材的第二章第四节（文学的感兴修辞性）和第六节（感兴修辞的认同实质及其层面）可以得到印证。“修辞”是中西方形式论的融合，教材第二章第五节（感兴修辞的阅读层面）谈的是中国诗歌的修辞艺术，第八节（感兴修辞的基本形式——兴体）论述的是西方的隐喻等修辞传统。在教材的第五章文学文本层面，作者将文本分为六层，不仅是受到了西方现象学美学的影响，而且将文本作为客观对象给予分层细读的观念本身就是一种形式理论。其次，这一文学本质观，又是传统文学观念和现代文学观念结合的产物。“兴”是我国古典的重要的艺术范畴，而“修辞”既是古希腊以来的文学传统，又是当下解构主义者经常主张的一种文学文本的阅读和分析方法。可以说，感兴修辞论既是中西合璧，又是古今融通。而且，感兴修辞论不仅激活了部分中国传统的文论资源，还积极吸纳了我国最近30年以来的文学经验，这一点，从第八章文学批评所选的个案就可以得知。

但是，如果我们从我国当下文学研究的实际情况来审视，感兴修辞的本质观并没有被文学研究和教学的受众广泛接受，它还是一种个性化的本质观念，作为一种理论，它的普适性还有待继续验证，这一点作者并没有提醒读者。即使感兴修辞对当下的文学文本有着很强的解释力，也不能说感兴修辞是当下权威或是终极的文学理论，因为“感兴”是一个跨学科的主体精神问题，很难准确把握；而“修辞”在西方更多的是一个符号学和语言学的问题，技术性很强，与“感兴”这种颇为内在化的情绪能否完美地连接在一起，是一个值得思考的问题。所以，对这一文学命题还需要深入反思和探索，作者虽然对此有所警惕，认为自己选择的是文学理论原野上的一条“小道”，而不是唯一的“大道”，但是显然没有把解构主义的反思意识对准自己。从教材章节的问题设计来看，作者把感兴修辞的文学观念贯彻到了文学活动的每一个环节，文学创作、文学阅读、文学批评、文学的文本层面分析、文学媒介等环节都在感兴修辞的观念之下得以重构，一个全面系统的宏大文学理论体系呼之欲出。从20世纪西方文学理论的实际来看，几乎所有的文学理论都是偏重于文学活动中读者、作者、文本和语境四种因素的其中一种，很少或者几乎没有均衡安置四个因素的大理论。重视其中一个，必将会和另一个或者几个因素产生紧张关系，正是这种紧张关系才推动文学理论继续嬗变和生发。所以，从对文学观念的反思来看，作者试图在一种文学观念的支配下，构筑关于文学活动全过程的宏大理论体系，但未能完全摆脱本质主义思维的束缚。

另外，从教材的角度来要求此类建构性很强的文学理论，感兴修辞作为一种需要学生接受的文学观念，它的合法性在哪里就必须得以说明，因为从学习者的角度追问，学生没有任何理由必须认同某一种文学观念，或者是把某种文学观念作为一种自然而然的文学观念加以接受，除非这种文学观是唯一正确的。即使要学生接受这种相对合理的文学观，也需要把这种文学观念背后的知识假定及其受限的范围告知研习者，以便学生自由地做出选择，因为就当下我国的文学理论状况来看，不存在一种唯一的、普适的文学观。在此情景下，作为学生用书的文学理论教材，对文学观念进行多边的建构、多角度的观照是必要的，也是学生必须了解的。以是观之，王一川的《文学理论》更像是一本拥有教材架构的个人学术专著。

三、《文学理论新读本》——后现代的迷雾

南帆主编的《文学理论新读本》（以下简称《新读本》）也是新世纪以来一本有着鲜明非本质倾向的教材。虽然，本教材的非本质立场并不是通过历数本质主义文学观的缺陷来张扬的，但是，《新读本》一上来就把文学本质放在了历史语境和永恒普遍的紧张关系之中来认识，提出要在历史主义和理论普遍性相互交织的双重复杂的关系之中测定文学的本质。这就要求："第一，文学必须进入特定意识形态指定的位置，并且作为某种文化成分介入历史语境的建构；第二，文学必须在历史语境之中显示独特的姿态，发出独特的声音——这是文学之所以存在的理由。"①为达此目的，全书设计了

① 南帆主编：《文学理论新读本》，浙江文艺出版社2002年版，导言第3页。

“文学的构成”“历史与理论”“文学与文化”“批评与阐释”四编。编者设计第一编从文学的共时性角度提出问题，试图凸显文学的“独特的姿态”。因为“文学必须在历史的语境之中”，所以编者设计了第二编从历时性的角度，把文学放在历史的流变之中给予考察。文学又是“作为某种文化成分介入历史语境的”，所以编者设计了第三编“文学与文化”，把文学放在社会文化的场域之中认知。第四编是文学的批评和阐释。以此种理论架构来说，把文学放在共时和历时的交叉点上，沟通文学形式和意识形态，贯通文学的自律和他律，无论这种设计能否实现，应该说这种双线索整合的研究模式，比起单纯的本质主义和非本质主义之争，要更加的稳健，而且能够纠正我国文学研究中走极端的一些弊端。

但是，细读教材会发现，教材编者相对完美的设计，并没有得到真正的落实，有的地方甚至与原初的设计相去甚远。这主要表现在两点：一是历史主义对普遍规律的穿透。在实际的知识叙述之中，双线索并没有均衡贯彻，历史主义占了压倒的优势，首先表现在章节的排列上。这四编二十七个选题，分配在每一编之中，基本都是按照其在历史上出现的时间早晚来排列的，其中在第二编历史与理论之中表现得最为明显。其次，还表现在知识点的叙述上。每一个命题在论述时基本呈现为历史观点的无序排列，以“文本”为例，作者选择了三种文本理论：①新批评以来的文本理论；②后结构主义的文本理论；③俄国形式主义和英伽登的理论。为什么选择这三种理论作者没有说明，怎么来排列这三个理论作者也没有说明，存在明显的相对主义知识观念，教材之中的其他命题的阐释与此类似。对本质主义的过度警惕导致了历史主义书写策略的泛滥。

二是话语分析的滥用。话语作为西方语言学的范畴，是一个包容性极强的概念，既是对文本进行形式分析的基础，也是揭示文本意识形态性的载体。较早出现在结构主义的诗学之中，但真正大行其道，是从福柯等理论家把话语与权力的运作、分析结合在一起开始的。把文学也作为一种话语实践看待，是后现代语境之中对福柯话语理论的实践和运用，例如后殖民的话语理论就是一例。编者借鉴西方的话语分析理论认为：“不难想象，话语分析是文学理论的焦点。文学是话语分析进入的一个丰饶地带。”[①]编者这种话语分析的理论书写,导致教材的知识书写趋同,那就是后现代范式成为教材知识书写的主导范式。以第一编为例,教材提出了“作家、文本、文类、抒情话语、叙事话语、修辞”等共时性的文学内部的一些问题,看似要进行文学的内部研究。但是,如果以话语分析的角度审视教材对第一编的几个关键的概念的阐释,会发现编者明显的后现代知识范式。以“作家”为例,在后现代的语境之中,作者的身份不是一个不言自明的概念,福柯认为从话语实践的角度,我们应该得出这样的结论:陈述的主体在任何方面——性质、地位、功能、同一性——都不同于表达的作者。[②] 如果陈述的人不是作者,那谁是作者?作者的身份成了一个社会文化运作中的问题,而这正是编者探讨作者问题的一种理论前提。同理,编者把“文类”作为一种话语制度去分析,叙事、抒情以及修辞等文学理论的关键词语都成为编者话语分析的实验场,后现代语境之中的话语分析模式操控了整个教材的知识建构。如果我们把后现代的话语分析模式作为当前能够借鉴的西方最新范式的话,那么“南帆《文学理论新读本》是以世界学术的最高成就和最新观念为尺度,来重新叙述文学理论的新体系”[③]。这种最新的尺度就是主编自己道出的:“进入九十年代之后,后现代主义文化与全球化语境正在将文学问题引入一个更大的理论空间。”[④]所以,可以说后现代的话语分析成了《新读本》知识建构的统一标准。

后现代主义理论家琳达·哈琴(Linda Hutcheon)指出:“我想称之为‘后现代主义’具有下列基本特点:矛盾性、坚定不移的历史性、不可避免的政治性。”[⑤]依据这样的后现代诗学观念,《新读本》知识书写的历史主义和话语分

---

① 南帆主编:《文学理论新读本》,浙江文艺出版社 2002 年版,导言第 9 页。

② 福柯著:《知识考古学》,谢强、马月译,生活·读书·新知三联出版社 2003 年版,第 101 页。

③ 张法、张旭春等著:《世界语境中的中国文学理论》,安徽教育出版社 2010 年版,第 167 页。

④ 南帆主编:《文学理论新读本》,浙江文艺出版社 2002 年版,导言第 2 页。

⑤ 琳达·哈琴著:《后现代主义诗学:历史·理论·小说》,李杨、李锋译,南京大学出版社 2009 年版,第 5 页。

析正是后现代诗学观念的具体体现。可以说,一定程度上,《新读本》在文学认知上共时历时交织的双线索的美好设计,被遮蔽在了后现代的迷雾之中,后现代范式成为知识的最终归宿。

近30年,我国教材在文学观念的建构上,逐步呈现出多元化趋势,流动和动态化的文学本质意识正在生成。但是,总体上当前我国教材的文学观念书写,还陷在本质主义和非本质主义的冲突之中,不是在某种文学观念之下继续找寻文学的普遍本质,就是在对本质主义的清算之中走向绝对的历史主义和相对主义。

第四节 启示与反思

审视英美教材的文学观念建构,我们能够发现一种鲜明的历史意识,在这种历史意识的引领下,直接面对文学史上重要的文学现象、文学命题、思潮和流派,能够在某一相对的角度之下对各家各派进行客观的梳理和评价。值得一提的是,这种历史意识并没有使英美的教材走向完全的相对主义,丧失对当前文学现实的判断,很多的英美教材,面对当下新的文学实践和文学问题,敢于发言,勇于建构,提出自己对文学、文学理论的方向性预测或是相对的结论。

相比之下,我们需要从两个方向反思我国教材在文学观念探寻和知识体系建构中出现的问题:

第一,继续反思和清理文学理论知识建构中的本质主义思维。从新时期以来我们教材之中的文学本质观来看,影响比较大的应该是反映论、审美论和当前正在流行的审美意识形态论,他们分别对应的文学命题是:文学是现实生活的形象反映,文学是非现实的审美观照。客观来说,这些文学本质观念,对于我们的文学解放甚至是思想启蒙都曾经产生过巨大的影响。但是,面对很多近年来出现的新的文学现象,这些文学本质观念正在丧失自己应有的阐释力和批评力。也就是说,它们都不是普遍的文学本质,是一定条件之下的文学本质,当然,我们不是要把这些文学本质观抛弃之后,另寻一种普遍的文学本质观,文学这种生动丰富的人类活动,不是任何一种文学观念能够完全和长时期把握的。所以说,那种普遍的、永久的、脱语境的文学本质是不存在的。新时期至今,虽然我们没有被任何一种文学本质完全控制,但是对某一种普遍文学本质的狂热追寻却从来没有停止过。对文学观念上的本质主义思维还是有反思的必要的。在非本质的观念之上,培育知识建构之中的历史意识,在历史化的平台上,平等呈现各家各派的理论观点,特别是回顾我国文学在晚近的百年之间的观念流变,客观地叙述它们的兴衰,公正地评价它们在文学实践之中的独特作用,探讨它们和当下文学热点之间的有机联系,是非常必要的。但是,这种历史意识不是要承认每一种文学观念都同等重要,走向知识建构的无政府主义,也不是在叙述之中树立霸权,摒弃其他的文学本质。

第二,有必要在提倡历史化和地方化知识观的同时,重新思考文学的共时特征。我们一些文学理论教材,或是被某种文学观念所支配,或是受到某种学科意识和方法论的制约,有意无意地忽视当下活跃的文学现实,没能对我国当前的文学实践做出客观公允的评价,提出自己的评估和解读。从20世纪90年代以来,我国的文学活动发生了而且仍在发生着带有转向性质的急速变化。主要表现为在市场经济大潮的激荡下,文学的生产和消费越来越产业化,文本制作的图像化、传播媒介的电子化和深层意义的欲望化。文学活动的景观不断更新。这一切都在冲击着旧的文学观念,呼唤着新的文学观念。所以,我们的理论和教材要敢于面对新的文学现象和文学实践,对当下的文学现实有一个客观、准确的判断,清晰、系统的描述,寻求知识建构上更多的"公约数"和共同性。

总之,在文学观念的建构上,我们要超越本质主义和非本质主义的思维束缚,既要回到历史上的各种理论思潮和流派本身,又要敢于面对当下的新的文学实践和文学问题,在文学现实的基础之上提炼我们的问题,生成我们的观念。

第二章
理论范式的转换与教材编著

第一节　从大理论到中层理论

无论是从文学研究的实际还是文学理论自身的变化来看,在最近30年,英美文学理论都存在着一个明显的范式转换的问题。特别是20世纪90年代以来,后理论(post-theory)的专集①屡有编纂,反理论(anti-theory)的提法不断见诸教材,“理论终结”的声音不绝于耳。按照《当代文学理论导读》(第五版)引论的观点,从20世纪80年代的初中期开始大理论开始被质疑乃至被取代,中层(小)理论或者说是“反理论”开始出现并兴盛,直至当下。伊格尔顿也指出,到了20世纪80年代,总体性的大理论被反理论所取代。英美其他的教材也有类似的观念,这里不再一一列出,也就是说,从20世纪80年代开始,大理论渐衰,中层(小)理论或曰反理论开始出现并兴盛,时至今日,尚未完成。

此种转向将把英美的理论带向何方?英美理论转向之后有哪些具体的表现?在全球化语境之下,会对我国正在进行的文学理论反思以及未来的教材编纂产生何种影响?梳理这些问题,对于深化我国当下的文学理论的

---

① 已经译成中文的伊格尔顿的《理论之后》是对后理论时代主要文化议题探索的著作;英文原版的有Martin McQuillan:*Post-theory* : *New Directions in Criticism*, Edinburgh University Press,1999.

研究不仅是必须的也是必要的。

为了更好地理解理论的这种转向,首先,我们需要追问什么是大理论。美国电影理论家大卫·鲍德韦尔(David Bordwell)和诺埃尔·卡罗尔(Noël Carroll)在《后理论:重建电影理论》一书中指出:“大理论(Grand Theory)最著名的化身是由各种学说规则构成的聚合体,这些清规戒律来自拉康的精神分析、结构主义符号学、后结构主义文学理论以及各种变异了的阿尔都塞式的马克思主义。”[①]可以看出,大理论指的是20世纪80年代之前一些关于文学本体认知的一些基本规律、基本理论。这些理论都是从文学活动的某一独特的角度出发,试图对整个文学活动过程做全面的重构,从而建构自己关于文学本质以及文学各方面的系统性的宏大理论如精神分析从创作主体,结构主义诗学从文本,马克思主义从社会文化语境等来重构自己关于文学的理解。而且相对于小理论或者中层理论来说,它们都有着思辨性强、实践性弱的特点。

其次,我们要追问替代大理论逐渐兴起的中层理论(middle-level theories)[②]是一种什么样的理论。这种转向后的中层理论或者说小理论,与大理论相比有着非常明显的特征。一是实践性。这种中层理论不是系统的理论也不是大的框架性理论,更不追求普适性,中层理论的观念很多来自大理论,但是更倾向于应用,具有很强的方法论的性质。因为在英美的很多理论家看来,大理论是一些普遍原理性的纯理论,是一些关于文学的大的原则,是冷冰冰的、虚无缥缈的。它们不能与普通读者的阅读经验相通,也不能和研究者的主体经验相通,更不能与文学这种富于想象力的文体特性相通。关键是他们认为这些理论对于解决文学中的问题,解读具体的文学文本和文学现象不够有效和有力,所以,他们需要一种更能贴近文学文本、现象和文学问题的一种碎片式的理论(piecemeal theory)。如与性别有关的很多的小理论都是精神分析、解构主义、符号学和马克思主义等理论的具体运

---

① 鲍德韦尔、卡罗尔主编:《后理论:重建电影研究》,麦永雄等译,中国社会科学出版社2000年版,前言第5页。

② 也可以称为后理论、反理论、小理论等,这里依据《后理论:重建电影理论》一书的说法称为“中层理论”。

用。二是范例性。很多时候,这种中层的理论都是以一种批评实践的面目出现,但是这种批评实践包含着某种理论的知识,而这种理论又不能完全脱离开这一批评实践单独存在。这种中层的理论不像大理论一样能够从实例之中概括和抽取出来。在这一点上,萨义德的后殖民理论最为典型,实际上,后殖民理论就是一种后殖民的批评,萨义德正是在西方强势文化对东方弱小文化压制的具体分析之中创建自己的理论。而且不管是对位阅读的文学观还是混杂的文化观,萨义德都没有系统的理论,都是以批评实践的范例呈现。米勒在评价保罗·德曼(Paul de Man)的批评写作时对范例性说明得非常清楚:"他所写的论著,正像一切优秀的文学研究一样,既非纯理论也非纯应用,(即实用批评),也不是二者的混合物或介乎二者之间的东西,而是优于其虚假晦涩的对立物的一种阐释性的语言形式。"①

最后,我们要追问这种理论的转换为什么会发生。在笔者看来有着表层和深层两方面的原因。表层原因是文学实践的新变。20 世纪 80 年代之后,文学实践开始向着纵深的方向发展,种种局部性的文学实践开始兴起,例如文学批评和殖民斗争、教育歧视、有色人种、大众传媒等的结合。这些文学实践不仅仅是理论的运用,而且在问题的探索之中改写和重构着理论。大理论那种系统性以及普适的观念预设无法适应多样而复杂的新的文学实践,在多样的文学实践之中大理论开始变异,产生出很多相对的小理论。而发生这种转换的理论深层原因是理论对自身的反思,就是理论把反思的利刃对准了自己,对自己的理论假定、本质观念质疑,否定乃至颠覆,最终引发自我的蜕变。伊格尔顿曾经非常清醒地说:"确实,理论在某种意义上不是别的,而就只是这一时刻,即这些实践被迫首次把自身作为自己的探究对象的时刻。"②这种情况在解构主义盛行之后就愈演愈烈,解构主义最后解构的就是自己。卡勒的《文学理论入门》以解构主义为指导思想,教材开篇提出的问题就是"理论是什么",而不是"文学是什么",而且这本教材也提出了自

---

① J.希利斯·米勒:《文学理论在今天的功能》,见拉尔夫·科恩主编《文学理论的未来》,程锡麟、王晓路、林比果、伍厚恺译,中国社会科学出版社 1993 年版,第 127 页。

② 特雷·伊格尔顿著:《二十世纪西方文学理论》,伍晓明译,北京大学出版社 2007 年版,第 219 页。

己与众不同的对理论的看法。对理论自身的质疑,是推动理论转向的内在原因。

如果我们接受托马斯·库恩(Thomas Kuhn)关于知识范式的观点,认为"范式是一个成熟的科学共同体在某段时间内所接纳的研究方法、问题领域和解题标准的源头活水"①,以范式转换的角度来审视这种文学理论的转向,就能够发现,这种理论的转向实质是一种理论范式的转换——由单一的大理论转向丰富多彩的中层理论。鲍德韦尔等人认为:"这种'中间层面'(middle-level)的研究既有经验方面的重要性,又有理论方面的重要性。可以说,它与宏大理论的众多诠释者不同,既是经验主义的,同时又不排除理论性。"②转型后的理论是一种身份不定的混杂物,从外观上看是一种理论和实践的混合物,以理论视之,其不脱离具体的文学现象和文学问题;以实践视之,又是带着抽象的理论化。其在内涵上兼有理论思辨和批评实践的双重品质,既是实证的又是想象的,既是经验的又是普遍的,是一种介于理论和实践之间的一种理论形态。

第二节 批评理论、问题探究和概念网络——英美教材的中层理论书写

从大理论向中层理论的范式转换对英美教材的编著多有影响。最大的表现就是,那种以一种理论观念为支撑,对文学活动的各种因素、各项指标进行重新解读的体系性的大理论书写开始消退,20 世纪 80 年代以后几乎绝迹。中层理论的书写时至今日方兴未艾,纵览英美教材近 30 年来的理论书写,可以看出以下三种主要的中层理论书写形式。

---

① 托马斯·库恩著:《科学革命的结构》,金吾伦、胡新和译,北京大学出版社 2003 年版,第 95 页。

② 鲍德韦尔、卡罗尔主编:《后理论:重建电影研究》,麦永雄等译,中国社会科学出版社 2000 年版,第 38 页。

一、批评理论

1970年以来,英美的理论界,谈到文学理论指的就是批评理论。当把文学理论作为批评理论时,意味着这些理论既不是对文学的最终解释,也不是关于文学方方面面的理论,而只是一种应用于批评的理论,教材就是各种理论的展示,就像是一张理论地图,又像是为学生批评文本提供的一个多元化的工具箱,教材的引导性和实用性非常突出。如果对此种类型的教材编著再给予细分,可以相对地分为以下三类。

(一)理论引导型

理论引导型是对20世纪以来的各种文学理论进行分论和评介。由于这种类型是对英美文学理论较为简洁、全面的介绍,对于非英语区的理论研究和教学来说,就像一张时常更新的理论地图,容易使非英语区的文学研究界较快地把握英美理论的全貌,所以汉译著作比较多。代表性教材有:G. 道格拉斯·阿特金斯(G. Douglas Atkins)等的《当代文学理论》[①]、塞尔登等的《当代文学理论导读》、史笛文·邦尼卡斯尔(Stephen Bonnycastle)的《寻找权威:文学理论概论》[②]、伊格尔顿的《二十世纪西方文学理论》等。从英美现行的教材看,流派型教材不同程度上都是属于此种类型的理论书写。

《当代文学理论》是批评理论书写的典型教材,初版于1989年,是美国20世纪90年代非常有特色的一本教材。主编阿特金斯会同英美当时比较著名的一批理论家,对从新批评到福柯谱系学的12种理论进行评介,介绍采取了单篇论文的方式,一个理论家就自己擅长的某一流派进行评介,每一篇文章大体上可以分为两个部分,一是介绍,二是评价。例如,其中《无尽的回旋:读者取向批评》一文分为五个部分:第一部分是从现代文学理论的总体发展趋势上看读者转向带来的变化;第二部分是介绍并且辨析读者理论中的"假设读者"(hypothetical readers)、"隐含的读者"(implied reader)、"预期

---

① 阿特金斯等著:《当代文学理论》,张双英、黄景进等译,合森文化事业有限公司1992年版。

② 史笛文·邦尼卡斯尔著:《寻找权威:文学理论概论》,王晓群、王丽莉译,吉林大学出版社2003年版。

的读者”(intended reader)和“真实的读者”(real reader)四种读者概念和作用;第三部分是读者理论和新批评理论的一种对比研究;第四部分是读者批评和社会文化语境之间的关系研究;第五部分是作者皮特·J.拉比诺维茨(Peter J. Rabinowitz)对读者理论的评论,他指出:“一旦郑重的主张读者建构了(即使是局部的)所读的文本,那么,这个矩范(任何矩范)就不是(或不只是)本文固有性质所生,它也是(起码部分是)创造品味的权威人士特别选择而生,——选择总是植根于意识形态的和文化的价值,总是陷入阶级,种族和性别的网络。”[①]作者的结论指出如果文本的意义真的由读者决定,那么最终起作用的是决定读者的一种意识形态和文化情景。总体上看,文章前四个部分是以介绍为主,最后一部分是以评价为主,述评结合,边述边评。但是不管是介绍还是评论,“我们选择了本书的作者自由地提出自己的看法,而采用自己认为最能恰当地在被包含的理论间提出基本差异的形式”[②]。在教材写作中不追求文学和理论观点的一致,理论书写之中不去限制作者,一定意义上也意味着本书各种理论只是关于文学的某一种理论,而且各种理论的观念还可能不一致。主编的用意在于:“我们提供这些论文的目的并非想取代对理论家们的直接阅读,而是希望以此当作阅读它们时的一种帮助。”[③]就是说,编者只是希望把本书作为一种理论的引导,一张理论的地图,而不是关于某种理论的定论。

把文学理论仅仅作批评理论的教材一般都很重视理论的实用性能,《当代文学理论》也不例外,书中的12种理论,都以“批评”来命名,而不以理论来命名。如马克思主义就直接命名为“政治批评”,巴赫金(M. M. Bakhtin)的对话理论命名为“对话批评”,解构主义命名为“解构:批评的策略和策略的批评”,精神分析命名为“弗洛伊德之后的阅读”,等等。在精神分析部分作者不仅让理论和文本的阅读联系起来,而且还直接演示了精神分析理论

① 阿特金斯等著:《当代文学理论》,张双英、黄景进等译,合森文化事业有限公司1992年版,第154-155页。

② 阿特金斯等著:《当代文学理论》,张双英、黄景进等译,合森文化事业有限公司1992年版,第17页。

③ 阿特金斯等著:《当代文学理论》,张双英、黄景进等译,合森文化事业有限公司1992年版,第17页。

对艾米莉·狄金森(Emily Dickinson)的名诗《蛇》的解读。阿特金斯等对批评实践的重视,是因为其想“把理论重新召回到它的工作岗位上,提出‘使用’它的强力资源,将它从变成后设理论(meta theory)的倾向移到真正的实用性上。”[①]阿特金斯等认为,理论就是一种批评的理论,一种在使用之中对文本进行有效解读的理论,学习理论不是去对理论的方方面面做以全面的了解,而是学会去使用理论。

这种教材背后的写作理念是展开各种流派就是展开了理论,无需再建一种凌驾于各种流派之上的大文学理论。需要指出的是西方理论领域中谈到的批评既是文学的批评,还是一种社会的批评,与政治文化的权力运作有密切的关系。

(二)案例研究型

案例研究型是一种独特的批评理论书写,就是不直接去介绍某种理论,而是使用某种理论的实践案例替代理论本身,整个教材看起来更像是一个批评文集。代表的教材有朱利安·沃尔弗雷斯(Julian Wolfreys,又译作于连·沃尔夫莱)和威廉·贝克(William Baker)的《文学理论:一种批评实践的案例研究》[②]、雪莉·F. 斯塔顿(Shirler F. Staton)的《应用中的文学理论》[③]等。

《文学理论:一种批评实践的案例研究》全书由七篇批评文章组成,七篇文章都是对19世纪英国作家理查德·杰弗里斯(Richard Jefferies)的作品《大雪灾:一个槲寄生的故事》的批评。教材的编者在内容编排上的巧妙设计有二:一是每一篇批评文章对应一个20世纪的英美的理论流派。七篇文章从前到后对应的理论顺序是:结构主义—后结构主义—精神分析—女性主义—马克思主义—新历史主义—解构主义。例如第五篇“农业和无政府

---

① 阿特金斯等著:《当代文学理论》,张双英、黄景进等译,合森文化事业有限公司1992年版,第32页。

② Julian Wolfreys, William Baker: *Literary Theory: A Case Study in Critical Performance*, Macmillan, 1996.(详见附录二)

③ Shirley F. Staton: *Literary Theories in Praxis*, University of Pennsylvania Press, 1987.(详见附录二)

主义:一个关于《大雪灾:一个槲寄生的故事》的马克思主义阅读”,显然是从社会和文化语境方面来分析作品的,具有典型的马克思主义文学批评的特点。二是全书目录按照戏剧的演出结构设计,总共分为四个部分:第一幕(第一部分)是形式主义者的关注;第二幕(第二部分)是政治和意识形态的描述;女性主义是幕间曲;最后的解构主义是“加演”曲目。这样的编排不仅非常形象地指出了20世纪理论舞台上形式和政治两出大戏,而且还凸显了女性理论和解构主义的强大影响,同时能够激发学习者研读理论的兴趣。

《应用中的文学理论》也是一种批评理论的书写方式,组编了新批评、现象学以及原型批评等20世纪的主要的批评理论9种。对这9种理论编者也不是直接做纯理论的流派概观和介绍,而是采用批评文选的方式,对理论的实践效用进行展示。只不过与《文学理论:一种批评实践的案例研究》不同的是,本教材是选择现成的经典批评文本作为研读理论的材料,如在新批评的流派之下就有克林斯·布鲁克斯(Cleanth Brooks)和罗伯特·P. 沃伦(Robert P. Warren)等理论家的8个批评文本,所以更像是一个文学批评的经典文选。

但是,因为编(著)者不易找到能够完美表征某一理论的案例,学习时,个案研究的教材对学生的理论感悟能力要求颇高,所以,完全以案例形式编写的教材,就所搜集的情况来看,相对较少。这种教材背后的理念就是:理论是一种多元的文本,不存在一种从实践中提纯出来的抽象的关于文学一般规律的理论。就是说,理论不能够自我表征,只有和批评相结合,只有在批评实践之中,才能体验理论、创新理论和发展理论。所以,作为批评理论的一种书写,最佳办法就是把理论通过实践展现出来。

(三)理论与实践结合型

这种是近15年以来英美教材主流的理论书写方式,几乎所有的流派型教材都是这一模式。这种教材明显分为理论介绍和批评实践两个部分,但是,很多教材这两个部分并不是均衡的。有的偏重于理论介绍,如沃尔夫冈·伊瑟尔(Wolfgang Iser)的《怎样做理论》[①]和布莱斯勒的《文学批评:理论与实践导论》等;有的偏重于批评实践,如莱恩的《文学作品的多重解读》和罗易斯·泰森(Lois Tyson)的《当代批评理论:使用者指南》[②]等;有的只是对理论做以概括性的介绍,如《文学理论导引:理论指南和词汇》[③]等;有的是按照学习者的实践需要分项介绍理论,如多贝的《实践中的理论:一个文学批评的导引》、布莱斯勒的《文学批评:理论与实践导论》以及唐纳德·E.霍尔(Donald E. Hall)的《文学和文化理论:从基本原则到高级应用》[④]等。

值得关注的是此类教材的批评案例部分,大多是选取名家或是经典的文本,如巴里的《理论起点:文学和文化理论导引》和泰森的《当代批评理论:使用者指南》等。一些教材民主意识较强,选取学生批评文选作为批评的范文,如布莱斯勒著《文学批评:理论与实践导论》等。但是,无论是哪一种,这些批评的例子都和我国教材之中的一些例子不同。我国大多教材都是"观点+例子"型的编写体例,其中那些精心挑选的例子都是为了说明观点的正确性和有效性。而英美教材之中的理论实践案例不只是作为一种实践样板提供给学生,一定的意义上,还是理论的一种现形,一种理论和实践的对话。伊瑟尔指出:"除此之外,我举这些例子的目的不是为了确认有关理论的有效性,尤其是因为——正如读者所将会看到的那样——理论本身常常利用例子来说明自己的基本论点,而此时解释则无能为力。"[⑤]这种例子和理论之间的张力,让学习者在理论和实践的对话之中研习理论,学会实践。

以上三种英美文学理论教材的编写,表现出文学理论不仅是一种实践的理论,而且还必须通过实践为它赋予形态。或者说,"文学理论绝不是无

---

① 沃尔夫冈·伊瑟尔著:《怎样做理论》,朱刚、谷婷婷、潘玉莎译,南京大学出版社2008年版。

② Lois Tyson: *Critical Theory Today: A User-Friendly Guide*, Routledge Taylor & Francis Group, 2006.(详见附录二)

③ Julian Wolfreys: *Introduction Literary Theory: A Guide and Glossary*, Edinburgh University Press, 2001.(详见附录二)

④ Donald E. Hall: *Literary and Culture Theory: From Basic Principle to Advanced Application*, Houghton Mifflin Company, 2001.(详见附录二)

⑤ 沃尔夫冈·伊瑟尔著:《怎样做理论》,朱刚、谷婷婷、潘玉莎译,南京大学出版社2008年版,前言与致谢第3页。

形的或超凡的，或是稳定地从人类存在的偶然性中独立出来的；它是不断随着历史、前后文及个人的嗜好和偏见相结合而形成斑驳图文的。理论，简单一句话，就是一项实践”[①]。把理论作为一种特殊的实践，不仅是理论观念的转变，也是教材编写观念的转型，英美近30年的文学理论书写、实践的品格不断得到强化。

二、对一种具体问题的研究

通过文学研究之中的热点或基本问题来透视文学理论的全貌，或是展示当下文学理论生存状况，也是英美教材编著之中较有影响的一种理论范式。近10年以来代表性的教材有卡勒的《文学理论入门》、艾尔斯的《文学理论：再引导》、苏瑞希·纳华（Suresh Rava）的《文学批评基础》[②]等。

卡勒的《文学理论入门》选取了当下英美理论界有争议的8个问题，这8个问题并不是随意为之，而是和作者的理论观念相关，集中在对文学、文学理论和文化研究等理论“常识”的反思；语言、叙述、述行语言与文本意义的关系；阅读与自我的改变、身份的塑造三个方面。从文学理论与其他学科的关系审视，这本教材相对偏重于文学、文学理论和文本意义等所谓文学内部问题的追问和反思。相反，艾尔斯的《文学理论：再引导》选取了当下英美文学理论中的八个热点问题，如重构英语研究、启蒙和现代性、从作品到文本、文化战争等。这些热点问题虽然都与文学有着密切的关系，但都是社会文化转型之中的问题，所以要清晰阐述这些问题需要拥有一个广阔的社会文化视野，这就使得这本教材具有明显的跨学科性、社会性和文化性，更偏向于文学理论的外部研究。

纳华的《文学批评基础》也是一本有特色的问题型教材。表面上看教材是挑选了当代文学理论学科之中的热点问题，但是深层的线索是哲学、文学理论和文学批评之间的关系探讨，作者试图运用哲学和文学理论之间的互

---

① 阿特金斯等著：《当代文学理论》，张双英、黄景进等译，合森文化事业有限公司1992年版，原序第19页。

② Suresh Rava: *Grounds of Literary Criticism*, University of Illinois Press, 1998.（详见附录二）

动，解读当代的文学理论危机。全书的8个问题可以分为4个部分：第一章可以单独为一个部分，主要是从当代的文学理论知识危机，谈到了哲学中怀疑主义、相对主义和激进主义等，认为文学理论的知识危机和这些哲学的假定有很大的关系。第二、三、四章可以视为第二部分，主要是介绍了三种文学研究的历史上影响较大的批评方式。第二章"形式和诗学的功能"说的是由形式批评形成的诗学，以及这种诗学观念之下的一种科学批评，作者认为这种诗学的批评相对封闭。第三章"偶然、价值和文学理论"，是介绍文学的价值和价值判断的问题。作者首先回顾了历史上的，古希腊以来的从柏拉图、亚里士多德（Aristotle）、朗吉努斯（Longinus）到T. S. 艾略特（T. S. Eliot）的一种有明确价值判断的负责任的文学批评，然后作者还谈到了20世纪中期以来的批评的制度化和学院化。第四章"解释共同体"，是对这一概念也是这种批评方法的一种反思，作者谈到了斯坦利·费什（Stanley Fish）和托马斯·库恩，因为解释共同体来自费什的倡导，同时库恩的范式一定意义上就是一种"学术共同体"。第五章"文学作品的存在模式"和第六章"定义中的文学"，可以看作教材的第三个部分，是对文学作品和文学定义的一种讨论。第五章作者把文学作品存在模式分为两种：一是传统的以美为本质的自治存在模式；二是当前的以文化为特点的反自治存在模式，因为它可以是实用的也可以是道德的等。第六章作者讨论了文学的不同定义之后，从批评的角度指出，"我也认为文学不可能有一个一致的定义，因为没有哪一种标准能够全面充分地阅读和阐释文学"①。七、八两章是全书的第四部分，作者主要是"想通过最后两章从具体问题回到一种概括的视野，为的是和第一、二章衔接"②。整部教材从文学理论的知识危机开始，紧紧环绕当前文学批评中存在的问题，既联系哲学学科，又贯通历史上的观点；既有具体问题的梳理，又具备广阔的社会文化视野、历史意识和现实关怀有机统一。

问题型教材的书写在具体操作上很难把握，太系统容易滑向体系性的教材而失去自我的特色，太琐碎就成为一种理论的碎片。所以，怎样使"这种碎片式的重视问题的反思和研究，迥异于宏大理论虚无缥缈的思辨，也迥

---

① Suresh Rava: *Grounds of Literary Criticism*, University of Illinois Press, 1998, p. 18.

② Suresh Rava: *Grounds of Literary Criticism*, University of Illinois Press, 1998, p. 18.

异于资料的堆砌”①，是非常值得问题型教材编(著)者思考的问题。成功的问题型教材是问题带动理论或问题生成理论，而不是只研究问题而放逐理论，要寻找具体问题的研究和普遍理论建构之间的一种张力。也就是说，能通过几个文学研究的基本问题或是当下文学现实中的热点问题，或是两种问题结合，构筑一个文学理论的思考平面；而不是一种脱离了具体问题的抽象的、宏大的理论。

三、一个概念网络

通过对文学研究中一些关键词汇和核心范畴的选择、排列和解读，打下文学理论学科的界桩，大致勾勒这一学科的面貌，对文学理论的学习和实践给予适当的引导，也可以称之为关键词(范畴)型的教材。代表性教材有本尼特和罗伊尔的《关键词：文学、批评与理论导论》。还有一些准关键词的教材，如韦伯斯特的《文学理论研究入门》、格林和列俾汉的《批评与实践教程》②等。

《关键词：文学、批评与理论导论》是英美近年出现的非常有特色的关键词型的文学理论教材。从第三版的情况来看，32个理论术语形成了一个文学理论和批评的概念网络，不仅可以透过这32个术语感知和窥探当代西方文学理论和批评的全貌，而且全书在阐释32个概念的时候，不是空泛的纯理论说明，而是紧密结合文本的批评演示，对学习者的批评实践有很好的启发作用。这种词典式的教材编著，两点优势是非常明显的：第一，编写的灵活性。如对关键词汇的选择，可以依据理论和批评的实际随意增减，从第一版的24个增加到第三版的32个就是明证。第二，学习的生成性。正如作者所言：“本书虽然以这样一种方式组合在一起，却可以从其中任何一章开始阅读。例如，从‘结局’这一部分阅读，也会是一个不坏的开始。”③正如在风景

① 鲍德韦尔、卡罗尔主编：《后理论：重建电影研究》，麦永雄等译，中国社会科学出版社2000年版，第6页。

② Keith Green, Jill LeBihan: *Critical Theory and Practice: A Course Book*, Routledge, 1996.(详见附录二)

③ 安德鲁·本尼特、尼古拉·罗伊尔著：《关键词：文学、批评与理论导论》，汪正龙、李永新译，广西师范大学出版社2007年版，第一版序。

区游览,不同的路径看到不同的风景,选择不同的关键词研读,能生成对理论不一样的观感,形成不同的理论风景。

除了这种标准的关键词型的中层理论的书写之外,一些使用关键概念引领理论流派的“准关键词”的理论书写也很有特色,例如格林和列俾汉的《批评与实践教程》,使用语言、结构、历史等七个关键词,凝聚20世纪西方文学理论的基本问题,在对问题的阐释过程之中,一边为学习者解困释惑,一边带动当代的一些文学流派。如第五章,作者提炼理论重点,命名为“阅读,写作和接受”,首先谈到“读者的角色”,探讨什么是读者;阅读可以改变自我,当然也可以塑造新的身份,所以接着就是“阅读与身份”。20世纪的阅读历史基本可以概括为从形式到社会文化的回归过程,也是一种“从微观到宏观阅读”的回归,一种从封闭和开放阅读的交替,还是一个作者之死和读者诞生的过程,所以教材编者设计了“从微观到宏观阅读”“开放和封闭的阅读”“作者之死和读者诞生”三个问题。从流派的角度来看接受的问题,可以看到,读者作为一种革命性的力量对形式阅读的突破,对以文本为中心的新批评和结构主义的突破,以及对格式塔心理学的借鉴,因为格式塔正是认为文本的意义不在文本本身,而在于文本和观者的交流之中,这一点与接受理论很相似。这一章的最后一个问题是对解构主义的介绍,因为解构主义也有着对读者尊重,所以命名为“正在解构的文本”。

如果从概念术语的角度理解理论的“范式”,就会发现范式的转换在操作层面上就是理论话语的转换。就是说,在一段时间之内,文学研究相关团体所认同的本学科整体的一套“概念网络”会发生转折性的转换,其中一部分概念会被淘汰,另一部分概念会备受青睐。而这些“概念网络”是本学科的一些研究者从某一特定的研究视角观察文学所得到的。很显然,如果这个学术共同体的成员改变了观察文学的立足点,那么这一“概念网络”的变更就是必然的,文学研究的范式转换就发生了。所以,一定的意义上,文学理论的知识变更就是理论家据以观察文学的“概念网络”的变更。因此,关键概念既是进入文学理论的路标,又是进行批评实践的凝聚点,还是理论范式转换的标志。关键词汇和核心范畴的打磨和反思应该也会成为理论建构和书写的一种模式。

可以看出,在批评实践之中反思理论,在问题解读之中生发理论,在关键词汇的使用中体验理论,已经成为英美教材最近30年编写体例中的主要形式。而且在互相的搭配和排列组合上呈现个性化发展的趋势:如关键词和实践型相互搭配,理论流派和文学问题互相融合,关键词型和流派型互相渗透,理论流派和批评实践相互结合,等等,不同的理论形式互相搭配,排列组合,式样繁多。这不仅是教材编写上的多样化,一定的意义上,也为学生提供了多元的选择。

如果追究这种变化背后的深层原因,我们发现这不仅是一种理论范式的转换,还是一种理论观念的转变。一方面,西方的很多理论家在20世纪的后半期把反思的利刃对准了理论本身,不断地追问:“理论本身是什么?应该怎样书写?”在最近的30年一个压倒性的结论就是,世界上不存在一种脱离语境、脱离实践的抽象、精美的理论,“理论只能以实际运用的形式存在”①。就文学理论来说,也不存在一种脱离了文本以及批评实践的纯净的文学理论。另一方面,西方的很多理论家又认为,没有一种文学实践能够摆脱文学理论的控制。以阅读为例,伊格尔顿就不断强调,不存在没有理论指导的“天真阅读”,在他看来,那些认为自己在阅读和文学实践之中没有使用理论的人们,只不过是把某种理论接受之后常识化、无意识化罢了。既然没有理论能从实践之中提纯出来,也没有文学实践能从理论的阴影之中走出,那么理论和实践互动的理论模式,就成了理论的最佳选择,这就是我们上面所说的中层理论。中层理论在不同的理论家那里有不一样的呈现形式,例如有的理论家认为是一种理论化的实践,把理论看成批评实践的一部分,有的理论家认为是一种实践化的理论。把理论看成是一种批评的理论,这就是西方近30年的理论实践化,也可以称为理论的批评化。

---

① 阿特金斯著:《当代文学理论》,张双英、黄景进等译,合森文化事业有限公司1992年版,原序第26页。

第三节 以文学活动为基础的理论体系——我国文学理论教材的主要理论范式

就教材编著而论,改革开放以来,我国文学理论占绝对优势的范式一定是文学活动论,就是说我国的文学理论教材主要是围绕着文学活动的展开建构理论体系。在教材之中出现的主要论题和一般的顺序是本质论—创作论—作品论(体裁论)—接受论(批评论)—发展论,俗称"五大板块",也有人称为"五大论"。从笔者调查的近100部的教材来看,直接和间接使用此种理论体系或框架的教材要占到96%以上。

想要认清这种生命力、繁殖力强的理论模式,并对之做出公允的评价,首先,我们需要知道这种理论模式出现的原因。有不少学者从历史的角度寻找这种理论模式的渊源,曾军认为:"由此,经过以群和蔡仪的努力,草创期的中国文艺学学科建构起了'本质论'—'发展论'—'构成论'—'创作论'—'接受论'的体系框架。"[①]童庆炳也认为文学活动论的理论模式直接来源于新中国成立后的前30年的蔡仪和以群体系。在笔者看来仅从这一时期来思考这一理论模式的出现,稍嫌突兀,如果我们拉长视线,从近百年我国文学现代学科意识的发端开始,会发现有三个时期对这一理论模式的形成影响较大。

第一个时期是20世纪20年代,也可以说是现代文学理论的萌芽期。五四运动之后,新文学的现象和思潮涌现,急需新的理论进行阐释和解读,新的文学理论也呼唤着新的书写范式。这时需要借鉴外部的经验来造就自己的理论体系,最便宜的借鉴对象就是日本的文艺学教材。这时本间久雄的《文学概论》和厨川白村的《苦闷的象征》都被翻译过来,而且都在我国产生

① 曾军:《比较视野中的文学理论教材编写》,《学习与探索》2008年第2期,第194页。

较大的影响，如田汉的《文学概论》就是对本间久雄教材前两章的模仿[1]。而且，“文学概论”这一沿用至今的课程名就是来自日本。参阅一下本间久雄的《文学概论》和厨川白村的《苦闷的象征》的目录[2]就会发现，《苦闷的象征》四章之中前两章节就直接命名为“创作论”和“鉴赏论”，《文学概论》共有四编，可以分别做如下的对应：第一编文学的本质（本质论）、第二编社会的现象的文学（基本对应发展论）、第三遍文学各论（作品论）、第四编文学批评论（批评论）。把这两本教材的内容拼接起来，“五大论”就呼之欲出了。可以说，我国文学理论在学科的萌芽期就模仿的对象来说，已经出现了“五大论”的雏形，这从一个侧面也表明“五大论”所代表的文学问题一定程度上是文学理论的一种共识。

第二个时期是20世纪50年代，也可称为文学理论的转型期。这一时期由于意识形态的原因，我们需要革新或者说重建文学理论体系。重建之中的理论应该包含哪些问题？在1961年周扬设计的《文学概论》的讨论提纲[3]之中已经相当的明晰，在这一“5编11章”的提纲之中，除了没有作品论之外，其他的“四大论”都已具备。这一提纲在后来以群和蔡仪主编的教材之中得到了充分的体现。这次理论体系重建除去意识形态的原因之外，还有着“中国化”的追求。而整个理论体系和“五大论”暗合，充分说明这种理论模式不仅接续了“五四”以来的文学理论模式，而且还得到了我国文学理论界认同。

第三个时期是自改革开放以来，也是五大论在教材之中得以定型、强化和泛滥的时期。具体的例子这里不再分析。不同于前两个时期的是，这也是我们的文学理论追求自律的时期，文学观念摆脱了政治话语的控制，开始不断地更新，同时也在不断完善“五大论”体系。值得一提的是这次借鉴的对象已经不是日本和苏联，而是欧美，例如一些理论家为“五大论”找到的学

---

① 参阅张法、张旭春等著：《世界语境中的中国文学理论》，安徽教育出版社2010年版，第50—59页。

② 参阅程正民、程凯著：《中国现代文学理论知识体系的建构》，北京大学出版社2005年版，第285—287页。

③ 周扬：《在〈文学概论〉提纲讨论会上的发言》，见童庆炳主编《新时期高校文学理论教材编写探查报告》，春风文艺出版社2006年版，第184—189页。

理支撑就是艾布拉姆斯的文学活动理念。

通过对三个时期的分析，我们能够发现，以文学活动为依托的“五大论”理论范式在我国的确立和强化，除去对日本、苏联的借鉴之外，还跟我们学科自律和中国化的追求等内在原因密切相关，这也表明这一理论体系一定程度上把握住了文学理论之中的一些共性问题。客观地说，这种理论模式在一定的范围之内，推进了文学理论之中的一些基本问题的探索；一定程度上，总结了文学理论一些重要经验；一定意义上，建立了富有中国特色的文学理论学科体系。但是，和20世纪文学理论本身的激烈变革以及全球化的视野相比，这一模式显得封闭；和文学现象的迅速变化相比，这一体系的文学理论知识更新太慢，有的文学理论命题已经不适应新的文学现象和文学实践，由此引发学生对理论的抵触情绪。

就当下我国的教材编写看，有两个弊端显得比较突出：

一是高度的理论雷同性。这一文学理论的模式出现之后，国内的很多学者和理论家认为，我国的文学理论找到了应该找到的文学理论的学科边界，已经厘清了文学理论学科的知识体系，可以一劳永逸地使用这种模式。所以，很多教材的编（著）者都认同这种理论模式，在这种认同之中，开始了大量的复制，“于是出现这样一个景观：同一学科、同一论题，有几个乃至上百的人在编写、出书。编写者的知识结构、背景又大致相同，这就导致编写出来的文学理论教材，在理论上极少创意，出现了由于不同理论板块的排列组合而呈现出整体的大同小异的情况”[①]。

二是体系化的演进。汪正龙先生指出：“虽然新时期由我国学者自行编纂的各种文学理论教材多达160余种，但是其中绝大多数都具有包打文学天下的纯体系冲动，并没有打破我国既往文学理论教材编写从某一理论预设出发的本质主义思维模式和几大板块的框架结构。”[②]所以，我国的文学理论至今还是一种纯体系的演进。首先，这种完备的体系性使新理论的融入

---

① 钱中文、刘方喜、吴子林著：《自律与他律：中国现当代文学论争中的一些理论问题》，北京大学出版社2005年版，第305页。

② 汪正龙：《英美文学理论教材的现状与走向管窥》，《江汉论坛》，2009年第6期，第104页。

变得困难，最终使整个体系的革新变得缓慢和滞后。因为，任何一次的理论变革，都要考虑到在这四个因素上所引起的变化以及这些因素之间的互相平衡，而且要有机地融入这个体系之中，才能在我国的文学理论之中扎根和生存，否则只能是过眼烟云。西方20世纪以来的众多理论不断被引进中国，在文学研究之中颇为热闹，但是能真正进入这个体系的却是寥寥无几。因为，西方很多文学理论都不仅是一种批评方法，而且很多还是一种关于文学本体的观念，例如精神分析、结构主义、解构主义等，在我们这一体系之中很难找到合适的位置，因为放在本质论之中，会削弱它们批评实践的品格，放在批评论之中，又会矮化其对文学的本体性解读。这种矛盾的心态使很多教材的编（著）者为了教材使用之中的教学和考试的方便，只好将这种身份不明的知识舍弃。其次，这种理论体系重视的是文学某项活动一般性规律的总结，距离文学的具体实践较远。近30年，我国的理论界热衷于这五项文学活动基本规律的完善和总结，在此种情况下，文学理论逐渐忽视了对某一文学范畴的解读和反思，逐渐淡化了对文学具体问题的思考和解答，慢慢远离了生动的文学实践经验，文学理论变成以学科知识为中心，重视学科知识的完整性和系统性，没有真正重视文学理论的实践特征。这种文学理论对具体的文学现象和文学作品的剖析、解读能力不强；这种教材对学生文学实践能力的培养不够直接，非常有限。但是，也不排除，有的优秀教材在这一框架之下，仍然关注具体的文学理论问题。例如在创作论的视野之下，教材编（著）者也可以讨论创作之中的具体问题和具体现象，如创作之中的变形问题、典型化问题和灵感思维等问题，而不是过多地去关注写作的一般性规律。①

如何破解以上的问题，必须知道五大板块的文学活动论模式背后的学理依据。近30年，我国的很多学者在为“五大论”寻找学理依据的时候，大多是找到了美国的学者艾布拉姆斯的理论图式。以童庆炳主编的《文学理论教程》为代表，认为“文学理论的任务一般规定为五个方面，即文学活动论、文学活动本质论、文学创作论、文学作品构成论和文学接受论”②。为什

---

① 参看胡有清著：《文艺学论纲》，南京大学出版社2006年版，第四章。

② 童庆炳主编：《文学理论教程》，高等教育出版社2004年版，第5页。

么规定此五项任务，教材引用了艾布拉姆斯的图式来支持自己的理论模式。如果我们深入研读艾布拉姆斯提出这一图式的假定和意图，就会发现为五大板块的体例找到艾布拉姆斯的支持实在是一种对艾布拉姆斯的误读。

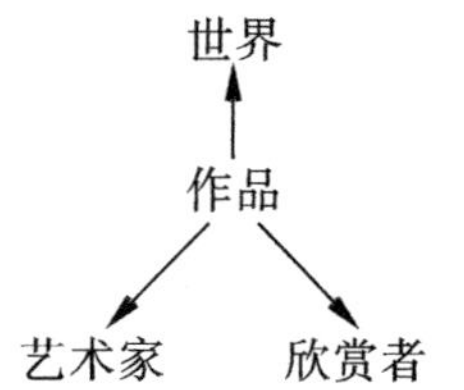

图1　艾布拉姆斯图式

艾布拉姆斯的原始图式如此（图1），他在文中给出自己的图示之后曾经非常清晰地表述了这个图式是做什么的："因此，运用这个图式，可以把阐释艺术品本质和价值的种种尝试大体上划为四类，其中有三类用作品与另一要素的关系来解释作品，第四类则把作品视为一个自足体孤立起来加以研究，认为其意义和价值的确不予外界任何事物相关。"①这句话非常清晰地指出可以把西方历史上对艺术作品的本体以及意义进行研究的理论分为四种。接着，他就进行了自己的理论分类和解读，而且在第一章的最后还特意强调："按照我们的分析图示来看，主要的批评倾向已有四种，在各种感觉敏锐的人看来，每一种都足以对一般的艺术进行令人满意的批评。"②这里就说得更清楚了——西方文艺理论的建构路径有四种，每一种理论都可以对文艺作品进行自己的解读。因此，我们可以说，艾布拉姆斯的图式是表明西方的文艺理论可以据此分为四大类，而不是说可以建立一个全面而系统的文学理论，包括这四种维度，每个维度一个部分，平衡而又完美，很显然这样的理论是不存在的。再者，我们可以通过克拉尔的《文学研究导引》③来印证艾布拉姆斯的观点，这本教材的第四章节也把文学理论分为"文本—作者—读者—语境"四个向度来论述，但是它是按照四类理论而不是按照一个理论四个维度来进行的。例如在"作者"向度上罗列有三种理论：传记批评、精神分析批评和现象学；"文本"向度上有五种理论：语文学、修辞、形式主义和结构主义、新批评和符

① M. H. 艾布拉姆斯著：《镜与灯：浪漫主义文论及批评传统》，郦稚牛、张照进、童庆生译，北京大学出版社2004年版，第5页。

② M. H. 艾布拉姆斯著：《镜与灯：浪漫主义文论及批评传统》，郦稚牛、张照进、童庆生译，北京大学出版社2004年版，第26页。

③ Mario Klarer：*An Introduction to Literary Studies*，Routledge，2004，p. 78.

号学和解构主义。

要想真正厘清文学理论之中这四个向度的关系，我们需要引入在艾布拉姆斯图式基础上改造过的刘若愚图式（图2）。为了能够说明中国文学理论的问题，刘若愚改造了艾布拉姆斯的图式，把艾布拉姆斯的那种以文本为中心的发散式的图式，改为以文学活动为流程的回环往复的一个环形，把分类式的图式真正改造成了文学活动的图式。刘若愚还解释说这一图式也说明文学的活动可以分为四个阶段，而且每一阶段都是双向的，回环往复，互动共生，因为"在第一阶段宇宙影响作家，作家反映宇宙。由于这种反映创造作品，这是第二阶段。当作品触及读者，它随即影响读者，这是第三阶段。在最后一个阶段，读者对宇宙的反映，因他阅读作品的经验而改变。如此整个过程形成一个圆圈。同时，由于读者对作品的反映，受到宇宙影响他的方式所左右，而且由于反映作品，读者与作家的心灵发生接触，而再度捕捉作家对宇宙的反映，因此这一过程也能以相反的方向进行"①。

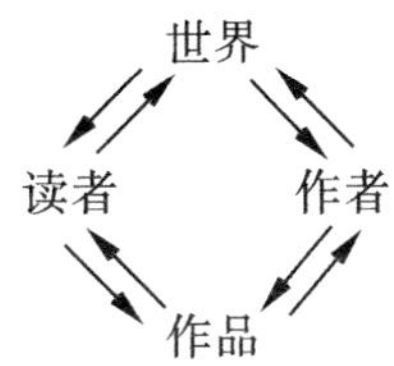

图2　刘若愚图式

从刘若愚的图式之中，我们能够知道，文学活动作为一个流程，是一个有机的组成部分，正如一个圆圈，是不可以人为分开的。也就是说不能够简单地认为作家与作品的关系就是创作论，也不能够认为作品和读者之间的关系就是鉴赏论，更不能认为读者和世界或是作品和世界的关系就是文学和生活的关系，因为它们之间是相互决定和相互加强的，更多的是互动地关系，一种相克相生的关系。我们先看相互决定。一般认为是作者创作了文学作品，所以作者对作品具有决定权，甚至决定作品的意义，是作品决定了读者的阅读，读者只能被动地接受。很显然，这样的观念过于机械了。20世纪后半期的文学理论生动说明，读者的要求可以通过市场、课堂、论坛等多种方式返回到作者那里，影响甚至决定作者的创作，这一点在大众文学之中，表现得尤为突出。再看相互加强，近30年西方的很多理论家都在强调读

① 刘若愚著：《中国文学理论》，杜国清译，江苏教育出版社2006年版，第14页。

者的重要性，认为读者有权利在任何一种意义上阅读文本甚至是重构文本，文本的完整自足性受到质疑，互文本性开始被挖掘出了。在此种情况下，事实上是把文本交给了社会和文化，因为文本的性质只能让社会和文化的语境去决定。同时，读者也不是一个抽象的概念，是一定社会文化状况的产物，因此，可以说，当读者这一维度受到重视的时候，被加强的还有社会和文化维度——世界维度，近来西方文学理论所发生的变化生动地证明了这一点。

总之，通过这两点，我们可以清楚地看到，文学的这四个维度或者是在这四个维度之上的四个文学活动的阶段，在实际的文学实践之中，所起到的作用是不平衡和不均匀的。换句话说，文学活动论的理论模式是一种建立在学科或者说是理想状态下的文学理论模式，和实际的文学活动本身是有距离的，如果我们比照实际的文学活动，这一理论模式是可以打破或者改变的。我们建立这一理论模式的背后既是对艾布拉姆斯的误读，又是对刘若愚的忽视。

从我国新世纪的文学理论教材的探索来看，对文学活动论的理论框架的打破已经是成为事实，童庆炳的《文学理论新编》、汪正龙的《文学理论研究导引》、陶东风的《文学基本问题》、南帆的《文学理论新读本》，特别是前三种教材基本上属于问题型教材，编（著）者用一系列的文学问题替代了文学活动论的框架。《文学理论新读本》由于所选的论题较多，有学者认为可以算是“准关键词型”。当然，它们对文学活动论模式的打破是一定程度上的，有的甚至骨子里还是一种活动论的框架，例如《文学理论新编》，只不过是换个说法而已。

这里，我们以龚鹏程的《文学散步》为比照，进一步看清楚文学活动论的一些问题。作者在这本书的后记之中谈到了写作这本书的初衷，那就是学生学不会，教师教起来“深觉头疼”，“为了摆脱这种困境，我乃想写一本能把文学基本问题讲清楚的书，以供教者和学者参考”[①]。出于此目的，作者就从学生最关心的问题出发，论述时注意和生活中的文学问题结合，选取了以下

---

① 龚鹏程著：《文学散步》，世界图书出版公司2006年版，第211页。

问题:因为学生在生活中最想了解的就是关于文学文本的解读问题,所以前四章作者就谈欣赏文学"作品"主要是告诉读者什么是文学作品,作品的存在方式以及何谓欣赏的问题。第五、六、七章集中谈怎样欣赏文学作品,值得一提的是作者不是使用文学理论教材中经常使用的术语"文学的批评"或"文学的接受",作者就谈欣赏,而且没有马上从方法谈起而是分三步:培养情感—充实知识—运用方法。因为欣赏文学作品必然要联系到形式,所以第八章谈的是文学的形式,形式分析是为了更好地追问意义。接着是第九章形式和意义,再过渡到第十章文学的意义,如何认知文学的意义是第十一章,解读文学的意义是为了实现文学的某种功能,所以第十二、十三章是文学的功能。文学的功能要在现实社会中实现,因此,第十四章文学与社会、十五章文学与真实、第十六章文学与道德都与文学功能的实现有关。一般的读者都比较关心文学与历史和哲学的关系,我们的观念是文史不分家,所以作者用两章谈文学与历史,最后一章谈文学与哲学。这样的问题选择使该书摆脱了一般文学概论从理论到理论的套路,采取的不是高头讲章,而是问题讨论,从读者关心又有兴趣的一个个问题入手,一步步深入梳理文学的知识系统。而且值得一提的是该书在结构上,也不是按照从本质论开始以批评论结束的一般顺序,而是从欣赏开始,可以说相比一般教材的理论模式是倒着的,原因就是一般的读者包括学生首先关心的就是如何阅读(欣赏)文本的问题。龚鹏程的这种以学生关心的文学问题为中心的教材,完全不同于以文学活动为学科假定的一种知识系统,没有过度地去追求学科知识的完整性和系统性。因为作者"并不承认已有一门现成的学科"①。这也说明了学科意识不是一成不变的,没有一种固定的学科意识,同时这本教材也指明了一个学科突破的方向,那就是以学生的需求为中心来结构知识,论述问题,满足学生的阅读经验和学习要求,教材就应该为学生释困解惑,为学生研习文学理论提供帮助,文学理论的教材也应是如此。

① 龚鹏程著:《文学散步》,世界图书出版公司2006年版,第208页。

第四节　启示与反思

综上所述,我们能够发现,我国的文学理论模式主要是一种以学科自律为本位的完备体系,这种理论模式确实使我国的文学理论学科意识更加清晰和自觉,学科知识更加完善和系统。但是,一些教材在这种框架之内,试图把文学本质、文学创作、文学作品、文学特征、文学批评甚至是文学史研究等关于文学的问题"一网打尽",一揽子解决,非常接近英美理论界所批判的"大理论"范式(当然不能完全等同)。因此,也可以说,我们当前的文学理论知识危机的部分原因可以归结为一种理论范式的危机,一种大理论的危机,具体表现为一种实践上的危机:一是批评实践危机,就是理论和现实平行而不相交;二是教学实践危机,就是教材中所选的话题,很多不是来自学生生活之中的文学问题。所以,以学生或接受者的需求为中心,恢复理论和批评实践之间的密切关系,这不仅是英美教材对我们的启示,也是文学理论的本有特征。

这就需要我们把那些"单一"的"大写"的文学理论知识,改写为"复数"的、"小写"的形态各异的文学理论知识,在存在的形态上可以有体系型的、问题型的、关键词型的,甚至也可以是文学现象型的,流派型的、社团型的[①]。总之,通过打破现行的以学科为中心的知识体系,加强文学理论知识和文学实践之间的整合,寻找文学理论和学生需求之间的张力,恢复文学理论知识的鲜活状态,使受众在知识的接受中自然地产生对文本的解读冲动。在实际的操作上,须从文本的细读、概念的打磨、原理的清理、问题的彰显开始,让文学理论的知识从"单细胞"形态开始进化。

---

① 需要解释的是,西方流行的理论和实践混杂不分的观念,不一定完全适合我国的课程设置。因为,我国高校文科除了文学概论这样一种基础理论课之外,还有专门的文学批评课程,文学理论教材作为理论基础课程的课本,还不能完全照搬英美教材的写法。

当然，我们不是主张“大理论”与“中层理论”的完全对立，只是客观地揭示当前我国文学理论和教材编写之中的理论范式危机，实际上，在教材（包括教学）中让学生适当了解“大理论”，对于学习“中层理论”乃至“小理论”都是必要的。

第三章
学科意识的变化与教材编著

第一节　从文学理论到批评理论

文学研究作为现代意义上的一门学科在欧美大学出现，是近二百年之内的事情，这已经成为学界的共识。在中国，伴随着新式高等教育制度的艰难确立，现代学制的不断推进，真正现代意义的文学研究作为学科萌芽已经是20世纪初的事情了。而本书所要论述的作为现代学科的文学理论，从出现至今还不足百年，伊格尔顿从学术史的角度提出，如果非要为21世纪文学理论的变化确定一个年份的话，还是1917年比较合适，因为“就在这一年，年轻的俄国形式主义者维克多·申克罗夫斯基发表了他那篇开拓性的论文《作为手段的艺术》”[①]。美国理论家柯理格从学科建设和课程设置的角度，认为这种变化可能更晚，甚至是20世纪中期的事情，因为“在今天的美国，很难回想不太多年前，至迟是第二次世界大战刚结束之后，在美国大学里，不管是文学理论甚或是文学批评在文学课程中（因而在人文科学的课程中）的地位都不受承认”[②]。从这里我们可以读出，就欧美的情况看，文学研究的

---

① 特雷·伊格尔顿著：《二十世纪西方文学理论》，伍晓明译，北京大学出版社2007年版，序第5页。

② 柯理格著：《近代美国理论：建制·压抑·抗拒》，单德兴编译，书林出版有限公司1995年版，第3页。

兴起和文学理论繁荣不是同步的,文学理论在文学研究中位置也是不断变化,因此,我们有必要弄清楚就学科变革的意义上,文学研究在何时才真正需要文学理论,文学理论在何种情况下才开始重构文学研究。

现代意义上的文学研究学科的出现是需要一定的历史语境和推动力的,以英、美为例,正是自身经济的繁荣、民族意识的高涨、本土文学的发展,才使得对文学研究的需求愈加强烈。因为在美国,这一学科有三重起源:作为训练学生作文、演讲术和辩术的副产品;作为科学语文学传统中对本土文学的研究;作为人文主义,特别是与阿诺德有关的人文主义的发展,这些起源之间的矛盾在英语系的许多实践中依然十分明显。这三个起源分别强调了文学研究的三个方向:第一是文学研究的实践性,文学研究就是一种技能的培养,在今天文学理论很大成分上仍被视作文本解读的工具,仍然具有很强的实践功能。第二是文学研究的民族性,因为对自己本土文学的研究是为了建立一种对本土文学的历史叙事(文学史),从而能够彰显和传播本土文学和文化的特点和价值。第三就是文学研究的批评性,阿诺德试图通过对文学育人功能的强调,建构文学和现实之间的关系,从而发挥文学对现实的干涉功能,一种对社会文化的批评作用。正是这三个方面的要求,促使了文学实践的发展、文学观念的生长以及文学史著作的大量涌现,而这一切提升了文学研究的价值,最终促成了文学研究学科的出现。哈佛大学第一个在英语作文学科之外设置了文学研究学科的大学,随后研究型大学里设置了独立的文学研究学科,英美的大学教育之中文学研究学科的设置也越来越多了。但是,学科的独立设置并不意味着文学文本自动地成为文学研究的中心,也不意味着文学理论会成为一种普遍的需求。只有伴随着人文主义思想在欧美大学和知识界的强劲传播,知识分子才认为越来越需要把人文主义表达为文学中的一种普遍真理,文学研究也越来越被压缩到文学文本的研究层面,同时一种审美的形式主义研究开始在学界出现,而且逐渐呈流行的趋势。

20 世纪 20 年代中期,不管是英国的人文主义批评还是美国的芝加哥批评学派,在文学研究的方法上基本持大致相同的态度,那就是以文本为中心开展一种所谓文学的内部研究,英美新批评流派便应运而生,此后占据文学研究的主流位置，一直到20世纪60年代。新批评给文学研究的学科意识带来的变化是巨大的，主要表现在以下两个方面：第一，主张一种无功利的文学普遍本质，基本倾向于文学是一种无功利的审美。这来自阿诺德主张的对文学的无功利的研究，因为对作品的审美品评不仅有助于人文主义的传播，更重要的是建立了文学的区分标准，有了这一标准，就有利于把一部分文学作品在价值上置于另一部分之上，建构新批评的经典序列。第二，倡导一种方法，即内部研究方法。这种研究方法主张文学的研究应该只是对文学文本的研究，具体来说就是对文本的形式的细读。而对作家的生平、文本的时代背景、社会意义、道德价值等的研究都是文学的外部研究，应该给予排斥，因为那些都是历史系和哲学系的任务而不是文学研究的任务。当然，这种内部研究的背后是文学可以独立自足存在的文学观念。最重要的是通过内在批评支持学科整合的做法，强烈地反对到文学文本之外去寻找阐释的线索。一种文学的普遍本质使文学研究变得容易把握和可以操作，这就意味着，文学研究不再是一种天才式的智慧，而是可以通过教育获得的一种技能。这一点顺应"二战"后的社会形势：大量的"二战"退伍军人来到大学校园，这些英语系的大学新生由于缺少文学、历史和哲学方面的足够的知识储备，对传统考证式的文学研究不感兴趣，但是对新批评派的那种操作性强的文本细读却很着迷。所以"1945年以后，注册英文系学程的人数急遽增加，相对的，实证主义的学院派——语言学、文化传记、文学史与影响的考证——则逐渐衰微，而于四十年代末完全溃败"①。这也从教学的方面说明了英美文学研究学科的转变和整合，同时，也促进了新批评在全球的传播，新批评无意之中创建了一个文学研究的学术帝国。

新批评的理论家认为，既然文学是一种独立自足的存在，文学文本和其他文本有着本质性的差异，那么文学文本就完全可以从其他类的文本之中予以区分，当然，文学研究学科也应该和其他学科有一个明确的区分，新批评促进了文学研究的学科自律。同时，当时的理论家们也认为，既然文学有普遍的本质，那么在这一本质之上，建立一种关于文学的知识系统既是可能

---

① 阿特金斯等著：《当代文学理论》，张双英、黄景进等译，合森文化事业有限公司1992年版，第67页。

的,也是必要的,这种文学的理论可以从文学实践之中抽取出来,又可以在文学批评实践之中再贯彻下去,因为它是一种文学的普遍规律。新批评使文学研究开始依赖理论,一方面使文学研究学科在人文学科的知识系统之中更加清晰和显豁,另一方面也开始通过文学理论全面改造文学研究学科,当然,文学研究也变得越来越依赖文学理论,至少20世纪的情况是如此。

从20世纪60年代开始,西方文学研究的学科意识开始发生变革,新批评的文本中心开始向着学科互涉(inter-discipline)的多元中心转换,文学理论的学科意识也随之开始转变。应该说,这一转换的实现是有着众多的原因的,但就删繁就简来说有内外两个方面的原因:一方面是以解构主义为代表的众多哲学流派,不断消解着稳固的文学本质。关于此方面的具体情况,笔者已经在第一章里有较为详细的阐述,在此不再赘述。文学没有了固有的本质,自然就不能依靠稳定的本质和其他的文本做以明确的区分,如果不能区分,那么一个文本就不能自然而然地成为文学研究的对象,文学文本就不再是一个自给自足的客体,一个文本何时成为文学或者何时被罢黜文学的称号,都是需要一定的社会和文化语境的。另一方面是文化研究的兴起。不管是法国20世纪60年代的结构主义,还是几乎同时期出现的英国马克思主义文学理论。[①]

就文化研究来说,和文学研究相比,有两个显著的特点:第一是研究文本的混杂性。文化研究受到罗兰·巴特(Roland Barthes)文本理论的影响,只要有意义的话语实践就是文本,这样,文化研究的对象不再拘泥于文学文本,因为影视、时装、城市规划、网络游戏、音乐创作和广告等都是一种有意义的话语实践,都正在进入文化研究的范围,成为文化研究的对象。第二是研究性质的意识形态性。文化研究不像新批评式的文学研究一样是一种从文本到文本的研究,而是一种从文本到现实的研究,不是一种纯审美的研究,而是一种政治性很强的研究。所以,有理论家称呼文化研究是"文本的政治"或者说"知识政治"。解构主义和文化研究视野之下的文学研究变得越来越需要文学理论,文学研究的批评意味也越来越浓。

---

① 参阅乔纳森·卡勒著:《文学理论入门》,李平译,译林出版社2008年版,第46—47页。

到了20世纪70—80年代,在文化研究的冲击之下,文学理论学科在两个方面发生了巨大的变化:一是知识的建构上,二是批评的实践上。也可以说,是知识的生产和消费的两个领域。在知识的建构方面,自新批评开始的文学批评对理论的依赖越来越严重,同时,多种文本进入文学研究领域也在呼唤着多种理论,文学理论的多元化,已经成为无法遏制的势头。在批评实践方面,多元理论的引领下,文学文本的多维度阐释也已经超越了审美的单一之维,文学理论的文化意味以及文本解读的意识形态性质也越来越浓厚。在批评实践之中,文学理论进一步裂变、增殖、拓展,各种各样的理论、各种层次的文学理论开始不断涌现,文学理论作为一个专门学科的时机已经成熟,专门的文学理论课程、教材、系科和研究机构开始在英美各大学出现。不过应该指出的是,此时的文学理论已经开始了自己的学科转向,文学理论再也不是一种建立在文学文本之上的纯净话语了,作为多种理论的混杂,文学理论进入了学科互涉的多元学科本位,文学理论也开始自己的多学科基础上的多边建构,多学科理论完全改变了文学理论的学科属性。虽然还有不少理论家称这种理论为"文学理论"或者"文学的理论",但是更多的理论家愿意称转向之后的文学理论为"理论"或"批评理论"。

第二节 在学科网络中跨界实践
——整合的实践和实践中的整合

面对这种学科意识的转化和斗争,文学理论教材作为一种学科知识的书写,应该如何处理呢?从当前英美教材编写的现状来观察,主要有以下三种路径。

一、文学研究的反思:反思型

近30年,对英美学界来说,既是文学理论大发展的时代,也是文学理论的大反思时期。特别是近20年来,英美文学理论界对理论的反思越来越全面和深入,有对文学研究和现实政治关系的反思:《理论还剩下什么》[1];有对文学研究学科跨越的反思:《学科的死亡》[2];有对文学研究边缘化的反思:《文学死亡之后》[3];有对文学理论未来的反思:《理论的未来》[4];对文学理论自身局限性的批评:《批评理论的批评》[5];等等。而且,这种反思都来自文学理论界本身,就目前英美理论的走向看,这些反思也已经是理论的一部分。因此,乔纳森·卡勒在总结理论的特点的时候,认为"理论具有自反性,是关于思维的思维,我们用它向文学和其他话语实践中创造意义的范畴提出疑问"[6]。这种质疑当然也包括理论自身,所以英美文学理论的深度反思说明:一方面人们对理论的认知在深入,另一方面说明理论之中确实存在很多值得反思的问题。因此,在近年以问题反思为框架的教材多有编写,代表性教材有艾尔斯的《文学理论:再引导》、纳华的《文学批评基础》及卡勒的《文学理论入门》等。

此类教材的编(著)者都带着强烈的反思意识开始自己的理论建构,但是,他们的反思也不是漫无边际的,更不是抽象的理论演绎,而是分别从学科、文学批评和理论自身不同的角度精选一批问题,通过对问题的展开、命题的阐发和理论的质疑,达到文学新观念的建构或是学科新意识的树立。

艾尔斯的《文学理论:再引导》以学科反思开始,总共由 8 个问题组成,第一个就是"英语作为一个普遍的学科"是一个理论与学科关系的问题。20 世纪英语学科在英美学界越来越受到重视,这正是理论兴起的结果,因为文学理论开始走向意识形态的研究的时候,也是文化理论开始进入学院,街头的政治变成学院的政治之时,英语作为一种学科的出现,一方面突显了理论的兴起,另一方面也被理论所加强。一定的意义上是理论重构了英语的研

---

① Judith Butler, John Guillory, Kendall Thomas: *What's Left of Theory*, Routledge, 2000.

② Gayatri Chakravorty Spivak: *Death of a Discipline*, Columbia University Press, 2003.

③ Richard B. Schwartz: *After the Death of Literature*, Southern Illinois University Press, 1997.

④ Jean-Michel Rabaté: *The Future of Theory*, Blackwell Publishers, 2002.

⑤ Dwight Eddins: *The Emperor Redressed: Critiquing Critical Theory*, University of Alabama Press, 1995.

⑥ 乔纳森·卡勒著:《文学理论入门》,李平译,译林出版社 2008 年版,第 16 页。

究，这正是教材的第三个问题：重构英语研究。而这种重构的具体结果就是政治文化对审美和形式的突破，也就是新批评被超越，这正是教材的第二个问题：新批评及其超越。教材作者沿着政治、文化这一思路，不断提出和文学理论关系密切的问题，把这些问题结合起来看，不仅可以看到20世纪文学理论的主要问题，也能看出编者对文学理论转向的反思。纳华的《文学批评基础》是从哲学的角度提出了8个文学的理论转型之中的热点问题，环绕这些问题从哲学的视角反思当今理论的危机。卡勒的《文学理论入门》所提问题主要与作者的理论观念密切相关，而且在深层次之中，作者对问题的设置和反思都深受解构主义思想的影响。

二、从文本到世界：整合型

整合型教材的编（著）者关注到了20世纪西方文学研究这种从文本到文化，从内部形式到外部世界的学科意识变化，但是在学科站位上，既不执着于文本中心，也不偏执于文化中心，而是追求对这一流变过程的客观展示，在展示过程之中，教材还从文学阅读、研究和批评等某一实践角度出发，对从文学研究到文化研究的有关理论给予整合。代表性教材有伯顿斯的《文学理论基础》、韦伯斯特的《文学理论研究入门》、格林和列俾汉的《批评与实践教程》、艾伦·杜兰特（Alan Durant）和尼格尔·法比（Nigel Fabb）的《操作中的文学研究》等。

伯顿斯的《文学理论基础》是一本有着自己个性追求的教材。虽然还能看出流派型的框架，但是和传统的流派型的教材相比有所不同，不是按照流派的更替，而是客观地介绍流派的缘起、兴盛和衰落的过程，如在中国产生很大影响的伊格尔顿、佛克马和塞尔登等。此书也不是仅仅对流派的代表人物和主要观点简单介绍，如阿特金斯等的《当代文学理论》，而是面向学生文本解读的需要，全面整合了文学理论知识本身。在整合的时候，作者没有以形式文论为学科中心，也没有以社会和文化理论为中心，而是把20世纪的文学理论描述为以新批评为代表的意义的阅读、以俄国形式主义和法国结构主义为代表的形式的阅读，以及结构主义之后的政治阅读及文化研究等。教材在学科意识上，审美和政治共存，形式和文化兼得，整个20世纪的理论景观全面客观地展现在学习者面前。

韦伯斯特的《文学理论研究入门》也是一本对文学理论进行知识整合的教材，教材的第三、四、五章是对20世纪文学理论的集中论述，第三章主要是整合形式主义文论，包含申克罗夫斯基、雅克布森和巴赫金等。第四章主要是整合社会、文化方面的理论，包括马克思主义、女性主义和精神分析。第五章主要是整合后现代主义和后结构主义文论，包括解构主义、新历史主义和后殖民主义等。作者在面对20世纪纷繁多元的理论领域时，没有采取顾此失彼或是厚此薄彼的单一学科本位的策略，而是多元兼顾，多边建构，使读者和学习者在多重的理论视域之中形成自己理论观念。

这种形式和文化并重，从文本到世界的整合型学科观念在英美理论界的出现，可以说是英美理论界理论观念成熟的标志。就20世纪文学理论的具体情况看，形式主义和意识形态等多种学科意识的差异、摇摆、冲突甚至斗争是在所难免的，在此语境之中，任何单一学科都会显得单薄，因为“形式的意义不能被否定，但是，政治和社会的批评分析重新出现，政治和社会维度也被二十世纪的一些批评家视为批评的重要方面”①。怎样在一本教材之中呈现一种或是多种学科本位，英美的理论教材值得我们借鉴。

三、文学与文化的共享：实用型

实用型教材在承认文学研究文化转向的基础上，既不急于反思，也不急于整合，而是重在使用。这类教材表面上看都是西方20世纪文学流派的罗列，特色在于它们都是从批评实践甚至是具体文本分析的角度，为学习者提供进入理论国度的门径，只不过在进行这种理论引导的时候，编(著)者根本不去对自己所使用的理论进行文学或文化性质上的区分，实用主义的色彩相当浓厚。代表性教材有巴里的《理论起点：文学和文化理论导引》、霍尔的《文学和文化理论：从基本原则到高级应用》、泰森的《当代批评理论：使用者指南》等。

这里以《理论起点：文学和文化理论导引》为例做以简要分析。本书总

---

① E. Hall Donald: *Literary and Culture Theory*: *From Basic Principle to Advanced Application*, Houghton Mifflin Company 2001, p. 3.

共有13个议题,英美学界一般认为种族、性别和阶级问题是文化研究的核心问题,也就是研究者们常说的身份问题,以这样的标准来衡量这本教材的13个议题,会发现其中的后殖民批评及文化唯物主义等7个议题都和文化研究有关,或者说本身就是文化研究的理论。如果再拿一本文化理论的教材——安德鲁·米尔恩(Andrew Milner)和杰弗瑞·布鲁维特(Jeffrey Browitt)的《当代文化理论》[①]比较一下,会发现有更多相同的话题和问题,除了以上的理论之外,后者甚至把俄国的形式主义(从申克罗夫斯基到巴赫金)都作为文化研究的理论。从这里可知这一类型教材的相对松散的学科意识。霍尔的《文学和文化理论:从基本原则到高级应用》在学科意识上和《理论起点:文学和文化理论导引》非常的相似,教材选择了10个批评流派,其中7个都和身份问题有关,一定程度上是文化研究类。泰森的《当代批评理论:使用者指南》在学科本位上处理得更为巧妙,作者从批评实践的角度避开文学本位和文化本位之争,12种批评流派全程结合《了不起的盖茨比》这一个文本,通过对其的解读,透视这12种批评理论,这些理论都是既可以对准文学文本也可以解读文化文本的。

英美的文学理论教材对文学和文化本位的超越建立在当下理论发展的实际以及文学观念的转变,就理论发展来说,20世纪的后半期,特别是70年代以来,文化研究开始崛起,各种文化理论出现并且大规模、高强度地侵入文学研究领域,改变和重构着文学研究。就文学的观念来说,最近的30年,英美的理论界开始反思康德超验的美学观念,认为文学不再是一种超越于现实之上的产物,而是认为文学本身就是一种现实的权利,参与着现实的构造,文学研究就应该把文学作品再次语境化,或者说让其进入现实的脉络之中,揭示其和现实的各种关系,文化理论正是进行此种研究的利器。霍尔指出:"如果文学不能超越整个社会并从中分离出来,如果文学同样也是社会力量和信仰系统的产品,那么就要求批评的转换,我们期待,文学批评也能

---

① Andrew Milner, Jeffrey Browitt: *Contemporary Cultural Theory*, Allen & Unwin. 2002. (详见附录三)

够而且可以探索超出了文本形式界限的问题。”[①]就是说，文学观念开始越出审美和形式，理论和批评也随之不断转换。

此类教材还有一个共同的特征，即都是实践引导型的，都很重视学生批评实践能力的培养。巴里不断地在教材之中强调这不仅是一本“理论之书”还是一本“实践指南”（work book）。《文学和文化理论：从基本原则到高级应用》的导引中也说：“如果时间允许，学生可以在他选择某种批评方法之前阅读本书的所有章节。对与那些已经确认了自己批评方法的学生，本书的所有章节可以带给他一个关于今日文学和文化研究的许多领域的实用引导。”[②]《当代批评理论：使用者指南》本身就是一本实践指导书。正是在对实践的重视上，此类教材躲过了学科本位的纠缠，但这也使这一类教材的知识带有很强的实用主义特性。从英美教材编写的趋势看，近30年，共享或者打通文学和文化理论的教材日见增多。

由以上的具体分析可知，随着文学理论多元化，英美教材在学科意识上表现出一些显著的特点：

首先，一个宽广包容的学科视野。文学理论学科发生转向之后，结构主义、后结构主义和马克思主义等理论进入文学理论学科，使文学理论成了一个众声喧哗的领域，也成了学科混杂的场所，但是教材的编（著）者并不认为这些理论的观点有差异就无法和平共处，也不认为由于学科的割据就会使文学理论这一学科消失。所以，他们既不认为审美和形式是文学理论的学科本位，也不认为政治、意识形态是文学理论的学科本位，更不是把这二者杂糅在一起创建新的学科本位，而是抛弃了文学理论稳固学科本位的幻象，在更宽大的多学科平台上，更深层的跨学科理念之上，包容形式和文化、审美和政治这些看似对立的文学观念，因为文学研究是一个有着宽广的理论视野的领域：政治的非政治的，传统的和激进的，老的和新的，在一个相对和平的环境之中，依次排列，相互共生。[③] 寻找这些理论的统一和整合，赋予文

① Donald E. Hall: *Literary and Culture Theory: From Basic Principle to Advanced Application*, Houghton Mifflin Company 2001, p. 3.

② Donald E. Hall: *Literary and Culture Theory: From Basic Principle to Advanced Application*, Houghton Mifflin Company 2001, p. 1.

③ Hans Bertens: *Literary Theory: The Basics*, Routledge, 2001.

学理论学科宽广的学科视野,是英美和西方文学理论学科的共同特征。所以,在英美大学里,流派型的教材一直都是主流,当稳定的学科本位消失之后,众多的流派在一本教材之中同时出现,就被认为是合理的。

其次,始终保持文学的焦点。宽广的学科视野并不意味着文学理论是一个没有中心的松散的理论结合体,英美教材另一显著特点就是以文学为中心。就教材的编著来审视,反思型的教材谈到的都是文学问题,例如《文学理论:再引导》中对文化战争的反思,说的还是文学经典在当今的困境问题。卡勒的《文学理论入门》虽然是对文学理论本身的一种反思,但是从选取问题的角度观照,还是以语言为中心围绕着文学问题进行思辨。即使是实用型的教材对文学和文化理论不加区分,但是在批评实践之中所举的例子都是文学文本的例子。从学科的角度看文学理论和文化理论,英美的文学理论学科,作为特色明显的话语系统,并没有被文化研究的话语所掩盖和吞噬,而是以文学为中心,继续存在,而且越来越富有活力。文化研究作为一种学科也无意取代文学研究,从英美大学文化研究类的教材编著来看,文化研究在沉淀之中生成自己的学科特色,有着不同于文学理论的研究领域和关注问题。①

最后,以整合为目的。英美的文学理论并不像一些理论家所说的是一种以文学为中心的“伞状标签”(umbrella label),而是处在不断整合之中的有特色的学科。英美的理论家探索了很多种整合的方法,其中最为有效的一种就是在教材编著之中得以体现的——实践的方法。最近的 15 年来,所出现的以实践为基础的整合型的教材越来越多,例如上文谈到的伯顿斯的《文学理论基础》,以阅读为基础整合关于文学的当代理论,还有泰森《当代批评理论:使用者指南》就是以批评实践为主,整合文学理论,把各种理论都视为文学的一种批评方法并加以应用的。

总之,我们看出英美的文学理论教材,在近 30 年突破了新批评的理论模式,进入了批评理论的多学科视域之中,英美教材的学科本位开始虚化和多元化,但是并没有被批评理论所淹没,而是以文学为中心,以实践为平台,开

---

① 关于文化理论的详情请参阅附录三。

始自己积极的知识再造和整合，在探索之中，寻找新的学科主体。

第三节　自律与他律的二元对立
——我国教材学科意识的误区

我国的文学理论学科建设在一种追求自律的轨道上滑动，这种学科意识自改革开放以来一直左右着教材的编著。虽然新世纪以来，学科自律受到了一些中青年批评家的质疑和批评，但是时至今日，从教材编著的数量上看，自律的学科追求还是主流。

一、自律排斥他律——以童庆炳主编的系列教材为中心

为了追寻近30年来学科自律走过的历程及变化的轨迹，我们选择童庆炳先生主编的系列教材作为个案，重新进入历史的语境之中。选择童编教材的一个重要原因是童编教材在我国使用的范围广、时间长，产生过很大的影响。据童先生自己在一次访谈中说："我前后主编的教材不下10种，每一次都有所变化，最后编出了两部较为成功的教材，一部是《文学理论教程》，一部是《文学理论要略》。"[①]但是，为了更能抓住学科自律的问题本身，我们选择了不同时期的5本教材，它们分别是：①《文学概论》红旗出版社1984年2月版（党政干部基础自学辅导材料）；②《文学概论》武汉大学出版社1989年11月版（全国高等教育自学考试教材）；③《文学理论教程》高等教育出版社1992年6月第1版；④《文学理论要略》人民文学出版社1995年7月第1版；⑤《文学理论新编》北京师范大学出版社2005年11月第2版。这5本教材在时间跨度上20多年，其中《文学理论教程》使用范围广、时间长，有一定的影响和代表性，而且童先生的各类新编教材还在出版之中，所以这一个案基本能够描画出我国文学理论学科近30年来的学科路径。

---

① 童庆炳、刘洪涛：《关于文学理论、文艺学学科的若干思考》，《文学理论研究》，2002年第4期，第53页。

首先,来看这5本教材对文学观念的探讨,就是看它们如何回答“文学是什么”这一问题的,因为这一问题既是教材编著的根本,也是学科建设的基础。1984版的《文学概论》在谈到文学的本质和特征的时候,有3个方面的界定:①文学是社会生活的反映;②文学是社会生活的审美反映;③文学是语言艺术。拿这3个方面对比蔡仪本和以群本就会发现,最根本的区别就是审美,蔡仪本和以群本都认为“文学用形象反映社会生活”,强调审美是对蔡仪本和以群本的超越。但是,本书也只是在本质论中把审美作为一个指标列举出来,并没有把审美作为立足点,构筑以审美为中心的理论体系。到了1989年版的《文学概论》的时候,就有所不同,教材在第一编本质论下面,阐述了两个方面的问题,一是文学是一种意识形态,二是文学的审美特质。前者是说文学是意识形态的其中一种,后者强调审美作为文学的一种本质属性,这种本质属性使文学和其他的文本区分开来。接着,教材把文学艺术的审美特征解读为“形象性、情感性、想象性、虚拟性”,而且在文学的功能、主题、内容与形式、创作、欣赏等方面,都采用了审美的标准对之进行解读。可以说,本书是建立在文学审美属性之上的一个理论体系。如果我们把这两本教材放回20世纪80年代的语境之中,就会发现它们正好是中国文学理论追求自律的关键时段。20世纪80年代的初期,我国的文学研究界开始反思意识形态控制下的文学理论,并且把这种文学理论视为一种庸俗社会学予以摒弃。作为一种历史的衔接,也作为对政治的抵抗,审美话语就应运而生,此时的审美话语是建基于德国古典哲学的范式之上,无功利是其典型的特征。审美的这种反思以及对意识形态的对抗,在20世纪80年代的中后期以审美话语的胜利而基本结束。从教材的编著可以看出,此后,我国构建了一个以审美为本质特征的文学理论话语系统。这一系统的出现,使很多的文学研究者认为文学理论可以拥有一种本质上只是属于自我的理论话语——审美话语,它不会受到意识形态、政治权利的沾染,是一种中性的知识,是完全自律的,因为在当时的理论家看来,文学作为一种书写也是完全自足的。

但是,随着理论探索的深入,特别是后现代的范式进入到我国,文学的审美本质性开始受到质疑,审美也只是文学在特定的时间和空间之中的一种属性，不能覆盖全部的文学史成为文学的一般性本质。而且，审美也是一种意识形态，是通过远远地离开政治实现自己的政治目的，所以审美话语不是中性的，文学理论以审美为依托已经不能自律。文学如何自律成为文学理论面临的一个转向性的问题，怎样把审美和意识形态统一起来成为很多理论家的一个选择，文学是一种审美意识形态的观点已经呼之欲出。初版于 1992 年 6 月，后多次修订和再版，在全国颇有影响的《文学理论教程》（以下简称《教程》）就采用了这一论点。《教程》认为："文学的普遍属性在于，它是一般意识形态；文学的特殊性质在于，它是审美意识形态。"[①]把"审美"和"意识形态"嫁接起来，再加上"话语"这一后现代的术语的点缀，《教程》提出如下的文学定义："文学作为话语蕴藉中的审美意识形态。"[②]本定义涉及了三个向度，一是话语，语言学的向度；二是审美，美学的向度；三是意识形态，政治的向度。语言学的向度，使《教程》可以借鉴西方形式主义和叙事学的有关成果，主要表现在第十二章；美学的向度，使《教程》继续驾轻就熟地进行审美话语的操练，主要表现在第十一章；政治的向度既是现实的需要，也是西方 20 世纪后半期文学理论的一个主要的特点，主要表现在第五编：文学消费与接受。这样《教程》就把我国新时期之前的政治话语、新时期前期的审美话语以及后现代语境之中的语言学转向在一本教材之中混杂在一起，构筑起了审美和意识形态统一的相对自律的文学理论宏大体系。《教程》的这一定义和三个向度，在后来的历次修订之中不曾有大的改变，成为我国文学研究之中有影响的一种文学观念。

另一本作者很看重的教材《文学理论要略》初版于 1995 年 7 月，这本教材持有的文学观念和《教程》大同小异，可以说是《教程》的优化版，只是在用词用语上和《教程》有所不同，例如该书把文学定义为"文学是显现在话语含蕴中的审美意识形态"[③]。同样还是以上的三个向度，但是仔细辨认后面的理论，就会发现，"审美"向度已经在实际的知识体系之中缺失。我国新时期教材特征论之中备受推崇的"典型""意境""意象"三个概念，在后面没有出

① 童庆炳主编：《文学理论教程》，高等教育出版社 1992 年版，第 73 页。
② 童庆炳主编：《文学理论教程》，高等教育出版社 1992 年版，第 97 页。
③ 童庆炳主编：《文学理论要略》，人民文学出版社 1995 年版，第 78 页。

现，意识形态的维度也已经弱化，在文学的接受一章没有过多地强调接受的意识形态属性，替代它们的是西方的形式主义以及其他的理论。在理论的建构之中，这种定义和理论体系的不对应或者说是分离，正在暗示着依靠文学的某种本质属性或是特征，建立文学理论体系的自律性学科意识已经进入了困境，文学理论不可能完全依赖某种文学的本质特征进行建构，文学的本质特征不可能为多种文学理论解读提供完美的支持，文学理论的多元化成为趋势，学科边界的开放成为一种必然。

在2005年前后，童先生推出了新世纪之后的新教材《文学理论新编》（以下简称《新编》）。《新编》在文学观念上强调三个维度：语言、审美、文化。从教材的纵向上看，这种强调和其原来一直沿用的话语、审美、意识形态三个向度是一脉相承的，但是二者也有所不同：第一，表达上的不同，"话语"变为"语言"，"意识形态"变为"文化"。第二，编者在《新编》之中没有利用这三个维度来为文学下一个定义，只是研讨了文学和这三个维度之间的关系。这种语言、审美、文化3位一体的方法为文学研究定位，比其以前的某种为文学的定义虽然更加散漫和多变，对于学生的学习来说也更具选择性和可行性。相对来说，对文学理论问题（专题或是主题）的选择上约束性更弱，文学理论在学科意识上，有了更多的选择和更开放的视野。

从讨论的5本教材可以看出，在文学观念的探索上，走过审美—审美意识形态—语言、审美、文化三个维度的流变过程，大致的走势可以概括为观念越来越多元，视野越来越开阔。这也说明我国的文学理论作为一个学科，开始从审美的内部研究的自律，走向内外部结合的多边的学科意识。

其次，来看这5本教材的文学理论观念，就是看它们怎样回答文学理论是什么，这一问题关系到教材的知识体系建构，也是学科边界的具体体现。对这一问题，这5本教材给出的答案惊人的一致。在1984年的《文学概论》中编者就提出："文学理论以古今中外一切文学现象为研究对象，但它不像文学史和文学批评那样，具体地分析、评价一个个的作家、作品、文学思潮和文学运动，它通过高度的理论概括，着重总结和阐明文学的基本规律。"①到

① 童庆炳主编：《文学概论》，红旗出版社1984年版，第2页。

了2005年的《新编》，编者对文学理论性质的看法没有根本的改变，认为“文学理论作为文艺学的一个重要分支，它以文学的普遍规律为其研究范围，具体而言，它以文学的基本原理、概念、范畴以及相关的科学方法为其研究的内容”①。编者始终认为文学理论就是关于文学的一般规律，与文学史和文学批评截然有别。我们从这样的理论观念出发就应该触及两方面的问题：一是批评的实践问题，因为一般的规律应该从大量的实践案例之中获得。二是文学的本质问题，因为一般的规律应该符合文学的本质要求。但是，从文学研究的实际来看，这两种可能都是不存在的。第一，不存在完全纯粹的文学批评实践，即使有也很难完全从中归纳出一般的规律；第二，不存在固化的静止的文学本质，不同的时间和地点文学的本质观念不会一样，不一样的文学本质观，自然会生产出不一样的一套文学规律或是文学知识。可以说，普适的、无条件正确的所谓文学的一般规律是不存在的，除非从某种人为的文学本质之中推导出来。我国近30年的教材，正是在一种单一本质的基础之上建构文学的一般规律，学科自律特征比较明显。

所以，不管是从文学观念还是从文学理论观念上去思考30年来我国文学理论的教材编著，学科自律的追求非常清晰。

二、他律修正自律——以《文学理论基本问题》和《文学理论新读本》为中心

新世纪以来，在文学理论的知识危机之中，对文学理论学科建设的反思也是热点之一。反思的焦点集中在学科建设的过度自律上，认为我国自新时期以来的文艺学学科追求着一种科学主义的学科自律，相对僵硬和封闭。如曹卫东认为，正是这种在西方已经受到批评的科学主义学科观念“把文艺学的学科使命由‘教化’降低为‘培训’”②。赵勇也指出文学理论“进入教科书之后，意味着文学理论的制度化、规范化和合法化，也意味着文学理论作

① 童庆炳主编：《文学理论新编》，北京师范大学出版社2005年版，第42页。

② 曹卫东：《认同话语与文艺学学科反思》，《文艺研究》，2004年第1期，第24页。

为一门学科(discipline)从此成为规训(discipline)"①。这些都表明,我们的学科自律特征需要打破或是变革,文学理论作为一种知识体系,需要重新确立自己学科取向,重新建构自己的概念和问题。

体现在教材编写和教学上,新世纪比较有代表性的变革型教材是陶东风的《文学理论基本问题》和南帆的《文学理论新读本》。

《文学理论基本问题》的主编陶东风先生近年来对文艺学学科反思的一个主要的基点就是:日常生活的审美化。陶先生使用这一命题来描绘当下的文学和文化的基本状况,同时,作者以此观念为基准做出判断,认为当下的以学科自律为主的文学理论不能介入新的文学和文化现象。所以,如何构建一种文学理论的新知识,恢复已经松懈和丧失了的文学理论与公众文学活动之间的关系,正是陶东风先生编著《文学理论基本问题》的出发点,这一理念对教材之中文学问题选择的影响是明显的。从 2004 年版的 7 个问题看,第三章"文学与世界",第五章"文学的传统与创新",第六章"文学与文化、道德及意识形态",第七章"文学与身份认同",论述的都是文学与外部的关系,都是从社会和文化的角度来要求文学。如在文学与世界的关系上,教材主张文学与现实世界的交互,而不是文学对现实的超越。在文学的传统与创新上,教材更主张文学文本的互文性而不是自足的独创性。这些观念更多地把文学规定为一种和社会、文化互动的现实产物,而不是一种独立自足的艺术符号。整个教材文学他律的学科站位非常明显。

《文学理论新读本》在文学的观念上虽然推崇多维度的设计。但是,实际上教材有两点相对突出:一是强调了文学的意识形态性;二是强调文学的社会文化特征。

从全书的框架上看,分为四编,分别是:"文学的构成""文学与理论""文学与文化""批评与阐释"。这四编之中第一编是从文学的共时性角度提出问题,主编试图在此编通过一系列关键范畴重新描述,质询我国当下文学观念的规定性。但是,从教材展开的具体情况看,编(著)者偏向于意识形态对文学的他律,就本书的具体情况而言,编(著)者把文学视为一种现实符

---

① 赵勇:《新世纪文学理论的生长点在哪里?》,《文艺争鸣》,2004 年第 3 期,第 14 页。

号,希望重新激活文学和现实的关系。如在谈到文学形式的时候,教材不是从传统的角度探讨形式和内容之间的关系,也不是从形式的独立角度分析形式本身所蕴含的意义,而是试图从话语分析入手破译形式和意识形态之间的关系,认为"话语分析必须发现文学语言、社会历史、意识形态相互关系的交汇地带,最终阐述它们之间的秘密结构和持久互动。现今,这就是历史赋予文学理论的深刻使命"①。在这种指导思想之下,教材在论述文学语言的意义时候,指出文学的语言将一种意义赋予日常现实。在论述陌生化和虚构的时候,这种形式创新"总是指向了自由、超越和反抗"。在谈到文学修辞的时候,证明"修辞与思想、修辞与现实互为表里,不可剥离"。教材对文学各种构成要件的分析,基本都是放置在文学与现实的框架之中,或者说,教材有意在现实意义的基础上,评估和追问文学的意义。而这正是20世纪后半叶欧美盛行的对文学文本的社会、文化分析模式,表示出新世纪以来我国文学理论30年来的自律模式开始转向社会、文化的他律。

如果说教材第一编强调的意识形态和话语分析淹没了文学的自律特征。那么,下面的三编则看出编者对文学文化性的强调,从而更加凸显文学的他律特征。第二编"文学与理论",按"文学的起源—古典主义与浪漫主义—现实主义—现代主义—后现代主义"的脉络展开。作者从历时角度考察文学流变的初衷是相对客观的,但是文学思潮是不能等同于文学观念或者说文学理论的。再说,教材依据时间一维向前规律,从西方的文学发展史出发罗列这些思潮的进程与中国的具体情况不甚符合,因为我国在引进这些西方流派的时候几乎是共时的,在我国存在的情况相对复杂,这一点教材没有涉及。而且,教材把"经典"和"大众文学"两个共时的当下文学研究的热点问题和思潮放在一起,稍显突兀。但是不管是传统经典的变迁还是大众文学的兴起,都是一个社会文化场域之中各种权利博弈的问题,是一个文学他律的问题,文学的思潮从来都不仅仅是一个文学问题,它和社会文化状况密切相关。第三编是文学文化性的具体体现,编者认为"文学被视为某一个历史语境之中的文化成分,这意味着文学与一系列人文知识的合作与平

① 南帆主编:《文学理论新读本》,浙江文艺出版社2002年版,导言第14页。

衡"①,所以,编者设计了文学与意识形态、历史、社会、道德、性别等议题,而这些都是文学的外部话题,这些问题更多的已经进入了文化研究的领域,与文学的独特性关联很少。而且教材最后以文化研究来作结,一定意义上,突出编者一个明显的文化取向。

综上所述,能够看出,我国的教材都还在探索一种稳定清晰的学科意识。多数教材继续寻求文学的稳固本质,希望在学科自律的基础上建构自己的理论体系;少数探索型教材在对自律的反驳基础上,走向了文学的文化性和他律性。总之,现阶段,我国的教材编著中,文学的审美性和文化性,学科的自律和他律对立互伤的状况明显存在。

第四节　启示和反思

从词源学的角度来看,学科(discipline)一词在英文之中,既有学科的含义,又有规训的意义。学科作为某种知识的领域,既是一种知识的体系,也是一套约束的规则。福柯在《规训与惩罚》之中,说得就更加直接,他认为学科的知识总是指涉着现实的权利。正是"围绕着这种'现实—指涉',人们建构了各种概念,划分了各种分析领域:心理、主观、人格、意识等。围绕着它,还形成了具有科学性的技术和话语以及人道主义的道德主张"②。在福柯看来,任何一种知识,在它生成和生产的时候都和一种隐性的权利联系在一起。而且很难彻底地摆脱,不仅如此,在这种学科的知识体系基本成熟之后,配合隐性的权利,还有一套显性的约束机制。以教学为例,考试作为一种"检查导入了一个完整的机制。这种机制把一种知识形成类型与一种权力行使方式联系起来"③。所以,可以说,任何一种对学科自律的过度追求都

---

① 南帆主编:《文学理论新读本》,浙江文艺出版社2002年版,序言第3页。

② 米歇尔·福柯著:《规训与惩罚》,刘北成、杨远婴译,生活·读书·新知三联出版社2007年版,第32页。

③ 米歇尔·福柯著:《规训与惩罚》,刘北成、杨远婴译,生活·读书·新知三联出版社2007年版,第210页。

是一种学科的规训。

我国改革开放以来的文学理论学科追求启示我们，固定的学科本位是不存在的，主张在审美的特质之上，建立文学理论的自律体系，凸显了人情人性、文学的形象性和情感性以及主体对现实的超越。但是这一主张遮蔽了文学的意识形态性和物质性，简单化了文学和现实之间复杂的关系。强调文学的文化性和话语实践特性，一定意义上，能够重建文学与现实之间互相建构的关系。但是，一味地主张意识形态性，也会使文学远远离开普通人的人情人性和情感世界，最终使读者和学生厌倦。学科自律和他律的冲突，使我们的文学理论正在从一种学科规训，走向另一种学科的规训。因此，寻找学科规训之间的过渡地带，或者超越学科的束缚，尊重知识的接受者，从学生的接受和发展出发整合我们的文学理论知识，让我们的文学理论既能看到文学的诗情画意，又能感受到时代的风云变幻；既是自律的，又是他律的，使教材成为真正的学生用书。

以此整合的理念审视当下的文学理论会发现，我国目前的文学理论教材的学科意识有两个问题比较明显。

第一，对学科意识的转换反思不够。这主要表现在追求学科自律的教材上。以自律为主的知识体系，有两点值得反思：一是设定文学本质，对文学的社会文化语境关注不够。自律性教材一般会设置关于文学的本质性定义，或者是关于文学的本质特征，然后在这种本质的基础之上，建构文学的研究方法以及文学方方面面的知识体系。就当前的情况看，比较通行的说法是文学的本质特征是审美、审美意识形态以及感性修辞等。这些关于文学本质的命题深刻地揭示了文学的某一种特质，但不是文学的全部特征，更不能是文学的本质性特征，因为一个文本的身份是不是文学，不是恒定的，不仅取决于自身的某些特征，还要取决于它处在什么样的社会文化语境之中。正如佛克马和易布思所言："不是要放弃给文学下定义的任何努力，而是在给文学下定义之时必须估计到这样的事实：某些文本在特定的时间和地点曾被看作为文学，而换了另外的时间和地点，就不被看作文学了。"[①]也

① 佛克马、易布思著：《二十世纪文学理论》，林书武等译，生活·读书·新知三联书店1988年版，第4页。

就是说,文学作为一个文本的集合体,边界是不固定的,在不停地移动,所以文学的学科边界也是相对的,当然学科的自律更是相对的,绝对的学科自律只能走向学科的封闭。二是无功利的审美观念对当下新的文学现象阐释力不强。这些建立在学科自律的基础之上的知识不能很好地阐释我国新的文学现实。20 世纪 90 年代以来,大众文学兴起,与无功利的审美相比,这些大众文学更重实用、功利,如求职人群与职场小说,商人与商场小说,公务员与官场小说,等等;与经典作品相比,普通读者更爱听相声、流行歌曲,看搞笑、搞怪类等大众文学作品,侦探、悬疑、武侠、玄幻、推理、性、死亡、穿越、盗墓等题材的作品也正在被学生热捧。普通读者对大众文学的阅读远远超出了对经典作品的热爱,当下读者阅读趣味的这种结构性的变化,不仅冲击着旧有的文学观念,也为读者积累起新的阅读经验,生成新的文学观念。这些经验和观念与以审美为中心的文学经验,以经典文本为基础生产的文学知识有一定或者说是较大的差异。而我们教材之中那些建立在对经典文本分析基础之上的知识,如典型、意象、意境和韵味等,会在解读这些大众文学的时候处在高风险的状态。从 21 世纪以来新编著的教材来看,我们还没有系统地接受、容纳和采用这些新的经验和观念,而文学理论作为文学研究之中最活跃的学科,大胆和适时地融入新的观念和经验是应该和必需的。

第二,对学科意识的转换消化不够。这主要是表现在新世纪一些探索性和实验性的教材之上。这些探索性的教材肯定了文学理论的学科转型,认为从社会文化的角度研究文学也应该是文学理论学科的有机组成部分,这些都是对文学理论转变的比较准确的把握,但是这些教材或多或少的都存在对学科意识转换的处理方法简单的问题。在实际的操作上更多只是把文学理论的社会文化维度理解为文化议题的增加,把文化研究的阶级、性别和种族等三大议题和传统的社会学批评以及语言形式的细读简单相加,如陶东风主编的《文学理论基本问题》和南帆主编的《文学理论新读本》都存在这种简单化的做法。其实,不管在中国还是在西方,文化研究对文学理论的冲击,批评理论对文学理论入侵,不是只想增加一些学术议题。西方 20 世纪以来的很多理论都是要在此基础上全面重塑文学和文化研究的,卡勒曾经指出:“的确,文学理论作为文学研究学科中的重要角色,不是因为它为解释作品的真正意义提供了方法，而是因为他提出了什么才是应该被考虑的，什么才是和文学、文学研究有重要关系的。”[①]文学理论特别是20世纪以来西方的批评理论大多不仅是方法论，还是一种世界观，对我们如何看待这个世界和文学提供不同的理论视角。所以，我们要在一种深远的意义上看待这些入侵的理论，从而才能更准确地为其定位，更顺畅地整合理论，编写出有特色的文学理论教材。

---

① Jonathan Culler: *The Pursuit of Signs: Semiotics, Literature, Deconstruction*, Routledge Classics, 2001, p. 244.

第四章
教学观念的演进与教材编著

第一节　文学理论的生成性和教学观念的演进

20世纪60年代之后，很多不同学科的理论开始以各种途径和身份进入文学理论领域，这些理论调用不同的资源审视文学自身，产生出各种各样有差异的文学观念和文学理论；这些理论还从不同的角度去分析和评价文学文本，产生出了意义不同的批评实践。这些理论从不同的视点观照，都有自己存在的理由和发展的空间，都能发现文学的部分真理。而且，我们不可能在一种观念之下完全理顺和把握它们，也不可利用一个中心，完全地吸纳各种理论。因为文学研究是一个争议性领域，研究者的立场和方法论、理论的功用，不均衡地共存其间。在一个拥挤的、歧义丛生的领域，个人的研究同传统结构与新进展呈现出不同的关系，从较为保守的回应，到永远处于文学、文化与意识形态边缘的性别、肤色和后殖民身份的新型交织。[①] 文学理论的多元性使理论成为不可化约的话语丛林。

文学多元理论之间的不可通约，意味着对于什么是文学，这些理论不能达成一致，对于一个特定文本，如何解读，这些理论也不可能有一致的观点。就是说，一种理论只能是关于这些问题的其中一种阐释，而且这种阐释还要

---

① 克莱恩著：《跨越边界：知识、学科、学科互涉》，姜智芹译，南京大学出版社2005年版。

和其他类的观念在竞争之中生存。但是,竞争的压力非但没有使理论减少,反而激发了理论的生产性,理论开始激增,正如彼得威德森等人所描述的:"首先,单数的、大写的'理论'迅速地发展成了小写的、众多的'理论'——这些理论常常相互搭接,相互生发,但也大量地相互竞争。"[①]理论的这种无限的生产,一方面使理论的成果越来越大,但同时,也使理论变得不可控制。所谓的不可控制,主要有两个方面:一是理论的无法掌握,卡勒也感慨:"如今的理论有一点最令人失望,那就是它永无止境。它不是那种你能够掌握的东西,不是一组专门的文章,你只要读懂了,便'明白了理论'。"[②]我们也可以说,各种理论之间互相孕育、互相加强,当然也互相抵制和减弱,但是最终它们不会消失,由于它们都处在不断变化之中,所以,在一定意义上说,理论是无法完全一劳永逸的被掌握的。二是理论的不可预测,这一点是卡勒在论述理论的自反性时所提出了的,"理论的本质是通过对那些前提和假设提出挑战来推翻你认为自己早就明白了的东西,因此理论的结果也是不可预测的"[③]。就是说,理论不会停在一个固定的结论上,它总是处在不断的自我反思和流动之中,理论作为一种反思性的力量,我们不能摆脱和无法摆脱的,同时也是无法预测的。

总之,由于上述的特点,使文学理论不管是在本身的性质还是对文学的研究上,作为一种知识都处在一种不确定的状态,有的理论家形象地称之为"活的理论","活"是因为"虽然这种知识可以写下来并以文本的形式呈现,但它必须是活的,必须生活于与文本对话的人类生活之中"[④]。理论在人类的生活之中不断流变和生成,在文学研究之中随物赋形,文学理论正在成为一种不确定性的知识。确定性的丧失对理论教学提出了挑战,如何进行理论教学正在成为文学理论新的课题。新的知识特性并不是悲观地要我们放弃文学理论的研究和学习,而是要我们放弃完全抓牢和掌控文学理论的幻

① 拉曼·塞尔登等著:《当代文学理论导读》,刘象愚译,北京大学出版社2006年版,导读第9页。

② 乔纳森·卡勒著:《文学理论入门》,李平译,译林出版社2008年版,第16页。

③ 乔纳森·卡勒著:《文学理论入门》,李平译,译林出版社2008年版,第18页。

④ 马克斯·范梅南著:《生活体验研究——人文科学视野中的教育学》,宋文广等译,教育科学出版社2003年版,第25页。

象，转变教与学的理念，用一种新的教学方法来研究和学习文学理论。

知识的不确定性鼓励的是对话的教学方式，而不是独白。如果我们的教材和教师预设了文学的终极定义，规定了文学文本解读的唯一模式，设定了文学经典的最终版本，对所有的文学问题都有着权威的答案，那么使用这样的教材，面对这样的教师，文学理论的教学就会完全僵化。因为，课堂不需要讨论、研究和对话，答案是唯一的、确定的，无论从哪里出发，我们只能有一个目的地，对什么是文学只能有一种理解，最终是教师和权威者的独白，课堂实际上成了教师的答案发布会。很显然，现代的理论，特别是文学理论是一种多元的理论，对文学本质的理解和文本解读都充满了变数，所有关于文学和文本的结论都是可变和不稳定，而这正是理论特别是文学理论的魅力所在。而这种魅力正需要理论的学习者在多元体验中得到，需要学习者在课堂的对话生成之中得到。因为"理论是一个持续争论和让人困惑的领域，如果你想充分理解它，就不能只是站在论争中心的一到两个立场，还要直接或间接地站在冲突之中的不同的位置上"①。就是说，对文学理论有不同的见解不仅是必要的，而且是理论当下的性质决定的。课堂上，教师不是标准或最终答案的拥有者和发布者，学生不是"知识存储器"，知识不是完全在真空之中不走形地传给学生。学生是一个个有感情、有个性的生命，是一个课堂上的"他者"，学生在课堂的观点作为一种"他者性"，应该得到教师的重视，教师和学生在一个平等的情景之中进行关于文学理论的知识对话。而且这种对话是不同质的双方真正的碰撞，最终不是要达成共识，对话在教学行为结束之后还会继续。因为"如果我们把分析视作是知识对话的一部分，是我们进一步要讨论的，而不是我们的结论，那么我们为寻找最终答案所感受的压力就会消失"②。在这种教学过程之中，教师和学生都不是文学理论知识的权威拥有者，但是这并不意味着文学理论没有得到研究和创新，而是说，知识在师生对话之中生成，生成之中师生关于文学理论的具体经验也在更新，因为，师生在对话之中都重构了自己关于文学的知识。

---

① K. M. Newton: *Twentieth-Century Literary Theory: A Reader*, Macmillan, 1997, p. xiv.

② Donald E. Hall: *Literary and Culture Theory: From Basic Principle to Advanced Application*, Houghton Mifflin Company 2001, p. 10.

第二节　实践、差异和多元生成
——英美教材之中的主要知识生成模式

对话生成教学观念的实施需要教材与其有良性的互动，所以教材编著的理念也应随之改变，这种改变主要表现在：文学理论教材应该在承认理论相对性的情况下，尽可能客观地呈现多元的理论观点，并且给知识对话提供合适的生成情景，为知识创新提供多样的探究途径。以对话生成的编著理念来审视西方的文学理论教材，我们能够看到：

一、实践中生成

在此种模式下，有两种主要的方式：以批评实践为主线构建理论的学习体系和在实践环境之中体验理论。

（一）以批评实践为主线构建理论的学习体系

这类教材主要有以下两个共同点：一是在纵向上，这些教材都是总的导引加上20世纪以来的西方文学理论流派作为大的结构，流派的选择大同小异；二是在横向上，在每一个流派下面，教材都以培养学生的批评实践能力为目标，模拟了一个学习过程。这个过程，一般包括本流派的历史背景、知识假定、主要观点、关键词汇、实践原则、推荐网站、推荐阅读和批评样篇（或是学生范文）等项目，教材依据自己的需要对项目酌情增减调整。这就超越了简单对流派进行概括介绍的编著模式，使学生在步步深入的探究之中生成对某一流派的认识以及自己的批评实践能力。代表性教材有多贝的《实践中的理论：一个文学批评的导引》、布莱斯勒的《文学批评：理论与实践导论》、巴里的《理论起点：文学和文化理论导引》、霍尔的《文学和文化理论：从基本原则到高级应用》、泰森的《当代批评理论：使用者指南》等。

多贝的《实践中的理论：一个文学批评的导引》是此方面很有特色的教材。全书由十章组成。第一章"阅读和写作的联系"主要是教一些阅读和批评文本的通用基本方法，如怎样增加页边的批注，怎样做好阅读标记，还有怎样寻找与课题有关的资料等。第二章“熟悉的批评方式”主要是教学生如何进行传统的社会学视野的一种文学批评。从第三章开始是对20世纪以来的主要的批评流派的展示。我们以第三章“形式主义”为例分为七个部分（其他章节基本上大同小异也是这样的几个部分）：①历史背景；②作为形式主义的阅读；③写一个形式主义的分析；④形式主义批评有用词汇汇编；⑤推荐网站；⑥建议阅读；⑦学生范文。从功能上细分这七个部分，可以分为知识介绍和批评实践两个大的部分，第①②部分是关于形式主义的知识介绍，例如历史背景部分，教材介绍了新批评（当然英美新批评不完全等同于形式主义）兴起的历史背景，新批评主要的观念和新批评主要代表人物和著作。作为形式主义的阅读部分主要是告诉学生在进行形式主义的文本阅读的时候应该注重文本的形式、措辞和单元，尽量避免谈文本的内容、作者的意图、传记和效应。我们能够看出虽然这些知识是新批评理论假定，但是教材不是直接告诉学生，而是启发大家在进行形式主义的文本阅读时该做什么，不该做什么。第③—⑦部分是文本批评的实践部分，写一个形式主义的分析和形式主义批评有用词汇汇编是直接为学生提供批评实践指导的；推荐网站、建议阅读和学生范文部分是间接提供帮助和启发学习者的。

这样的教材编写体例与纯理论的引导型和纯实践的案例研究型相比，更像是对学习者研习某种理论过程的模拟，这个研习的过程是以学生如何使用某种理论为中心设计的，而不是以理论自身的发展流变来设计的。所以，从教学的观念来说体现出更加尊重学习者的特征，也就更能发挥学习者的主体作用。教材没有追求理论知识的系统性和完整性，没有以学科知识为中心，逼迫学生就范；也没有完全以学生的需求为中心，走向知识的实用主义，而是在批评实践的流程之中形成了学生和理论之间的对话。这种对话有两点作用非常突出：一是促使了从理论到方法的转变。多贝在《致学生》中说：“这本书不仅是一个入门的邀请，它还是一个指南，帮助你通过对话从熟悉的转向新的对你的传统思维有挑战的其他方法。”[①]教材实际上是

① Ann B. Dobie: *Theory into Practice: An Introduction to Literary Criticism*, Thomson Wadsworth, 2002, p. xv.

以批评实践为中心来叙述流派的知识，更偏向于对学生批评方法的养成。二是生成学生多元的理论立场。就是“不同的理论体系，对给定的文本探索出了有差异的甚至是冲突的理解，所有的这些不一致，正如杰拉德·格拉夫在《超越文化战争》中说的，健康的争论使我们有更好的阅读和批评”[①]。在学生、教师、教材、理论的多重对话之中，多重的理论视野开始在每一位学生的体验之中敞开。值得一提的英美的一些此类的教材都把学生的批评范文编入教材之中，如本教材和布莱斯勒的《文学批评：理论与实践导论》都是如此。这种做法不仅能够激发学生的批评实践的热情，而且还是学生和理论更深层次的对话，让新鲜的批评经验融入教材之中，一定意义上也是一种知识的创新。其他同类的教材由于在编写理念上基本相同，所以不再一一分析。

此类教材既有理论引导，又有实践的个案，而且整个设计是以学习为中心，适合刚进入大学的文科低年级学生研习文学理论。所以，从数量上看，此类教材已经成为近年来英美文学理论教材的主流。

（二）在实践环境之中体验理论

这一类教材都反对为理论而教理论，认为理论和批评之间的关系是越来越近，甚至认为理论就是批评的一部分。所以，这类教材不是抽象地向学生介绍各种理论的知识假定或主要观点，而是在实际的批评案例之中，展示理论的基本观念、主要特色和注意事项。代表教材有莱恩的《文学作品的多重解读》、沃尔弗雷斯和贝克的《文学理论：批评实践案例研究》[②]、本尼特和罗伊尔的《关键词：文学、批评与理论导论》等。

沃尔弗雷斯和贝克的《文学理论：一种批评实践的案例研究》是此方面的代表作，全书意在向学生介绍 20 世纪 7 种主要的文学理论流派：结构主义、后结构主义、精神分析、女性主义、马克思主义、新历史主义、解构主义。但是编者却是组编了 7 篇批评文章，这 7 篇文章都是对 19 世纪英国作家杰

---

① Ann B. Dobie: *Theory into Practice: An Introduction to Literary Criticism*, Thomson Wadsworth, 2002, p. xiv.

② Julian Wolfreys, William Baker: *Literary Theory: A Case Study in Critical Performance*, Macmillan, 1996.（详见附录二）

弗里斯的作品《大雪灾:一个槲寄生的故事》的批评,每一篇批评文章对应一个20世纪英美的理论流派,每一篇文章都是对某种流派观念的运用而不是对某流派的抽象说明,这7篇文章使学生体验这种流派的魅力所在。例如第六篇《权利及其表征:一个关于杰弗里斯〈大雪灾〉的新历史主义阅读》,要让学生了解新历史主义文本和现实互相建构的基本假定,并不是直接灌输这种知识,而是通过对批评文章的阅读,让学生自己体验新历史主义理论的独特性所在。在这种体验之中,新的理论在生成,正是在这一点上,沃尔弗雷斯说:“我们相信在教学方法上,展示(showing)比告诉(telling)更有效,希望你也这样认为。”[①]和《文学理论:一种批评实践的案例研究》有异曲同工之妙的是莱恩的《文学理论:一个实用的导引》。因为该教材也是偏重于案例研究而不是纯理论的介绍,所以国内引进的时候书名译为《文学作品的多重解读》,由此可知教材的体例和特色所在。该教材通过对威廉·莎士比亚(Willtam Shakespear)的名作《李尔王》、美国的当代小说《蓝眼睛》以及毕肖普的《诗歌全集》和亨利·詹姆斯(Henry James)的《艾斯朋遗稿》四个文本的批评实践来聚焦20世纪主要的英美文学理论流派。莱恩不仅想在文本解读的实际运用之中,给学生提供一些批评操作上的帮助,而且还想通过对相同文本的不同理论分析来显示不同理论在面对同一文本时候的差异,同时彰显不同理论之间的张力,为的是“写作和阅读本书这样的作品,就应该准备,至少是暂时的,成为与本来的自己不同的另一个自己”[②]。理论的阅读不仅生成属于自己的理论,在理论的体悟之中改变自我,也是现代英美理论的一个特点。

本尼特和罗伊尔的《关键词:文学、批评与理论导论》是更具有个性的一本教材。这本教材虽说也是对20世纪文学理论的导引,但是作者完全抛弃了宏大理论的设想,把宏大的理论叙述完全转变为文本解读的具体问题,再把具体的问题提炼为关键的词汇,对这些关键词汇的解读作者也没有采取

① Julian Wolfreys, William Baker: *Literary Theory: A Case Study in Critical Performance*, Macmillan, 1996, p. 4.

② 迈克尔·莱恩著:《文学作品的多重解读》,赵炎秋译,北京大学出版社2006年版,序言第3页。

纯理论的推演或是抽象的规定,而是结合具体的文本。我们以“开端”为例,教材上来就问:“什么时候我们已经开始过了?”这更像一个文学文本的开始,而不是一本文学理论教材的开头,接着作者就结合约翰·弥尔顿(John Milton)的《失乐园》开始探究文学文本如何开始,文学理论之中如何分析和质疑开端的问题。作者在阅读或者说学生在学习的时候始终是浸淫在微妙和细致的文学经验之中,在文学经验之中去体会某种文学理论的质地和纹理,最终生成属于自己的文学理论。

从辩证的角度审视,理论的形态应该是多种多样的,纯理论的形态也是相对的一种存在,理论作为一种文本应该有多种存在方式,和批评相结合,以批评实践的方式存在也应该是理论的一种形态,所以通过实践展现理论也应是教材的选择之一。此类教材的编写,不仅是编(著)者理论观念转变的结果,还是教学理念转变的结果,那就是相信学生可以在学习中生成属于自己的文学理论,体验到个性化的理论知识,从而改变对文学、文学理论甚至是人生和社会的看法。

二、差异中生成

此类教材声称它们只是客观呈现一些文学理论,而不是去整合这些理论,也不会去掩饰它们之间的差异,教材只是对某些文学理论或者流派的一种介绍,这些介绍不是关于某种理论的最终的也不是最权威版本。它们把决定权交给学生,相信学生自己会在众多差异的文学理论之中做出选择,在选择之中超越教材的引导或是介绍,在超越之中生成自己的新的文学理论。代表性教材有阿特金斯等的《当代文学理论》、沃尔弗雷斯的《21 世纪批评述介》、邦尼卡斯尔的《寻找权威:文学理论概论》等。

《寻找权威:文学理论概论》是一本在教学理念上推崇对话、反对独白的教材,这一点作者已经把它写进了教材的第二章:课堂上的独白与对话。这充分说明作者对自己的教材作为一种课堂教学用书的编写有着高度的自觉,因为作者相信“课堂对话(而不是独白)有助于帮助我们在我们自己的时代中生活得更充实”[①]。这里作者把文学理论看作是超越了学科界限的一种活生生的思想，这种思想能够很好地通过对文学的解读，建立起我们和生活之间的联系，开启我们对生活的一种新感受。基于此，作者认为，对文学的多元解读是必须的，没有所谓本质主义概念之下的是与非，只有多元思想的互相冲突。文学理论作为解读文学文本的工具，作者认为也没有正确与错误之分，因为“没有必要决定个别理论是否正确。检验的标准是该理论是否有用，是否有助于我们更好地理解我们的经验和明确我们的目标”[②]。按照作者的比方，多种文学理论就像读者在文学王国旅行的地图从一个文本到一个文本的跨越，由一种意义到另一种意义的过渡，提供有用的信息，当然，这些信息都是相对的，旅游路线需要在汇总各种信息的基础之上生成。教材不仅为研习者提供帮助，还为研习者进行知识的对话提供了多元选择的平台。

阿特金斯等的《当代文学理论》也是一本在教学上有着创新理念的教材，这一点在主编的长篇绪论《文学理论、批评实践与教室》之中有充分的体现。阿特金斯提出“理论的教学和教学的理论”的观点，认为理论的教学行为要符合理论自身的特征，理论自身的状态会为教学的行为提供应有的支持，就是说理论知识的呈现状态和课堂的教学策略和行为要一致。在阿特金斯看来，20 世纪的文学理论不仅变化很大而且差异很大，这一点与 20 世纪的文学理论实际基本一致。从形式主义到解构主义以及后来的众多的小理论，例如女性主义、后殖民等，文学理论很少有在观念和形式上完全一样的，也很难在一个大的模式或者说是框架之内把众多的文学理论完全理顺，可以说，20 世纪文学理论几乎成了一个无法驯服的怪物，这也正是理论的反驯服性和反思性所在。阿特金斯就此情况敏锐地指出：“这种并置的无法安定(unsettling)性质，我坚持，就是理论的特色。”[③]就是说，理论之间的差异是

---

① 史笛文·邦尼卡斯尔著:《寻找权威:文学理论概论》,王晓群、王丽莉译,吉林大学出版社 2003 年版,第 31 页。

② 史笛文·邦尼卡斯尔著:《寻找权威:文学理论概论》,王晓群、王丽莉译,吉林大学出版社 2003 年版,第 15 页。

③ 阿特金斯等著:《当代文学理论》,张双英、黄景进等译,合森文化事业有限公司 1992 年版,第 20 页。

无法消除的，所以，阿特金斯索性让每一位著者写出自己认知的理论，“自由地提出自己的看法”丝毫不去掩饰它们的差异和冲突，因为他相信学生会做出自己的选择，会拥有自己对理论的判断。重要的是阿特金斯不把理论的教学看成一个教师向学生传授理论知识的过程，而认为“教育乃开始呈现为一种包括教师和学生都是一个带有感情和知识的情况之中之‘发现的过程（a process of discovery）’”①。就是说，教学不仅仅是教师向学生单向传授知识的过程，还是教师和学生互相对话发现知识的过程，如此之下，理论就不是一种固化的知识，而是流动的有待生成的一种个性化的经验。

简要地说，这些教材的编著理念就是承认理论知识的相对性，使理论在师生的对话之中差异共生。

三、多元生成

在此种模式之下，主要有两类编写方式：非线性生成和多线索生成。

（一）非线性生成

这种非线性生成主要表现在关键词型的教材上，这些教材精选若干关键词汇，每一个关键词是一个独立的章节，这些关键词汇不仅是对文学知识中的一个关键范畴的介绍，还连带引导某一文学问题甚至是一个文学流派。深层次之中，完全打破了知识的有序性观念，因为这些教材，可以从任何一章开始阅读，正如到风景区游览，走不同的路径，一定会看到不一样的风景，学生完全可以通过不同的入口和出口，形成自己独有的知识路径和知识叙述。代表性教材有本尼特和罗伊尔的《关键词：文学、批评与理论导论》、丹尼·卡瓦拉罗（Dani Cavallaro）的《文化理论关键词》等。

《关键词：文学、批评与理论导论》（第 3 版），收录了 32 个关键词，而且每一个关键词都凝聚着一个文学理论的问题，其实也是关于文学理论的 32 个入口或者说是 32 个路径。词典式的教材编排，完全打乱了理论知识的有序性和系统性。作者在深层次相信知识的无序生成，相信知识本身和学生

---

① 阿特金斯等著：《当代文学理论》，张双英、黄景进等译，合森文化事业有限公司 1992 年版，第 46—47 页。

自己有一定的自组织能力,可以生成属于自己的文学理论,所以从哪里开始到哪里结束,都由读者和学习者自己决定,将主动权完全赋予了阅读者。可以从意识形态开始读出理论的政治意涵;也可以从欲望开始,看出理论的心理属性;路径还有很多,风景也还有很多,教材此种理念也勾画出20世纪的文学理论的多副面孔。同样,另外一本译名定为《文化理论关键词》的教材,据英文名应该直译为《批判和文化理论》,这是一本文化理论的准教材,分为3部分18个关键词,作者在绪论中谈到如何阅读本书时指出,读者可以遵循线性路径也可以采用非线性路径去阅读,他说:"有无数的路线可供读者穿越及批判文化理论那变化多端的世界。……而更重要的,任何一位有一定好奇心的读者都可以继续前进,去演绎出她(他)自己的变奏。"[①]通过关键词汇的阅读和理解,不断开启理论的新视角,建构理论的新内涵。如果进一步放开我们的视野,就可以看出,其实英美教材之中的流派型教材都可以进行一种非线性的阅读,在阅读之中,多个向度穿越当下的文学理论世界。

(二)多线索生成

最近的10年来,英美的一些文学理论教材和读本在目录编排上做了一些创新——一本多目。如果教材的目录就是知识线索的话,那么,英美世界中的此类教材就很有创意,为学生进入知识领域,不是只提供了一种路线图,而是多样路线图,最多的达到5个。这些不同的目录,出于不同的分类理念,不仅为学生的学习提供了多样的选择,而且还达到了从不同的侧面感受和认识理论的目的。代表性教材有沃尔弗雷斯的《文学理论导引:理论指南和词汇》[②],雪莉·F.斯塔顿的《应用中的文学理论》。选本有洛奇编选、伍德修订的《现代批评和理论读本》,列奇总编的《诺顿文学理论与批评选集》等。

沃尔弗雷斯编著的《文学理论导引:理论指南和词汇》编入了20世纪的14种文学理论的流派,每一流派都是采用"理论概述+阅读笔记"的编排形

---

① 丹尼·卡瓦拉罗著:《文化理论关键词》,张卫东、张生、赵顺宏译,江苏人民出版社2006年版,总论第7页。

② Julian Wolfreys: *Introduction Literary Theory: A Guide and Glossary*, Edinburgh University Press, 2001.(详见附录二)

式，阅读笔记部分主要是选择了《米德镇的春天》《纪念 A. H. H》《暴风雨》等6个文本。因此作者编排了两个目录，一个是按照流派编排，一个是按照阅读的文本编选。以《暴风雨》为例，在第一个目录之中，出现在文化唯物主义、新历史主义、后殖民主义、后现代主义、精神分析批评5种流派之下。同样，在文本的目录之中，《暴风雨》之下列有以上的5个流派。就此教材来说，这种编排不仅使学生能够感受到不同流派对同一文本批评时的差异，还能使学生体验到一个文本在不同流派的注视之下所产生的意义上的张力。同样，《应用中的文学理论》①是一本选本式的教材，在目录编排上和《文学理论导引：理论指南和词汇》非常相似，也是流派和文本两个目录，只不过它所编选的批评文选都是理论名家的经典篇目。

英美的文学理论读本之中也有不少采用一本多目形式的，著名的有洛奇编选、伍德修订的《现代批评和理论读本》②，列奇总编的《诺顿文学理论与批评选集》③。就前者来说，有两个目录，一个是按照时间的先后顺序，历史性地把20世纪以来的理论家的文章节选后加以排列，因为在作者看来，这是为了使读者“能够理解现代理论和批评的历史线索，特别是从结构主义到后结构主义的发展路径”④。另一个目录是按照流派性质划分，就是把理论家的文章分属于不同的理论流派之下，作者认为，按照流派性质的目录，使学生能够了解现代批评和理论的主要流派和代表人物，从而为学生“追踪流派的演变，提供材料和线索”。但有很多理论家是兼跨不同的理论流派的，32位理论家中的14位都被分在不同的流派之中，如巴赫金，既在形式主义、结构主义和后结构主义诗学之中，又在语言学和叙事学这一主题之中，还在政治、意识形态、文化历史这一主题之中；德曼既在形式主义、结构主义和后结

---

① Shirley F. Staton: *Literary Theories in Praxis*, University of Pennsylvania Press, 1987.（详见附录二）

② David Lodge (ed.), Revised and expanded by Nigel Wood: *Modern Criticism and Theory: A Reader*, Pearson Education, 2000.（详见附录二）

③ Vincent, B Leith (ed.): *The Norton Anthology of Theory and Criticism*, Norton and Company, 2001.（详见附录二）

④ David Lodge (ed.), Revised and expanded by Nigel Wood: *Modern Criticism and Theory: A Reader*, Pearson Education, 2000, p. xiii.

构主义诗学主题之中，又在解构主义的主题之中；斯皮瓦克既在政治、意识形态、文化历史这一主题之中，又在女性主义之中；等等。身份的交叉既显示出理论家定位的多重性，又表现出现代理论的互动性和互文性。

《诺顿文学理论与批评选集》是一本大型的文学理论选集，总共有 5 个目录，分为两个大的部分。第一部分是一个编年的总目录。第二部分是其他类的 4 个目录，分别是：①现代和当代的流派和运动；②文类（genres）；③历史分期；④问题和主题。如果研习者是专攻诗歌的，可以按照分文类的目录去研读诗歌理论。如果研习者对身体、修辞、经典或是语言等理论专题感兴趣，就可以到问题和主题的目录之下寻找相应的专题去研读。不同的读者可以依据自身的选择，体验自己的理论，建构属于自己的理论大厦，充分体现了英美现代理论的多元，也为读者的研习提供了不一样的线索。不过，这种过于细分的目录，有时也会使普通的读者感到繁难而望而却步。

从教学观念的角度，审视英美教材在知识建构上的特征，呈现出以下的明显特点：

第一，承认知识的相对性。在此种观念之下，英美的很多教材都不认为自己书写的文学理论是一种关于文学的终极理论，或者是关于某种流派的权威理论，认为自己教材中的理论是关于文学或某一流派的一种理论，这种理论处在众多有差异的理论之中，是众声喧哗之中的一种声音。阿特金斯在谈到《当代文学理论》的编写理念时指出："我们选择了让本书的作者自由地提出自己的看法，而采用自己认为最能恰当地在被包含的理论间提出差异的形式。"[①]各种理论之间是有差异的，都有着自己存在的理由和合法性。因此，生产一种关于文学的甚至是关于某种流派的终极理论是不民主的，建构一种能够解释所有文学现象的文学理论也只是一种幻想，只能建构一种此时此地的相对的关于文学的理论。正如《寻找权威：文学理论概论》作者感叹的，在文学理论的世界里"想找到真理的理由是可以理解的，认为了解真理能给人提供大量的情绪上的安全感。不幸的是'真理'根本就不存在。如果你打算在现代世界里明智的生活，那就不得不承认各种互相冲突的思

---

① 阿特金斯等著：《当代文学理论》，张双英、黄景进等译，合森文化事业有限公司 1992 年版，原序第 17 页。

想方式的存在，没有简单、直接的接近真理的途径”①。实际上这种相对的知识观背后是一种知识范式的转变，就是不再把知识作为一种普遍真理，而只是一种话语建制。福柯认为当作为知识言说的原始文本消失之后，所有关于这一对象的言说都具有了话语实践的性质，而不再是关于此对象的真理。文学正是这样一种事物，它没有一种固定的观念，是一种动态、变化、生成的事物，自然，文学理论也是一种相对的话语建制，是一种人为的话语言说和建构，而不是关于文学的普遍真理。因此，当文学的理论作为一种知识在课堂上讲授和学习的时候，当然也是可以被学习者怀疑、颠覆甚至是重构的。就是说，教材只是知识的起点，是学习者体验和研习理论的一种媒介。

第二，尊重学习者的主体性。所谓学习者的主体性，就是不能把学习者仅仅看成是教室之中的知识的被动接受者，要把学习者看作是知识的建构者和创造者，教学过程不仅仅是知识的流动过程，还是知识的生成和创新的过程，学生有权利根据自己的经验理解文学理论，有理由按照自己的体验重构文学理论，这也是由现代文学理论的多元性质决定的。换句话说，教材不能只是一种关于文学理论的立场，教学之中也必须给学生更大的选择权。提供给读者一个自由体验的机会。《寻找权威：文学理论概论》的作者在谈到本教材的写作假定的时候提出：“我几乎总能感到我有选择的自由空间，任何否认这一点的文学理论跟我毫不相干，而且我也不愿意为之浪费时间。”②教材为学生的学习留出足够的空间，让学生有一定的自我体验的自由度，甚至把知识的决定权交给学习者。在课堂上和学习者持一种对话的态度，而不是以权威的面目示人，如果让学生屈从于教材和编（著）者自己的理论观念，那样只会使学生产生厌倦感和丧失兴趣。所以，英美教材的作者特别重视读者在文学阅读和理论学习时候的一种个体反应和个人选择，在这一点上，作者总结为以“读者为中心”，他认为：“同文学建立联系的最佳方式就是特别关注我个人的反应，而且这为课堂上与不同的读者建立联系奠定

---

① 史笛文·邦尼卡斯尔著：《寻找权威：文学理论概论》，吉林大学出版社 2003 年版，第 8 页。

② 史笛文·邦尼卡斯尔著：《寻找权威：文学理论概论》，吉林大学出版社 2003 年版，序言第 xviii 页。

了良好的基础。"[①]理论的教学和接受也是在体验的模式之下进行,而且尊重每一位学生的感悟和选择,这与我国的理论教学重视普遍规律接受的模式多有不同。

如果从知识体系的建构上思考文学理论教材的编著,我们能发现一本文学理论教材,不仅要考虑到理论知识本身,还要考虑到本学科的边界以及接受对象的需要,这 3 种因素正好对应 3 种体系的建构:①理论知识本身的体系;②文学理论的学科体系;③适合学生接受的学习体系。如果说,这 3 种体系不会自然重合,那么一本优秀的教材不仅要找到这三者之间的合适的张力,更要有所偏重,从近 30 年教材编著的情况看,英语世界教材发展的趋势是以学习体系为中心去融合学科体系和理论体系。具体说来,英美的教材主要是以学习者的接受为中心,以学习者的实践需要为目的,在教材的编著之中模拟理论学习的过程,关注学生的批评的需要,在建立教材的知识体系建构之中,不追求知识的系统性和完整性,而是追求知识的对象性和实效性,充分体现了教材的读者意识。

第三节 普遍原理与知识规训
——我国教材的知识范式和教学观念

进入 21 世纪以来,对文学理论知识危机的反思成为潮流,其中,接受危机也是反思的重点之一。一些理论家认为,当下我国文学理论的课堂内外正在经历着一场接受的危机,那就是学习者对文学理论的厌倦和抵制。大多认同接受危机的理论家认为深层原因是知识的规训,所谓知识的规训,就文学理论来说,主要是通过课堂讲授和考核评价等一系列的权利运作,迫使学习者接受教材之中的关于文学的普遍原理、一般规律等所谓真理性知识的行为。这种规训主要表现在两个方面:一是教材编著之中的知识权威,二

---

① 史笛文·邦尼卡斯尔著:《寻找权威:文学理论概论》,吉林大学出版社 2003 年版,第 11 页。

是课堂教学上的教师独白。而且这两者互为表里，正是知识的权威性，导致了教学上的不可对话性，同时，课堂上教师的独白，使得教材的权威越来越被加强。陶东风这样来描述这一过程："受本质主义思维方式的影响，学科体制化的文艺学知识生产与传授体系，特别是'文学理论'的教科书，总是把文学理解为具有'普遍规律''固有本质'的实体，它不是在特定的语境中提出并讨论文学理论的具体问题，而是先验地假定了'问题'及其'答案'，并相信只要掌握了正确、科学的方法，就可以把握这种'普遍规律''固有本质'，从而生产出普遍有效的文艺学'绝对真理'"①。如果把教材中的知识作为"一般规律"甚或是"绝对真理"，那就使得教材成为知识的权威和终点。在这种情况之下，教师的教学不敢越出教材范围；学生在学习之中，只能接受教材之中的结论，不能依据自我体验自由发挥；在各级各类的考试评价之中，学生"就只能依据教科书上的'圣旨'进行回答，一字不能改"②。因为教材上有一个标准答案，而且是唯一的。从陶东风的描述中，我们可以看出，这种知识的规训渗透在知识的"生产—传播—评价"整个文学理论的研究和教学之中，而且他们还互相决定和互相加强。客观地说，我国现在文学理论教学之中确实遭受到了学生一定程度的冷遇。当然，这种接受危机除了跟知识的规训有直接的关系之外还跟其他的因素有关，例如教师具体的教学方法等，但是，从理论本身和教材编著的关系来看主要原因应是知识的规训。

要想深刻地反思我国文学理论教学之中的知识规训，首先应该了解我国文学理论教材的知识属性，那就是对文学普遍原理或是一般规律的追求。从我们使用的蔡仪本和以群本的教材开始，就认为"文学的基本原理……换句话说，它是以人类社会的一切文学现象作为研究对象，从中阐明文学的性质、特点和基本规律的一门科学"③，到当前教学领域大范围使用的童庆炳的《文学理论教程》，认为"文艺学，一门以文学为对象，以揭示文学基本规律，

① 陶东风主编：《文学理论基本问题》，北京大学出版社2005年版，导论第3页。
② 陶东风主编：《文学理论基本问题》，北京大学出版社2005年版，导论第18页。
③ 以群主编：《文学的基本原理》，上海文艺出版社1980年版，第1页。

介绍相关知识为目的的学科，包括三个分支，即文学理论、文学批评和文学史"[①]。由此可以看出，我国近30年绝大部分教材都是这样的知识观念，认为文学理论就是关于文学的普遍原理或是一般规律。而且，背后的原因也很相似，凡是持这种知识属性的教材，都坚持着一种三位一体的学术分工，即整个文艺学或者说文学教育类的课程是由文学理论、文学批评和文学史组成的，三者分工不同，任务不同。

这样的知识属性和学术分工在我国文学理论界的出现和坚持，应该说与两本国外教材的影响密不可分。其一是20世纪50年代曾经对我国文学理论教材编著产生过较大影响的季摩菲耶夫的《文学原理》，季摩菲耶夫认为整个文学科学分为三门科学：文学原理、文学史和文学批评。文学史关注文学的发展，文学批评关注具体的作品。谈到文学原理（理论）时，作者说："我们将在本书（文学原理）中建立普遍的文学原理，将探寻支配文学全体的普遍法则，就是呈现在文学作品的结构，语言，情节，文学发展过程，文学潮流，类型、方法中的法则。"[②]这样的分工看起来稳妥而且全面，但是关键的一个问题是：文学有普遍法则吗？普遍法则如何建立？无独有偶，其二是美国韦勒克和沃伦的《文学理论》对这三者也是大致相同的分工，对三者的任务规定与季摩菲耶夫的《文学原理》多有相同。巧合的是，这两本教材在20世纪的50年代和80年代一前一后被引进我国，对我国文学学科和课程三位一体的分工影响深远。比较以群本对文学原理的界说，和季氏的《文学原理》多有相似，《文学理论教程》在谈到这种三位一体的学术分工时，直接援引韦勒克和沃伦的《文学理论》中的有关理念，没有援引这两本著作的我国的大多教材虽然表述不一，但大致的意义不会有很大的差异。更值得注意的是，这两本教材都初版于20世纪的40年代中后期，而且，都在当时名噪一时，现在都已经边缘化，风光不再[③]。深思其中的原因，不是一种巧合，也不是这两本教材能够跨越社会制度和文化语境的障碍，在极短的时间之内互相影响

---

① 童庆炳主编：《文学理论教程》，高等教育出版社2004年版，第3页。

② 季摩菲耶夫著：《文学原理》，查良铮译，平明出版社1955年版，第7页。

③ 这一点只要查看一下近年出版的英美教材和俄罗斯教材便知，这些教材都已经不再提这种学术的分工或者说已经完全抛弃了这种知识观念。

对方,而是深层次上它们都在遵守着一种现代主义的知识范式。

现代主义的知识范式,主要盛行于20世纪60年代之前,在欧美和我国都有较大的影响,有人也把这种知识范式称之为本质主义,相对的就是非(反)本质主义,这里借鉴美国教育学家小威廉姆·E.多尔(William E. Doll, Jr)在其专著《后现代课程观》的说法,称为现代主义范式和后现代主义范式。多尔认为现代主义的知识范式主要具有以下三方面的局限:

第一,遵守主客观的二元认知格局,认为客体的属性是稳定和静止的,是可以被完全把握和认知的。从历史的进程看,现代主义的知识范式是近现代自然科学和哲学发展起来之后的产物,美国哲学家罗蒂认为现代主义的知识范式来源于启蒙时代以来的工具理性,笛卡尔是其重要代表。按照笛卡尔的理解,知识就是外在自然(现实)在"心"中的表象,"心"就像一面镜子一样把现实反映出来,通过物质媒介传达出来就成为知识。可以把这种知识范式图示为心—镜—客体—本质—知识。用反思的眼光看,这其实是认知—工具理性所维护的主、客二分的原理在知识生产上的症候。可以说,我国近30年的文学理论研究和教材编著主要是受到了现代主义知识范式的影响,特别表现在对文学本质的探寻上,从反映论—审美论—审美意识形态论,我们的教材都在给文学下一个稳定的定义,然后在此定义之上,建构适用于一切文学现象的普遍的文学原理。直到最近,我国的一些文学理论教材,在探讨文学这一概念时,不是去解读这个概念的多重意义,也不是去审查这个概念背后的权利运作,而是给这个概念下一个看似经典的被化约的本质定义。这就类似给这一生动的概念制造一个坚硬的物质外壳,使多音的合奏变成单音的独白,排斥了概念使用上效果史的多重立场和差异走向,只留下了单一的中心;剪除了谱系学上概念场的意义杂多和边界模糊,最终使"文学"这一概念的单向所指完全暴露,裸体地面向受众,导致的是与文学现实的完全脱节。

第二,知识作为客体本质的反映是普遍和中性的,与个体的经验无关。多尔指出,笛卡尔还把认知的客体,所谓的自然(现实)进一步区分为"主要特征"和"次要特征",认为"主要特征本质上是数学的和客观的,指的是那些尺寸、形状和位置的特点。次要特征从属于主要特征而且较少具有'真实性'(因为它们是主观的),指的是那些通过感觉认识到的特点——颜色、气味、味道、质地、声音"[①]。如果把这种区分的架构植入人类的知识生产系统之中,就"使人类——至少就其感觉而言——变成了次要特征的集合体"[②]。同时"个人感情、直觉和经验"等主观的经验都成了被排斥的对象而不被现代主义的知识系统吸纳,因为"知识来自'外部'——是不动的、不变的——存在于自然法则之中。知识可以被发现,但不能被创造——这一系统是封闭的"[③]。笛卡尔的这种现代知识的生产路径,既是一种单向的认识论暴力,又是一种对知识生产的操控。就笛卡尔攫取知识的动力来说,一方面把人类的单向认知情欲夸张到最大,并贯彻到知识的生产领域,另一方面却以"次要特征"的名义将感情、经验等感性类的因素从知识构成的整体中剪除;为人类提供"客观""本质"的知识神话。我国教材近30年对"基本规律""普遍法则"等文学纯理论的追求也带有明显的此类特征,排斥个人经验,重视所谓普遍规律,矮化感性的文学批评,强化抽象的一般原理,是我国近30年生产文学理论知识的基本标准。这种对文学理论的知识性质的认识与笛卡尔的主要和次要特征的划分非常相似。

以上两点关于知识的观念,直接导致了第三点,那就是知识的可预测性和可复制性。所谓因果预测性是指在知识的秩序中"同样的结果总是来自同样的原因。可预测性不仅得到保证,而且是完全的和绝对的"[④]。同果同因的可预测性,保证了知识的绝对正确和绝对定型。这样知识的平面就被压扁、碾平,质疑性的知识褶皱被消除,正确被规定,错误最终被将死并被铲除,这样生产出来的知识就是一种可以脱离语境的没有时间品格的永恒正确的知识。同时,知识的这种永恒正确性,就确保了知识的可复制性,就是

---

① 小威廉姆·E.多尔著:《后现代课程观》,王宏宇译,教育科学出版社2000年版,第43—44页。

② 小威廉姆·E.多尔著:《后现代课程观》,王宏宇译,教育科学出版社2000年版,第44页。

③ 小威廉姆·E.多尔著:《后现代课程观》,王宏宇译,教育科学出版社2000年版,第44页。

④ 小威廉姆·E.多尔著:《后现代课程观》,王宏宇译,教育科学出版社2000年版,第50页。

说,知识不会在传播过程之中走样和变形,哪怕是教材的编著和课堂的教学,必须保证知识从教师到学生的一致性,保证其在传播和交流中的不走样和不变形。因为走样和变形就意味着有差异,有差异一定意义上就意味着错误。假如我们的某一本教材上讲文学是审美的,但是一些学生的自我体验觉得文学是政治的,意识形态的意味很浓厚,这本来是课堂对话的好机会,也是知识创新的契机。但是,依照现代主义的知识范式,认为这两种看法必有一个是正确的,一个是错误的,即使有对话,最后还是统一到一种观点上,大多是统一到教材的观点上。

在新世纪虽有后现代(非本质)范式教材的出现,但是,这种现代主义的知识范式的教材还是多数,再加上大班授课教学方式,使得我国文学理论教材都是采用概论式的框架,编写上追求知识的稳定和清晰,偏向于知识体系的圆融和自洽,在知识的生产和属性上,基本形成了实证主义的主要思维方式,普遍规律的知识属性。而受众为着种种目的(获取知识或考试过关等),"而必须接受乃至背诵教科书中的名词概念和知识点,在背诵和为了种种外在目的的学习中,文学理论由一种'活'的思想变成了一种'死'的学问"①。一定程度上弱化了理论与受众、理论与现实、受众与现实的多重互动和关联。

第四节　启示与反思

从教材编写与教学实施的关系来看,知识性质和教学观念之间是一种互动的关系,这种互动的结果决定了教学进度、教学方法等教学实施之中的具体问题。确定性的知识,以教为主,学习者的反应是次要因素,因为知识不会因之而改变,教材编写亦是以系统的知识或完整的学科为主。不确定的知识,以学为主,学习者的反应是主要因素,学习者的情感和体验可能成

---

① 赵勇:《新世纪文学理论的生长点在哪里?》,《文艺争鸣》,2004 年第 3 期,第 14 页。

为知识创新和重构的契机,教学活动是教师、学生、教材之间的三方对话,教材的编著以学习者的需求为中心。

以此种互动关系审视我国当下的文学理论接受危机,主要的矛盾就在于知识范式和教学观念之间的不相适应,学习主体提出了新的学习要求,新的学习要求呼唤着新的知识范式,新的知识范式必然会产生新的教学观念;这一关系倒过来也是一样的,新的教学观念一定需要新的知识范式做支撑,否则的话新的教学观念最终只是教学方法的表演化和学习主体的表象化。作为知识范式和教学观念之间的连接点,教材的编著既要满足新的知识范式的要求,也要适应新的教学观念。因此,我国的教材需要在新的知识范式之下做出相应的变革。

首先,创设知识生成的情景。我国现在很多的文学理论教材在编写体例上,都是"一般规律+具体例子"的模式,这里的一般规律不是在具体例子的基础上产生的,而是建立在对文学本质或是文学具体问题的认知上产生的;这里的例子不是来论述这一规律是怎样产生的,也不是来怀疑和颠覆这一规律的,只是来印证这一规律是正确和真实的,对文学或是有关文学问题的认识确实如此而且只能如此,学生和读者必须接受,知识规训的色彩非常浓厚。纵观英美近30年的教材编著,很少有这样的编写体例,主要的原因在于"现代理论不再奢望其基本原则具有普适性"①。既然理论的基本原则不具有普适性,那么也就不必要去概述那些关于文学的似是而非的一般规律,也不必要精心选取实例来为自己的普遍规律证明和辩护。因此,英美晚近的教材改变了编写的策略,更多的是给知识创设一种生成的情景,把理论放置在具体文学问题或是批评实践的环境之中,加以考察。如卡勒的《文学理论入门》基本属于谈论文学具体问题的;沃尔弗雷斯的《文学理论:批评实践案例研究》是研究批评实践案例的;本尼特和罗伊尔的《关键词:文学、批评与理论导论》是讨论关键词汇的;英美最流行的流派型也避开了对文学一般规律的论述,以培养学生的批评实践能力为主。一般规律探索型类似韦勒克和沃伦的《文学理论》的那种教材编著模式,在英美的理论界已经被抛弃。

---

① 沃尔夫冈·伊瑟尔著:《怎样做理论》,朱刚、谷婷婷、潘玉莎译,南京大学出版社2008年版,第10页。

其次，提供探究知识的途径。我国近30年的文学理论教材，没有很好地区分理论体系和教学体系，“大学文科理论课程现有的一些教材基本上都是以学科知识结构为框架的，很少以学生的接受发展状态为依据”①，认为把文学理论的学科知识编排在一起就是一本文学理论教材。在此种观念的支配之下，造成知识越系统越好，越完整、越深刻越好，以学科为本位，完全忽视了接受者的差异和不同的要求。所以，我们的文学理论教材中设计的助学环节很少，除了章节之后的思考和练习之外，很少有进阶阅读的数目，知识的索引、关键词的讲解等一些必要的助学环节。不仅如此，还出现了自学考试和在校普通本科生使用同一本教材，语文教师继续教育和青年干部培训使用同一本教材的现象。对比英美近30年的教材，由于20世纪欧美文学理论有一个不断专业化的过程，排除业余者对文本的常识性解读，在西方，从形式主义开始，新批评是中坚，结构主义和符号分析达到顶峰，大量的文学批评术语出现在各种文学研究的文章报告里面，晦涩、难解，令许多专家都望而却步，文学理论知识越来越“理性”、越来越“坚硬”，学习文学理论的难度越来越大。所以英美的很多教材都是一种帮助型的教材，为学习者翻越这座“高山”提供帮助，为困惑者走出这一“迷城”勾画地图。因此，英美教材虽然大多以流派更替为学科依据，但是编著出的教材却体例众多，有为学生提供理论地图的，理论述评型的；有为学生的批评实践指点迷津的，理论加实践型的；有反思文学问题的；等等，形式多样，不一而足。相应的，我国的教材应该在如何给学生提供知识探究的途径上多想办法，使教材成为帮助学生学习的“好帮手”，使学生既能学到知识，又能感受到学习上的满足，而且还为进一步的自主探究打下良好的基础。因为教材不仅是一种学科知识的媒介，更要满足学生的能力发展和学习要求。

总之，教材编著观念转换的背后是课程观的转变，从后现代的范式来审视课程，可以看出教学活动实质上是一场对话。在这一对话之中，教师作为一个特殊的对话者出现，和学生在人格和权力上平等，师生都可以保留自己关于文学问题的有差异的理念，而不必强求一致。不排除师生会在某一点

① 胡有清著:《文科理论教学论》，南京大学出版社1999年版，第71页。

上达成共识,但是这种共识只是暂时的,会在文学的实践之中发展和改变,对话没有结束的时候。教材只是一个读本,我们是用教材教而不是教教材。文学是什么?文学理论是什么?甚至作者是什么?读者是什么?都是可以质疑和重构的概念和问题。在文学理论的问题上,没有任何稳定的本质可以依托,也不能让研习者在一种硬性的规律和原理之中放弃自己的理论追求,放弃自己的理论体验。教学的过程既是一个知识的传播过程,也是一个知识的创生过程;既是一个主客观达成共识的过程,也是一个主体之间交互识别的过程。知识的创造和建构需要主观因素的参与,知识是主客观因素共同参与的一个编码游戏,而不是冰冷、僵硬的客观游戏规则。从开始就是如此,现在更要如此。纯粹客观,现象直接对应本质的知识,是知识生产者的一厢情愿,知识从来就是相对的和历史的。

第五章
知识呈现的形态和课堂教学实践

第一节　知识如何言说:关于文学理论知识的论争

一、论争的缘起

文艺学知识有广义和狭义两种,广义指所有中文学科(西方指人文学科),狭义仅指文学理论。我国当前的学科划分把文艺学作为一门二级学科,分列于中文这一大的一级学科之下,有人又把文艺学称为文学理论。"也就是说,'文艺学'是对一个学科的称谓。'文学理论'则是对文学研究中某一研究领域的称谓,而在实质及内涵上却是一回事。"①所以本书谈到的文艺学知识,也就是文学理论的知识。

当下中国的文学研究界正在展开一场对文艺学知识的根本性反思,反思通过对文艺学知识有效性的探询,质疑了新时期以来我国文艺学学科建设的合理性,从而使当前中国语境下的文艺学知识的合法化危机突显出来。如果我们暂且避开产生这一论争的大的社会文化背景,不去管它和当下西方文艺学知识的深层关联,我们能看到论争发生的这样一条发展的线索或

---

① 赵宪章:《文艺学的学科性质、历史及其发展趋向》,《江海学刊》,2002 年第 2 期,第 185 页。

理路:2001 年《文学评论》第 1 期发表《全球化时代文学研究还会继续存在吗?》,对全球化浪潮中电子传媒的时代,文学和文学研究的存在形态提出质询,米勒认为“文学研究的时代已经过去了。再也不会出现这样一个时代——为了文学自身的目的,撇开理论的或者政治方面的思考而单纯去研究文学。那样做不合时宜。我非常怀疑文学研究是否还会逢时,或者还会不会有繁荣的时期”。客观来说,从世界当下的文学的生存环境来看,他的怀疑是有道理的,世界文学理论“意识形态化”的发展趋势非常明显。童庆炳教授在 2002 年初发文对米勒先生的观点做出针锋相对的回应,他说:“如果人类需要文学来表现自己的情感的话,那么文学和伴随它的文学批评就不会消亡。黑格尔预言过文学被哲学取代,看来他的预言是失败了。那么米勒建立在‘媒介决定’论基础上的预言就一定会实现吗? 让我们拭目以待吧!”①比较两文的观点,可以看出他们即重叠又对立,都主张文学及其研究工作不会消亡,但是他们对这一问题的看法却是完全不同的,显然前者在提出一种新的对文学的看法及文学研究的方法。米勒说:“虽然从来生不逢时,虽然永远不会独领风骚,但不管我们设立怎样新的研究系所布局,也不管我们栖居在一个怎样新的电信王国,文学——信息高速路上的坑坑洼洼、因特网之星系上的黑洞——作为幸存者,仍然急需我们去‘研究’,就是在这里,现在。”②我们正面对新的文学现实,需要的是转变我们的态度和方法,而不是放弃。

二、过程的展开

态度和方法转变的问题,在近年得到了充分的展开和论争,在这里我们选择主要的文章和著作。陶东风在 2001 年第 5 期《文学评论》上发表了《大学文艺学的学科反思》,对本质主义的文学观念进行了批判,作者认为:“受本质主义思维方式的影响,大学文艺学教科书常常不是在特定的语境中提

① 童庆炳:《全球化时代的文学和文学批评会消失吗? ——与米勒先生对话》,《社会科学辑刊》,2002 年第 1 期,第 133 页。

② J. 希利斯·米勒:《全球化时代文学研究还会继续存在吗?》,国荣译,《文学评论》,2001 年第 1 期,第 138—139 页。

出并讨论文学理论的具体问题，而是先验地假定了问题及其'答案'，把文学艺术理解为具有'普遍规律''固有本质'的实体，热衷于生产'普遍有效'的文艺学'绝对真理'。"[①]这使得它既丧失了学科的自我反思能力，又无法回应从日新月异的文艺实践中提出的问题。所以，文章提出"要历史地理解文学艺术的自主性，在充分肯定其历史意义与现实合理性的同时，不能把自主性视作自明的、先验的本质加以设定"[②]。也就是说关于文学的一切知识都是在具体的历史情境下产生的，都是历史建构出来的，没有放之四海而皆准的普遍性。紧接着在2004年《文艺研究》第1期上，以"当代文艺学学科反思"为题，刊发了一组（四篇）讨论文章[③]，这四篇都认同了当前在中国文艺学知识体系中所存在的合法化危机，并对此进行了不同方面的反思，提出了自己解决问题的思路/方案（杜书瀛语）。接着在2004年第6期《文学评论》上刊出了童庆炳和陶东风的两篇文章[④]，对文学理论的边界问题进行了针锋相对的论争。因为文学是进行文学研究的起点，取不同的研究对象，就会使理论呈现不同的面貌，所以有关文学理论边界的论争会直接影响到文艺学知识的呈现问题。

相继发表的相关文章还有：杜书瀛的《文艺学向何处去！》、李春青的《谈文学理论在社会文化系统中的位置》、朱立元的《关于当前文艺学学科反思和建设的几点思考》、赵勇的《新世纪文学理论的生长点在哪里》、余虹的《文学理论的学理性和寄生性》等。最近的大规模讨论此问题的是2007年文学评论第5期的"文艺学知识形态批判性反思"的一组讨论文章[⑤]。这些文章在文化转向、文化社会学及教材研究的基础上对我国当前的文艺学知识进行了深刻的反思。还有其他发表的有关的文章和著作，这里不再一一列出，

① 陶东风:《大学文艺学的学科反思》,《文学评论》,2001年第5期,第97页。

② 陶东风,《大学文艺学的学科反思》,《文学评论》,2001年第5期,第97页。

③ 四文为:陶东风《日常生活的审美化与文艺社会学的重建》;曹卫东《认同话语与文艺学学科反思》;陈晓明《历史断裂与接轨之后:对当代文艺学的反思》;高小康《从文化批判回到学术研究》。

④ 二文为:童庆炳《文艺学边界三题》;陶东风《移动的边界与文学理论的开放性》。

⑤ 三文为:李西建《文化转向与文艺学知识形态的构建》;陶东风《反思社会学视野中的文艺学知识建构》;章辉《反本质主义思维与文学理论知识的生产》。

需要指出的是，这些文章呈现一边倒的趋势，即认为中国当前的文艺学知识正在遭受着严重的合法性危机。

三、危机的三种表征

（一）价值危机

在这次论争之中，理论家们反思的一个根本出发点是文艺学知识乃至于人文学科存在的价值何在，就是追问人文学科为何存在时，所感到的理论在现实面前的一再后撤以至于和现实产生隔膜，文学研究向学术体制、权威中心和经济资本不断献媚，文学理论完全丧失对社会的批判能力和对陈词滥调的反思活力，只能在学院内部自我养育、自我繁殖。按照萨义德的话说就是："看来，这将使它整个变成一个制造厂，充满冗长夸张的文字和漠不关心的专业，大部分是自我论证的（identity-based）；跟它的行话和似是而非的论点同声附和的，只有志趣相投的人、帮手以及其他的学院中人。"[①]在萨义德等西方公共知识分子看来，人文学科出现这种"不及物"的状况，是跟拥护帝国主义的右翼等多种权利连在一起的，是有人故意推动的。另一位西方学者理查德·奥曼在讨论到这一正统学说的势力及其逐渐衰落时指出，人文学科是被故意设想或教导成为与当代历史、政治和经济这个肮脏的世界不甚相关的。所以，他接着借用三好将夫的话说："我们枯萎下去，没人哀悼，没人注意。人文学科已经锋芒尽失，软弱无力，不足以影响任何人、任何事情。"[②]西方的人文学科，自从启蒙运动以来在对现代性的追求中获得自己的独立品格，从其他学科中分化出来，开始不断地规范自身，在 19 世纪完成学科自律，走向封闭。特别是 20 世纪初期以来，受科学主义思维支配，术语和行话充斥其中，无功利的审美成为其中的核心理念，新批评兴起之后，文本崇拜达到顶峰。20 世纪 60 年代以后，左派的批判话语从各个方面开始突破，人文学科的社会文化维度被重新阐发，至此西方的人文学科已经完成了

---

① 爱德华·W. 萨义德著：《人文主义与民主批评》，朱升坚译，新星出版社 2006 年版，第 17 页。

② 爱德华·W. 萨义德著：《人文主义与民主批评》，朱升坚译，新星出版社 2006 年版，第 17 页。

一次全过程的蜕变。

回到中国语境,自20世纪70年代末以来,文学开始从政治的附庸中挣脱出来,庸俗社会学的文学研究宣告破产。此时审美自律的吁求成为文学研究的主旋律,客观地讲,审美一度(20世纪80年代初中期)有过疏离政治的革命能量,后来(20世纪90年代初中期)又成为抵抗商业污染的一片净土。但是,不可否认,它很快就走到纯审美的虚幻追求之中,在"古、奥、淡、远"的艺术趣味中疏远了社会,疏远了人类。正如许明所说,"以政治替代学术的倾向虽然早已开始纠正,但许多人并没有意识到:纠正之后眼前是一片空白。许多人在不以政治为唯一标准的原则确立以后,却不会回到学术本身"①。其实,我国当下的文学理论价值危机,实质是文学理论在社会文化系统中的站位后移和姿态低下。

(二)实践危机

从20世纪90年代以来,我国的文学活动发生了,而且仍在发生着带有转向性质的急速变化,主要表现为在市场经济大潮的激荡下,文学的生产和消费越来越产业化。具体表征为文本制作的图像化、传播媒介的电子化和深层意义的欲望化。文学活动的景观像一匹疯狂飞奔的野马,不断更新,而这一切都对"无功利的审美""审美距离""韵味"等在20世纪80年代定形的文艺学范畴和命题提出挑战。赵勇谈到,我国当前的文艺学知识是建立在对作品的审美阅读基础上的,实际上强调的是一种"具有丰富阅读经验和很高鉴赏水平的'理想读者'。文学理论中拿来这样的命题并予以升发阐释,表面上是要讲述阅读与欣赏的一般道理,但实际上却强化了对文学经典的阅读。于是,文学经典的生产产出了与其成龙配套的消费,文学经典的消费又消费出了文学经典的生产,当今的文学理论很大程度上就是在这样一种假定中推衍或虚构着这样一种理论命题"②。所以这种建立在对文学经典的阅读之上的文学理论,长期追求自身理论的圆融和自洽(朱立元语),"面对

① 许明:《作为科学的文艺学是否可能》,见葛红兵《20世纪中国文艺思想史论》(第三卷),上海大学出版社2006版,第132页。

② 赵勇:《新世纪文学理论的生长点在哪里?》,《文艺争鸣》,2004年第3期,第13—14页。

这样的文学现实,现行的文学理论恐怕只能失语,而一旦发言,即意味着错位和扑空"①。陶东风认为是封闭的自律的文艺学知识,无法对日常生活的泛审美现象做出回应:"由于日常生活的审美化深刻地挑战了文艺自律的观念,乃至改变了有关'文学''艺术'的定义,因而,以艺术与审美的自律为支柱、确立于20世纪80年代的文艺学主导范式就面临深刻的危机,其囿于经典文学、坚守艺术自律立场已经严重阻碍文艺学及时关注与回应当下日新月异的文艺/审美活动。"②从文学史的检验来看,理论对现实的介入,总是难以达到良性互动。但是,我国当前实践危机的最大特征是,理论和现实的平行而不相交。

(三)接受危机

由于文艺学知识的受众和文学是有所不同的,文艺学知识的理论性决定了它和文学的受众有显著的不同,文学的受众是海洋式的无边无际,而文艺学的受众是湖泊式的、特定的,只是大学文科的部分师生和研究院所的特定人员,从总体上来看数量庞大,但是从实际来看接受面相对较为狭隘。从受众的心态来看,接受危机分为两类。一类是文艺学知识的学习者,特指部分文科学生,由于在学习过程中发现当前文艺学知识与现实的脱节,所以无限放大了教材中存在的唯意识形态论和宏大叙事的知识弊端,从而产生接受上的抵触心态。另一类是理论无用或不要理论,这种论调是始终伴随着文学理论的发生和发展全过程的,只不过在当今文艺学知识遭遇困境时,表现得更加充分和激烈而已。如伊格尔顿援引凯恩斯的话说:"那些厌恶理论或者声称没有理论更好的经济学家们只不过是在为更古老的理论所控制而已。对于文学研究者与批评家来说,情况是同样的。"③

其实这三种危机是互为表里的,核心危机是精神追求方面的,就是价值危机,这是整个人文学科都存在的问题;最表象的是第三种危机,实践危机

① 赵勇:《新世纪文学理论的生长点在哪里?》,《文艺争鸣》,2004年第3期,第14页。

② 陶东风:《日常生活的审美化与文艺社会学的重建》,《文艺研究》,2004年第1期,第16页。

③ 特雷·伊格尔顿著:《二十世纪西方文学理论》,伍晓明译,北京大学出版社2007年版,序第5页。

从发展的角度来看只是一个暂时问题，因此，文艺学的学科站位和社会文化姿态是文艺学再次转型的关键问题。但是，这三个问题相互重叠、限制，相互加强，所以在文艺学未来的发展之中，这三个因素都不容忽视。

四、问题的反思

针对价值危机，首先，是对待文学文本态度的反思，不能仅把文学文本看作是超越现实的另一种语言，它就是现实生活之一种。萨义德认为："然而，要是认为作家、音乐家和画家好像是在一块干净的书板上创作他们的作品，我想，那就太愚蠢了：这个世界早已如此重彩浓墨地记录下来的，不仅是以过去的作家和艺术家的作品，而且是挤满了今天每个人的意识的那些滔滔奔涌而来的信息和话语，以及从各个方面冲击人们感观的赛博空间（cyberspace）和大量物质文档。"[①]任何的一个文本的生产和存在都不是干净和无历史，它和现实的各种各样的权利都有着千丝万缕的联系，因为"我们不再能够以绝对的信心说出个人领域在哪里结束，公共领域从何处开始"[②]。

其次，是对阅读策略的反思。20世纪以来的形式主义、新批评、结构主义甚至是接受美学的功能，都只是在帮助我们指认文学的意义，而忽视了阅读者和文本之间复杂关系的建构，某种程度就是拒绝和意识形态及现实的联系。在这样的阅读中我们似乎获得了纯审美的愉悦，在一个相对封闭的空间里完成了自我的更新。而这一切最终导致的是文学理论和现实的隔膜以及活力的消失，因为影响意义生成的其他因素被忽视了。正如吉尔兹所指出的，"可事实上，土著们当然谈论艺术，就像谈论其他的在他们生活中激起兴趣的、意味隽永的、动人的事情一样，他们谈及这些东西的功用，谁拥有它，什么时候表演它，谁表演它或制造它。他们关注于在各种各类的活动中它充当什么样的角色，它可以用来交换什么，它叫什么名称，它是怎么缘起的，以及诸如此类的事情。但是这类倾向看上去并不全是在谈论艺术，而像

---

① 爱德华·W.萨义德著：《人文主义与民主批评》，朱升坚译，新星出版社2006年版，第49—50页。

② 爱德华·W.萨义德著：《人文主义与民主批评》，朱升坚译，新星出版社2006年版，第50页。

是言及别的什么事情诸如日常生活、神话、贸易或其他的什么玩意儿”[①]。他们谈论文学艺术的方式和我们完全不同，但是，他们是真诚的，他们相信那就是文学艺术应有之意。他们给我们的启发是我们看待文学艺术，可以有另外的无限多样的策略。萨义德也有同样的观点，“对人文主义的作品的接受，谁、什么时候、出于何种目的在阅读它——所有这些问题四下里堆积起来，几乎驱散了任何纯真无邪或心醉神秘的审美关注状态”[②]。曹卫东认为我国新时期的文艺学走着一条科学主义的学科建设之路，他强调，“这是一种典型的科学主义学科观念，在西方已经受到深入的批判，而今在汉语世界却大行其道，这不能不说是暴露出了文艺学学者对于自身所承担的社会使命缺乏应有的认知，他们在现实面前不是采取退缩的策略，就是采取迁就的方法，从而把文艺学的学科使命由‘教化’降低为‘培训’”[③]。走出审美，回复文学理论和现实既肯定又对抗的张力，反思和警惕现实中的习见和陈词，才有可能真正缓解文艺学的价值危机。

文艺学知识的价值危机指向文艺学知识在社会文化系统的姿态和站位问题，实践危机就是要解决文学理论以何种方式介入当下的文学现实。杜书瀛列出了针对文艺学知识危机的六种方案，目前以陶东风的方案最有影响。陶东风从新的文艺社会学观点出发，打破文学艺术的审美与功利、精神与物质等二元对立范畴，彻底颠覆以审美为中心建立起来的文学艺术的观念，走向泛审美，即一种审美的日常生活化，然后利用当代西方文化研究的做法回应当下的实践危机。他认为：“这些研究方法的突出特点就是把‘内在’与‘外在’打通、把文本分析、形式分析、语言分析、符号分析等与意识形态分析、权力分析打通，在文本的构成方式（如叙事方式、修辞手段）中解读出作者的意识形态立场以及文本的文化内涵。”[④]彻底打破文学艺术观念的

① 克利福德·吉尔兹著：《地方性知识》，王海龙、王家瑄译，中央编译出版社2000年版，第125—126页。

② 爱德华·W.萨义德著：《人文主义与民主批评》，朱升坚译，新星出版社2006年版，第51页。

③ 曹卫东：《认同话语与文艺学学科反思》，《文艺研究》，2004年第1期，第24页。

④ 陶东风：《日常生活的审美化与文艺社会学的重建》，《文艺研究》，2004年第1期，第18页。

二元对立观念是必要和及时的，但是按照陶东风的方案，我们就会进入到文化批评的领域中来。文化批评对语言、影像、行为等文本进行一种多角度认知固然可以，但是在实际操作上，它需要精英文化的持有者放低姿态，迁就大众文化的要求，采取一种平视的乃至认同的角度去解读大众文化，如张艺谋的转型，得到不同的评价就是典型的个案，所以还要对其保持警惕。从某一角度来说，用文本调查的方法，在细读之中恢复文本和阅读者的多种关系，达到了多种视域的融合，实现了文本与现实的对抗性理解，对目前中国文艺学领域存在的实践危机还是具有启示意义的。

文艺学知识的接受危机实际上是一个学科划分的危机，在新时期相当长的一段时间，我们一直追求着一种学科建设自律性，这是在学术研究的科学主义指导下的学科建设。就文艺学本身来说，我们在基础理论的教学和教材编写上，都是采用概论式的大班授课教学方式，在教材的编写上过于追求知识的稳定和清晰，致力于知识体系的圆融和自洽，而完全忽视了理论与受众、理论与现实、受众与现实的多重互动和关联。文学理论“进入教科书之后，意味着文学理论的制度化、规范化和合法化，也意味着文学理论作为一门学科（discipline）从此成为规训（discipline）”①，而受众为着种种目的（获取知识或考试过关等），“而必须接受乃至背诵教科书中的名词概念和知识点，在背诵和为了种种外在目的的学习中，文学理论由一种‘活’的思想变成了一种‘死’的学问”②。所以，我们要做的就是彻底打破学科藩篱，在学科与学科的交叉和边缘处寻找新的学科生长点，把那些“单一”的“大写”的文艺学知识，改写为“复数”的、“小写”的形态各异的文艺学知识，在存在的形态上可以有体系型的、问题型的、关键词型的，甚至也可以是文学现象型的、流派型的、社团型的，总之通过打破现行的文艺学学科体制，恢复其知识的鲜活状态，使受众在知识的接受中自然地产生对文本的解读冲动。

---

① 赵勇：《新世纪文学理论的生长点在哪里?》，《文艺争鸣》，2004年第3期，第14页。

② 赵勇：《新世纪文学理论的生长点在哪里?》，《文艺争鸣》，2004年第3期，第14页。

五、游移、多变的知识建构

在文艺学知识的建构中，首先，应该抛弃文艺学“设计”中的宏大体系设想，认为有一个时刻，可以建构一种和西方的文艺学知识话语对抗的有中国特色的文艺学话语系统。这是一种完全有害于文艺学知识生产和传播的宏大叙事状态。首先，从理论上审视，不管是依托所谓《诗经》以来的旧（大）传统，还是“五四”以来的新（小）传统，无一不是处在不停变动之中，其原始文本已经无法找到（也不必要找到），得到的每一种意义都只是意义的一种危险的增补（supplement）。同时，西方的文艺学知识也不会在某一个时段停下来，等你去和它对抗。其次，从实践上来看，此种对抗毫无意义。从某种角度上来说，这种对西方文艺学知识的认识仍然停留在魏源的“师夷长技以治夷”的层次上。其次，我们应该看到西方文艺学知识的建构是“他者”缺席的一种自我论证，他们不以东方或任何一个外来民族的文化为镜像，他们能够自我表达，即使是像萨义德这种“离散者”在生成他的文艺学理论时也是以西方的经典为解读对象的。而我们中国当代的文艺学，离开了西方话语则无法表达我们自己，我们的文艺学知识的生成必须以西方为“镜”，以自我为“像”，正如马克思所说“他们无法表述自己；他们必须被别人表述”[①]。在当今全球化的背景之下，我们的文艺学知识的生产更加不能自足，也不应该只是自我的表达。梁启超在《论中国学术思想变迁之大势》中说：“盖大地今日只有两文明：一泰西文明，欧美是也；二泰东文明，中华是也。二十世纪，则两文明结婚之时代也。吾欲我同胞张灯置酒，迓轮俟门，三揖三让，以行亲迎之大典。彼西方美人，必能为我家育宁馨儿以亢我宗也。”[②]梁任公先生的方法对了，但性别搞错了，我们的文艺学知识生产必须是以东方为母，更多方为父的一种知识“杂交物”（hybrid），因为我们的知识必须在我们自己的体内孕育，这是一个插入和交合的长期过程，是一个痛感和快感交织，自我分

---

① 语见爱德华·W.萨义德著：《东方学》，王宇根译，生活·读书·新知三联书店2007年版，题记。

② 梁启超：《论中国学术思想变迁之大势》，见《饮冰室合集1·文集之七》，中华书局1989年版，第4页。

裂和认同不断变换的过程。在实际的操作上,须从文本的细读、概念的打磨、原理的梳理、问题的彰显开始,让文艺学的知识从“单细胞”形态开始进化。

第二节　知识如何呈现:关于文学理论知识的教学

通过对我国当前文艺学知识的反思,我们可以得知:文学的写作传播都在发生着剧烈的变革,文学现实也与40年前有很大的不同,文学研究的范式及文学理论知识的生产机制都在不断变化。因此,在这一切的基础之上,文学理论的知识传播和接受模式自然也应该随之改变。我们正面对新的文学实践和知识状况,需要的是转变我们的态度和方法,而不是放弃。

态度和方法转变的问题,在最近几年得到了充分的展开和论争,我们选择关于文学理论的教学问题来考查,就会发现文学理论的教学也正处在一场危机之中。为了真正破解这场文学理论的教学危机,必须把反思的武器对准理论教学的媒介——文学理论的教材,主要是检视教材在编著过程中存在的一些深层的理论问题。在进行这一反思之前,本书引入福柯的关于知识“如何看”和“如何说”的论述作为解读文学理论知识生产的重要理念。

福柯的观点认为,任何知识的生产都是从一种可视走向可述。就是说,前者是你怎么看待一种知识,知识是以怎样的状态存在,你是怎么看待和理解这种存在,也可以称为知识的存在状态;后者就是如何说,是说完成了怎样看,并不是知识的生产本身,还有如何言说,就是把知识表达出来。在福柯看来任何知识的生产就是此两个步骤。就本书所说的文学理论的教学来说,如何看文学理论,就是文学理论作为一种知识怎样存在,应该说大致对应教材的编著理念,但是与之相比又有着更深层的意涵,主要指的是教材的编(著)者在整个文学理论知识系统中的站位以及在这一位置上如何看待文学理论,它影响和决定着知识的生产主体如何挑选、认定和建构文学理论知识。按照福柯的知识观点来说就是“如何看”，追问的是知识的性质问题。本书所说的知识呈现大致对应着教材的编著体例，但其意义又不是编著体例所能完全涵盖的，主要指的是如何去想象文学理论知识，并按照想象给予形式上的外化，按照福柯的知识观点来说就是“如何言说”，追问的是知识的形式问题。

如果把知识存在和知识呈现的问题合并思考，在福柯看来就是一个知识如何被生产出来的问题。但是就这两者的关系来看，福柯从其权利的理论出发，认为“我们去说我们所看到的东西，这是徒劳的；我们所看到的并不寓于我们所说的。我们设法凭着使用形象的比喻、隐喻或直喻去表明我们所说的一切，也将是徒劳的；凡它们取得辉煌业绩的地方，并不是由我们的眼睛展开的，而是由句法系统限定的”①。福柯指出任何一种知识生产之时已经不是中性的，某种权利完全控制了这种知识的生产，从看待到言说的过程，都受到某种自觉和不自觉的权利的影响和决定。这种权利无处不在的理论使福柯过度夸大了观看与言说之间的距离，甚至割裂了二者之间的有机联系，态度比较悲观。其实，观看与言说之间是有着紧密的联系的，正是知识的存在决定着生产主体的知识想象，正是知识的多元想象才促使编（著）者采用不同的编写体例。但是福柯的悲观正提醒我们，要想理清新时期文学理论的知识存在，并给予适当的呈现，就“更需要一双锋利的眼睛或一种较为确信的抑扬顿挫的语言”；同时，我们必须对知识本身持有多元、生成的观念，因为文学理论知识更坚决地要求一个人要允许自己被性质和形式的激增所摆布。

从知识的存在方式上来看，我国新时期以来的文学理论主要表现为对文学全方位知识系统的推崇，对文学原理性知识的重视以及对历时性文学知识的保留。但是就当前译介过来的国外文学理论的教材以及部分英语世界的原文教材来看，英美大学文学理论教材的知识观念上已经超越或者颠覆了以上的知识存在的观念。就英语世界来看，文学理论打破了对文学知识系统、全面的建构的宏大愿望，已经将这种知识建构中的宏大叙事视为一

① 米歇尔·福柯著：《词与物：人文科学考古学》，莫伟民译，上海三联书店2001年版，第12页。

种不科学、不适当的无法实现的美好愿景而予以抛弃。其次，英语世界文学理论教材编写中，重视实践、重视文学研究实际的意识比之我国的教材更为浓厚，如布莱斯勒的《文学批评：一种理论和实践的导引》(Charles E. Bressler, *Literary Criticism: An Introduction to Theory and Practice*)、格林等的《批评理论和实践教程》(Green, Keith, Jill LeBihan, *Critical Theory & Practice: A Coursebook*)。其实，这不仅仅是一种形式上的差别，更多地表现为深层文学理论知识理念的不同，在我们看来文学理论就是一种从实践中提纯了的相对纯化的高于实践和现实的一种知识形态。然而自20世纪60年代以后知识政治在欧美的学院盛行之后，西方知识界有着一种知识实践的转向，就是把理论视为一种实践中的理论，或者干脆理论就是一种实践，当然就教材中的文学理论知识来看，重视实践也是一种知识对象化和便于学生接受的策略。

英美世界的文学理论教材知识的构成上多是以问题为刚，来对当下重要的文学现象和主要的文学问题进行总结和评介。知识具有浓郁的时代特色和强烈的人文关怀，当下的文学现实、正在发生着的文学现象很快就会在相关的文学理论教材之中得以反映和阐释，用共时性方法对历时性文学理论知识进行超越。

下面就几种常见的文学理论知识的呈现形式和课堂教学之间的关系做以理论的探讨和反思。

一、普遍原理的文学理论与教师的独白

就笔者所见到的200本以上的我国新时期的文学理论教材，从知识的存在形态上来说98%以上都是普遍原理型。而且需要说明的是笔者所见到的教材是出于各种各样的教学目的的：有高等专科学校文科教学使用的，有高等本科学校文科教学使用的，有出于自考目的的，有出于教师培训的，有出于青年干部培训的，有出于提高人文素养的，还有出于培养文学素养的，等等。这些教材按理说应该根据不同的培养目标设置不同的知识标准，建构不同的知识体系，呈现出不同的话语风格才是正常情况。但是，在我国新时期却出现，不管出于何种目的的文学理论教学，在教材的编著和知识的呈现

上是大一统的局面:知识都是普遍原理型的,形式上都是本质论、特质论、作品论、批评论和发展论的“五论”形式。这种编著模式包括我们所推崇的在全国通用的主流的教材。

我们以童庆炳主编的《文学理论教程》2004 年版为例,全书是由四编加上一个导论组成的“1+4”模式,四编分别为“文学活动”“文学创造”“文学作品”“文学消费与接收”。为什么采用这样的框架来结构全书,这与编(著)者对文学理论本身的学科定位关系密切。因为编(著)者按照当代美国理论家艾布拉姆斯的观点把文学看作是一个人类活动的可循环的回路图式,这个图式由作品、作家、世界、读者四个要素组成。“文学活动”正是论述文学作为人的一种精神创造和历史现实的关系,对准图式中的“世界”;“文学创造”描述的正是作家的整个写作过程,对准图式中的“作家”;“文学作品”主要是论述作品的构成,对准图式中的“作品”;“文学消费和接收”显然对准了图式中的“读者”。在这样的整体架构之下,编(著)者进一步指出:“我们规定这些任务的一个理论前提是把文学理解为一种活动,即人类的一种高级的特殊的精神活动。”在这种对文学的指导性思路支配下,编(著)者不得已为文学下了一个定义:“在以上讨论的基础上,可以提出如下文学定义:文学是一种语言艺术,是话语蕴藉中的审美意识形态。”定义中的“话语蕴藉”和“审美”对应了“精神活动”中的“高级”和“特殊”,“意识形态”对应“精神活动”。倒过来看整个过程,就会看到这样的文学定义正好是全书知识体系展开的起点和收束的终点。

这类普遍原理型的文学理论知识可以说是一种本质主义的思维方式的产物,有着明显的缺陷:第一是立场僵硬,因为这些教材的编(著)者在建构自己的知识体系时都预设了一个相对本质的文学观作为体系建构的立足点,其他的知识都在这个原点上得以扩张、蔓延、展开,对其他知识点的论述,或明或暗地与这一立足点保持一致。谈到某一概念时,不是去解读这个概念的意义,而是去给这个概念下一个看似经典的定义。这就是给一个生动的概念制造一个坚硬的物质外壳,使概念的意义确定,排斥了概念使用上效果历史的多重立场和走向,只留下了单一的中心,剪除了谱系学上概念场的意义杂多和边界模糊,最终使其单向所指完全暴露,赤裸地面向受众。第二是系统的封闭性,从点到线再到面(整个系统),知识生长的模式有序、知识的内在脉络整一、知识的边界清晰。总之完全不能偏离最初的立足点,这样知识在稳定、清晰、圆融自洽的品格追求中,丧失了活力。在这种体系之中,知识之间僵硬和固化,没有为主体性因素介入留下足够的空间,如情感、个性。所以教材的表述是千人一面,教材的结论是千书一声,同时这种封闭的体系也没有提供拆解自身的示意图,整个系统经典化、化石化,变成了一个知识神话,完全拒绝了新知识的融入,如网络文学、身体写作。第三是坚持纯净的甚至是狭窄的学科本位,认为只有关于作家、作品和文学思潮的知识,才是真正的文学理论知识,其他的都不是文学理论知识。这就会造成对两种文学理论知识的忽视:第一种是处在学科互涉(interdiscipline)中的知识,如关于影视文学和戏剧文学的知识;第二种忽视就是非主流作家、作品、思潮没有得到应有的重视,如关于言情、武侠等大众文学的知识在文学理论的教材中长期缺失。如果说前者的忽视可以用增加学科的做法加以弥补的话,后者的缺失就会造成部分文学理论知识的接受者对所学知识的有效性和应有范围产生根本的怀疑,从而在观念和行为上产生抗拒。第四是在知识的生产和呈现之中的超时间性,就是不把某一知识或者范畴放在历史的语境之中评估其效果和使用范围,而是对其脱语境化、超历史化,如典型、典型环境、典型人物这一组曾经在文艺学史上举足轻重的范畴,由于文学实践的激辩正在丧失其合法性和有效性,如现代派中的没有人物何谈典型,某些通俗小说中淡化环境的塑造,更不用说典型环境 。所以,如何对概念和范畴进行效果史的评价、谱系学上的描述和当下文学实践中解读效果中的评估,如何把概念和范畴的知识皱褶展开,是文学研究者和文学理论教材编(著)者所面临的一个重要问题。

就这种原理性知识本身来说,有两点会引起人们的质疑:一是这些知识怎么就成了文学的理论知识,是什么使其享受豁免权,进入学科的系统;二是,学生并不认为这些就是他们要学习的文学理论知识,除非是为了考试。反思这两点其实能够看出两个方面的问题:一方面原理性知识进入文学理论的学科范围,其实背后隐含着一个假定,那就是文学作为一种观察和研究对象,是一种相对稳定的客观存在,而且可以被认识和言说的,这种对文学的言说是一种有效合法而且不会过时的知识,值得学习和传承。实际上不仅“文学”作为一种客体是多变和生成的,被不同的研究对象有差异地建构着,而且任何一种对文学的言说都是个性化的话语,带着明显的自我体验。出自不同的话语范式和风格,这种关于文学的话语作为文学多样性知识的一种选择是有其存在理由的,但是要把某一种话语上升到普遍原理的地位,加冕为权威性的文学理论知识,成为一种文学理论的终极语汇,那就是知识学上的一种形而上学的追求。另一方面意味着学习文学理论不一定要从理论知识和文学本身进入。就是说,如果我们把文学理论视为一种多边建构的话语,把文学理论知识的学习也作为一种话语的习得和创新过程,而不仅仅作为一种话语的传播和复制过程的话,我们就应该尊重学习者的主体性,表现为尊重其自我的经验,可以从其生活的经验开始文学理论的学习,从非文学的经验开始文学理论的学习,如可以从音乐、电影、广告的经验开始文学理论的学习。如果我们进一步把学习的过程作为一种知识的体验和话语重新被唤醒的过程的话,我们更应该开发文学理论知识的边界,而不应该把理论的学习限制在文学的范围,更不应该只是经典文本的阅读和体验。

所以,就知识的存在状态来说,文学理论不应该只是普遍原理的,就学习者的实际情况来看应该是经验的,是说文学理论的教学应该是架在文学理论和文学经验之间的一座桥梁,而不是把丰富、生动的文学经验规范为理论教条的硬性模式,更不是把文学经验和文学理论割裂开来的手术刀。文学理论的知识应该和每一个受众的多元、复杂、原始、个性的阅读文学的经验无缝衔接,只有这样文学理论才成为有机的、丰厚的文学理论。从受众的角度看,阅读的经验也应该得到理论的引导和提升,唯有如此,阅读的经验才可能是一种反思和变革的因素。老师在教学的实践中,要教一种当下进行的、生活需要的活的理论(live theory),而不是一种教条的、死板的、词句的死的理论。

另外,就目前我国文学理论教材中所呈现的知识来看,相当多的是建基在对经典文本的解读的经验之上的。就我国的经典文本而言,主要就是指古典文学中的著名作家的诗文、小说以及现当代文学中的少量经典作品。而我国古代文学中的戏曲、评书、民间的传说、宫体诗、玄言诗,以及现当代文学中的通俗文学、民间文学、网络文学等只是边缘的、新兴的文学体裁和文学文本，不仅无法进入文学史、文学理论教材，更无法进入文学教育的课堂，所以我们的文学知识都是一种寄语经典和高雅主流的文学文本解读之上的，与普通读者的阅读经验和“学生自省的阅读经验”的相关性差。以人物形象的解读知识为例，在一般的文学理论教材里面都以典型作为文学形象的优化形态，其有着概括性又有着个性，而且推崇一种熟悉的陌生人、推崇性格塑造中的复杂、多元和多变，如宋江、周朴园、祥子、玛丝洛娃、约翰·克利斯朵夫等所谓圆形人物典型；而压制那种稳定、外在、单纯的所谓“概念化”的扁平的人物典型，如诸葛亮、张飞、关羽、李逵、郭靖、黄蓉、欧阳锋等。而这些人物形象不仅和更广大读者阅读经验相同，而且这种经验本身和文学理论教材中人物形象分析的知识不仅不相同，还可能背道而驰。这些文学理论知识是以作家和作品为客观对象所进行的知识生产，所以在这种知识体系之中，作品的体裁，如小说、散文、戏剧、悲剧、喜剧等成为主要的范畴，作家主体的风格、思潮、形象思维等范畴是主要谈论的对象，还有关于创作和欣赏的知识等。这些知识在一个与之相适应的结构中是有效的，如中国当前的很多体系型教材中所呈现的如以上所述的知识，大多是建基在对中外经典作品，特别是18世纪至19世纪下半期的现实主义和浪漫主义经典作品的考察之上的知识，所以，对这一范围之内的作品解读，这种知识具有很强的可操作性。同时，就目前来说作为中文专业学生的一门基础课程，对文学史课程的学习也有一定的指导意义，因为现在中国高校的文学史基本表现为作家、作品和思潮史。但是，如果解剖的对象是20世纪现代主义作品或是非经典的大众文学的作品，这些知识很可能就处于高风险的失效和失语状态。

不管是在文学理论知识的建构之中，还是在课堂教学之中，文学作为一种被审视物，都不是静止的客体，更不仅仅只是一种可供认识的研究资源，而是随存在环境改变而改变的主体，它和其他主体之间的关系，如和文学理论知识之间的关系，亦是一个互相试探、互相适应的不断调节的过程，而不是一成不变、一劳永逸的。而我们如果一直坚持普遍原理的文学理论只是存在，只能是老师在课堂上的独白，只有从原理走向经验，才有可能使文学理论的教学走向一种真正的对话。

二、问题型的文学理论和师生的对话

普遍原理型的教材在新世纪前后终于被突破，代表人物为陶东风和南帆等人，他们认为："受本质主义思维方式的影响，大学文艺学教科书常常不是在特定的语境中提出并讨论文学理论的具体问题，而是先验地假定了问题及其'答案'，把文学艺术理解为具有'普遍规律''固有本质'的实体，热衷于生产'普遍有效'的文艺学'绝对真理'。"这使得它既丧失了学科的自我反思能力，又无法回应从日新月异的文艺实践中提出的问题。所以，从非本质的观念出发，对文学研究之中富有生命力的问题进行探讨，将成为中国文学理论转型的关键。这种文学研究中的非本质主义倾向，再向前走一步就进入问题主义，就是当下流行的以问题为中心的学术研究框架，为解决实际的文学问题，寻找合适文学理论，生产某种特定的文学理论知识，从哲学的意义上说，这种研究的方法已经从非本质主义立场滑动到实用主义的轨道。

以文学及理论的热点问题为基点，设计文学理论的教材框架，整理吸收和带动整个文学理论系统。在英语世界两本教材具有一定的代表性：卡勒的《文学理论入门》[①]和艾尔斯的《文学理论：再引导》。我们以卡勒的《文学理论入门》为例，这本教材主要选了这样 8 个问题：①理论是什么？②文学是什么？这个问题重要吗？③文学与文化研究。④语言、意义和解读。⑤修辞、诗学和诗歌。⑥叙述。⑦述行语言。⑧身份、认同和主体。无独有偶，陶东风本人主编的《文学理论基本问题》选取以下 7 个基本问题：①什么是文学。②文学的思维方式。③文学与世界。④文学的语言、意义和解释。⑤文学的传统与创新。⑥文学与文化、道德及意识形态。⑦文学与身份认同。第三版又加上"文学的体裁和文学风格"这一问题，总共有 8 个问题。从宏大知识体系的迷思中走出，在当下中国文学现实的平台上，创制中国化的文学理论知识的思考平面，在此平面上组建属于中国自己的文学理论的

---

① 乔纳森·卡勒著：《文学理论入门》，李平译，译林出版社 2008 年版。

问题,以提问的方式、以问题的形态对中国当下的文学现实进行整合,生产文学理论知识。

新时期以来,我们视欧美理论为新学,把引进看作对知识进步的追求,"结果是80年代'文化热'虽然通过大规模的翻译、介绍为人们打开了一个崭新的视野,但却未能真正建立起自己的问题史框架,更没有为新的知识话语和文化表达方式找到其现实历史中的坐标和成熟的意识形态立场"①。很明显,问题的提出是我国文学研究者,对20世纪80年代狂热引进理论的沉思和内化,既是建构中国化文论的努力,同时又带有强烈的打破西方文论话语的焦虑。如果在范式的场面上来看这种知识形态的转变,我们很容易看出,从体系型转向问题型,不仅仅是知识形态建构的差异,也是深层次的知识范式的更替,因为所谓"重新提问"就是将文学"作为不同于过去设定的理念的另一种新的什么"或"当作新意识到的某种东西"来认识。"每一种新的文学范式,都是一种新的向世界提问的方式。选择了一种提问方式,就选择了一种区别真假命题的标准与尺度,也就选择了一种回答问题的方式。范式的实质即在于它是一种根本性的提问活动。"②范式的变更在知识的呈现上将表现为叙述方式、表达语汇等很多的不同。值得关注的是,范式的转变不可能是一种短暂的行为,更不会是一次完成的,也存在着失败(如提出的是伪问题)和失控(现在范式的多元共存,已经成为文学理论知识的景观)的风险,范式转变的过程既表征为前知识话语失效,也表征为新的知识话语的混杂。所以过渡的特征凸显出来,从前知识话语失效的状况看,知识的合法化危机也成为很多学者解读中国当下文学理论知识形态的结论。过渡以危机的形态呈现出来,危机的实质是范式的转换和知识形态的过渡。

如果按照金元浦的说法,"每一种新的文学范式,都是一种新的向世界提问的方式",那么我们就可以说,向文学提出新的问题,就是一种新的研究范式的诞生,这样就可以把问题型的知识和范式的转变关联起来。这种在

---

① 阿伦特编:《启迪:本雅明文选》,张旭东、王斑译,生活·读书·新知三联书店2008年版,中译本代序第2页。

② 金元浦:《改革开放以来文艺学的若干理论问题探索》,《文艺研究》,2008年第9期,第6页。

新的范式之下建构起来的文学理论知识，在课堂上必然需要新的教学方式，因为问题式教材的实质是：文学理论知识是一系列的有关文学和理论的问题，而不是一种普遍的规律。所以想在课堂上以独白的姿态灌输“规律性的知识”必然是行不通，因为这种知识在存在状态上就是对话性的。

对话在西方的知识话语之中，也是一个歧义丛生的概念，从用词来看，至少就有两个，罗蒂常用的是 conversation，而大多欧陆学者用的是 communication，这两个单词在英语中的含义亦是多解的。所以，“对话”本身就是一个需要在“对话”中探讨的问题。从现象学的观念来看，对话首先是一种理念的转变，就主体和对象之间的关系来说，不管是人与人的关系如师生关系，人与物的关系如人与现实，批评家与文学的关系，都应该是一种主体与主体之间的关系，(引现象学的有关理论或后现代课程观)不应该是一个主体对一个固定不变课题的冷静分析和客观研究，而应该是两个主体在一定的语境之中互相尊重对方，视对方和自己一样是有生命、有个性、在流变的他者。知识只能在互相体察、互相认知、互相穿越对方的基础上产生。其次，是语境层面上的，两个主体应该在什么样的语境之中互看对方，视对方为自我的镜像是有条件的。如中国文论在什么样的语境之中和西方文论的对话才是一种有效的、生产性的，显然在现代的西方霸权话语之下，谈对话只是一种同化对方的策略或是拖延的借口，因为西方知识的纯净理论形态和宏大的体系，根本上视中国的文论话语为感性的、次生的给予排斥。后现代的话语理论，以话语的实践作为文论知识的新形态，为对话提供了生成的语境。但是真正的对话还需要第三个条件，就是身份的构成。身份，不是一种本质的先天的烙印，不可更改和跨越，而是一种可以变动的可建构的人生的经验。所以任何人都不能总是把自己视为知识的持有人，而不和他者沟通，在文学知识的场域之中，是西方的知识话语还是东方的知识话语都是一种实践之中的正在流变的知识话语，如果不和对方平等地对话交流，那么这种文论知识的合法性就会遭到质疑。因为在后现代语境之中，在非本质主义的层面上，坚硬的“文学事实”最终丧失，使我们更渴望一种对话本身的程序合法性，如果“没有它，我们就被驱回到自己的主观经验之中，在其中，只有我们的感情、欲望和需要才拥有现实性”。这个对话的基础遭到腐蚀，就无法找到真正的"共识",对话本身也就是一种作秀。

但是,这种以问题为中心的知识建构,必然会遭遇到这样两种质疑。第一种质疑是:这些问题是在什么语境下提出的,由谁提出,是一种什么类型的话语?这种追问实际上要求知识的生产者表明自己在知识生产场域中的站位,并申述自己所提的问题意欲何为。第二种质疑是:在这样的语境下,一定要提出这种问题吗?这种追问旨在颠覆语境与话语的适切关系,要知识的生产者把自己提出问题的预设立场和内在底线展示出来。正如海德格尔所提出的"问题一定是必然的而不是人为炒作的",就这一点来说我们比较卡勒和陶东风的基本问题的设计方案有着理念和操作层面的不同:前者是从文学现实出发带动理论知识的整合,后者则是从知识的理念的改变出发,试图变换文学理论知识的生产观念,进而影响整个文学理论的面貌。从实践的角度来看,卡勒的方案是符合文学研究实际的,而陶东风的方案还需要进一步的深化。

三、实践性的文学理论与差异的建构

文学理论是一种开放的知识体系,是流动的,因为文学文本本身就是丰富多彩的,是一个流动的不断生成的意义体。文学理论不是给学生一个确定的概念或是结论,而是给学生一个范畴、概念生成的过程,一个流派不断流变的过程;也不是给学生一种抽象的结论,而是给学生一种在应用中的、体验之中的理论,一种从感性向理性升华,从实践向理论过渡的理论,一个不断变化着的理论。前者就是不仅把一种文学理论是什么样子告诉给学生,还要给学生说为什么是这样,把这种理论产生的背景和流变的过程以及和其他相近理论的异同点展现给学生,最终告诉学生这一理论背后的假定是什么。在英语世界的很多教材,在理论的书写之中,就不是单纯地把一种理论的大致观点给予呈现,还要讲清楚和这一观点相关的哲学思潮、社会变革以及相近理论的一些观念,例如比较有名的《当代文学理论导读》(以下简称《导读》)和《当代文学理论》就是如此。两本教材前者是英国著名高校流行的文学理论教材,后者是美国学界20世纪80年代汇聚理论界精英编著的一本教材,它们对文学理论的介绍和书写思路大致相同,即"揭示理论的缘起—给出理论的基本观点—揭示这种理念背后的假定—为什么会在一定的时期形成某种思潮—这种流派(思潮)的分支及其内涵”。以新批评为例,两本教材首先都是追问新批评为什么会出现,《导读》追溯到了英国新批评的两个源头:一是阿诺德的以文学代宗教的观念,二是利维斯的道德形式主义批评。这些都最终导致了对文学的重视、对审美的强调、对经典的构建、对文本形式的迷恋。《导读》还解读了美国20世纪20年代新批评出现的诱因,那就是所谓的“南方重农派”或“逃逸者”集团的部分成员,为营造一个“逃避世事的可靠港湾”而走进文本之中。同时也揭示出了新批评最重要的一个理论的假定那就是以文本为中心,这种假定自然造就那种以形式为手段,对文本进行所谓的内部研究的寻找文本意义的实践操作。而这种理论之所以成为一时之盛,主要的原因就是布鲁克斯和沃伦编写的教材《理解诗歌》和《理解小说》以及后来的韦勒克和沃伦的《文学理论》。正是这些教材的出版“使新批评在1940年闻名遐迩,使文本的负责任的、下功夫的分析成为大学生和研究生英文教育的中心和令人注目的特色;他们促使文学研究的学术事业突飞猛进,这是后来的学术团体和刊物无法奏效的”①。

这一类的教材对理论的处理,和传统的只是把某种理论的结论告诉大家有很大的不同,因为理论作为一种知识不是静止的,而是流动的,不是固体而是液体,任何一本教材都不可能把一种理论一劳永逸地给予完全的解读。与其给读者一系列的结论还不如给读者一个思考问题的框架,给读者一些连续思考步步深入的问题,让读者自己在阅读中整合自己的思路,生成属于自己的文学理论,这样的学习不仅使得理论的多元性本质和知识的流动性特征得以实现,而且整个学习的过程是在学习者的主动参与下完成的,不仅不会束缚学生的心智,还能促使学生展开对文学的多重联想和丰富的想象。这种教材还有一个很大的特征就是不把文学理论从社会文化政治历史的语境之中抽离出来,而是尽力把理论重新置入当时语境的脉络之中,重新语境化、历史化和地方化,能使学生在更加多样的学科领域之中思索文学的问题。同时,从哲学、社会学的角度解释理论的假设,也是学习者在更深

① 阿特金斯等编著:《当代文学理论》,张双英、黄景进编译,合森文化事业有限公司,1992年版,第67页。

层的理解上运作自己的理论和实践,而且这种教材多为引导型(introduction)的教材,所以,编写者不会也不可能完全掌控并完美地呈现有关的文学理论,这就为更加深入的学习留下广阔的空间,并和后续的有关此理论的学习形成良好的互动。

另外就是在实践中让理论显现。实际上,纯理论只是一种相对存在,任何一种理论在其出现之时都和一种批评的实践、一种流派、一个人物结合在一起,是关于某一具体文本的、某一具体问题的,直至后来向外推扩的过程之中,抹去自己的出身,粉饰自己面貌,脱去原有的语境,打破原文本的界限,上升成为一种似乎纯粹的、抽象的、中性的理论知识。按照这一过程制造出来的知识是一种知识的幻象,换言之,知识是不可能完全中性化、无害化和非文本、非语境化的,理论更是如此。罗兰・巴特称此为知识的神话,根本是无法达到的,马克斯・韦伯认为这是一个知识的"脱魅"过程,他认为现代社会,我们更需要使知识"返魅"。作为文学的理论更应如此,在批评的实践之中,在文本的解读之中体验理论、描述理论,而不是从实践之中抽象出几条所谓的"基本原理"或"主要观点"。

从英语世界近30年的教材编著的情况来看,实践的教材写作模式越来越受到重视,成为一种主流的教材编写模式,实践的教材编著模式实际上就是让理论在得到应用的过程之中使自己自行地敞开、自行地去蔽,因为"'理论'这个名称起源于希腊语动词'观审'。相应的名词是'知识''理论''观审'。这两个词具有一种崇高而神秘的含义。动词'观审'由两个词干组成,是指某物在其中显示自身的外貌、外观,某物在其中展示自身的外形"①。按照海德格尔的思想,理论如何使用一定意义上就是决定了其具有什么样的性质。所以,文学理论在其实践的意义上不是一种对理论的消耗,而是一种理论的生产,因为理论在实践之中不仅把文本的意义给予分析,而且还把自身生产出来。同样的道理继续深化,我们还能看出即使是同一的理论,在不同的实践之中也还呈现出不同的形态。所以,理论应该是一种流质的形态,随物赋形,遇事现身,并提出如其所是应该提出的问题。也就是说,只有在

① 海德格尔著:《演讲与论文集》,孙周兴译,生活・读书・新知三联书店2005年版,第47页。

批评的实践之中，我们才真正能感受到理论，文学理论作为一种知识，才能被我们接受，然而“知识既不是一种形式，也不是一股力量，而是一种功能：所谓‘我正在发挥作用’就是这个意思”①。从学习者的角度看，这种学习就不是对某些终极结论的背诵，而是一种理论生成的体验，不是一种单边的认知，而是在理论与实践之间的张力之中的一种感受，这种学习理论的过程也是一种唤醒理论、激活理论的过程，一种使学习者真正进入理论、穿透理论的过程。

我们需要一种文论，一种始终在实践中贯穿，依靠实践来显现自己、实现自己，甚至无法从实践中抽象，自能在实践之中不断得以贯彻、调整的理论。这种理论不在纯理论了的完成状态中显现自己，也不再创生这种理论的“作者”手中调整自己，而是完全在实践的过程之中展开、显形和重构。总之，这种理论是一种和实践结合并且和自己所分析的对象没有间隔的理论，这种理论和实践浑然一体，完全不可分离。

这种理论观念对文学理论学习带来的变化是深刻的，其实文学理论的知识并不是一个关系顺畅、前后连贯、秩序井然的线性知识进化图，更多的是一个存在冲突、有分叉、有刺孔的知识空间。如果把文学理论的知识体比作一个文本，那么这一定是一个多重意义、多重层次保存的文本。同样，课堂上的学生——知识所面临的受众，其实也带有自己私人的阅读经验以及对所学知识的各不相同的期待视野，既是有个性、有感情的活生生的个体，又是在课堂上需要研习、体验文学理论知识的群体。换句话说，学生相对于知识和老师既是我们，又是他者，是一个差异明显的群体。所以学习的过程，课堂上教学实践的过程，就是一场差异和差异的对话。由于文学理论的知识文本有生产无数种意义的可能性，学习群体也存在着无数种对接的接口，所以这场对话的结局一定还是新差异的生成而不是差异的结束、共识的到来，在每一个学生的头脑中建构一个属于自己的文学理论知识体，有着自己对形象的理解，有着自己的新批评流派的体验，有着自己对结构和解构的理解，有着自己对后殖民和国学热的解读——就像有着自己心目中哈姆雷

① 德勒兹、迦塔利著：《什么是哲学》，张祖建译，湖南文艺出版社2007年版，第517页。

特和贾宝玉一样。这种对各种文本的独特的感受以及对文学理论知识的自我建构,就是新知识生成的基础,或者说这本身就是新知识。所以课堂不仅仅是一个知识传授的过程,更是一个知识流动的过程,这是一种双向的流动,知识不仅从老师流向学生,也从学生回溯至老师。同时这也是一个知识创造的过程,在师生多重多层、回环往复的对话之中新的知识在每一个参与对话的个体中生成。

第三节　知识碎片和理论体系:英美教材的知识呈现与教学实践

自20世纪60年代以来,文学理论的跨学科特征越来越明显,主要表现之一就是从哲学、社会学和心理学等学科收编了大量的词汇、概念。这些词汇、概念进入文学理论领域之后大多在意义上都会有增殖或是变异,这就给很多研习文学理论的受众,特别是初学者带来了一些困难。在此情境下,最近30年来中外都产生了很多专门研究关键词的著作,这些著作对文学理论关键词的外延、内涵和批评使用等方面都进行了详细的界说,可以说对学习和研究文学理论起到了很好的辅助和导引作用。但是,如果对这些专著进行一个分类研究就会发现,有一种关键词书写方式非常新颖、独特:它不是那种词典式的选择一些文学理论的关键概念按音序排列加以说明,而更多的是对词典式书写的一种超越。这种关键词著作从直观的形式上看,接近词典,也是精选文学或者文化理论领域的一些关键词汇,按照一定的设计排列在一起。但是,深入细究,就会发现,作者的意图不是要编一部词典,也不仅仅是要解读一些关键词,而是要建构一个文学或者文化理论领域的知识体系,当然这些关键词也不是按照一般词典的排列方式——音序来进行的。换句话说,作者根本无意于词典的编撰,而是要写作一本文学理论的知识体系专著,甚至是作为追求理论普适性的教材出现,供学生学习文学理论使用。

近年来,此类著作的译介和编著呈激增之势,代表性的有本尼特和罗伊尔的《关键词:文学、批评与理论导论》、安托万·孔帕尼翁(Antoine Compagnon)的《理论的幽灵——文学与常识》[①]。值得一提的是以上两本书都是学界作为教材引进至国内的。本土的有南帆编著的《文学理论新读本》[②],还有余虹未完成的遗著《文学知识学》[③],都可算是准关键词型的教材。文化理论领域也不乏关键词型的著作,如卡瓦拉罗的《文化理论关键词》,还有《批评与文化理论中的关键问题》[④],等等。这些著作从编排形式上看都是罗列一些关键概念,但是细读起来,却是作为文学或者文化理论学科的知识体系呈现给读者或学生的。

某一个学科,特别是人文学科的知识体系之中能够精选若干有代表性的关键概念是完全有可能的,但是当我们把这些关键概念——知识碎片,作为一个学科的知识体系去阅读和研习的时候,有一些问题就是必须追问的:这种以关键词汇为载体的知识碎片能够建构起文学理论的知识体系吗?其学理基础在哪里?和体系型的文学理论知识形态相比其特点在哪里?符合当下文学理论学科的客观实际吗?

一、学科边界的消解与概念网络的出场

某种知识成为学科就意味着其不仅有着一套自己的概念、命题、问题和

---

① 参见安托万·孔帕尼翁著:《理论的幽灵——文学与常识》,吴泓缈、汪捷宇译(南京大学出版社,2011 年)。这是一本在法语区很有影响的文学理论教材,总体共有 9 个部分,由序言、结论加上 7 个章节组成,主体的 7 个章节分别命名为文学、作者、世界、读者、风格、历史、价值,从 7 个关键词切入文学理论 7 方面的问题,既不是英美的理论流派,也不是我国的系统理论,欧陆风格非常明显。

② 参见南帆主编:《文学理论新读本》(浙江文艺出版社,2002 年)。本书共由 4 编 27 章组成,每一章都有一个接近关键词的简短的标题,可以称之为"准关键词"。

③ 参见余虹著,陶东风编:《文学知识学》(北京大学出版,2009 年)。该书是余虹先生的遗著,全书的设计共 10 章,其中 5 章是使用两字关键词命名,分别为作者、作品、读者、世界、语言,可惜只写至读者,甚憾!该书是一本典型的关键词与问题相结合的文学理论教材。

④ 参见凯特·麦高恩著:《批评与文化理论中的关键问题》(赵秀福译,北京大学出版社,2012 年)。作者在本书之中利用 6 个关键概念引领文化研究 6 个方面的理论问题,理论性强,哲学意味浓。写作上推崇似断实连的策略;接受上,作者在认可分开阅读的同时,更提倡顺序阅读,期待产生理论的整体效应。

逻辑关系，还要有清晰、稳定的知识边界。因为从词源学的角度来看，学科(discipline)一词在英文之中，既有学科的含义，又有规训的意义。学科作为某种知识的领域，既是一种知识的体系，也是一套约束的规则。也就是说学科(discipline)一定要有自律(discipline)意识。具体地说，文学理论作为一种学科就是要以文学为中心建立起一系列内在互相关联的命题或是需要持久探索的问题，如文学是什么、理论是什么、文学批评应该如何进行等。而且，这些理论的命题或者问题，必须互相制约和创生，重要的是他们都一定在文学的边界之内。如果以学科边界的标准来衡量关键词的知识书写，就有必要追问这些关键概念能否描绘出文学理论的知识边界。

以中译本的《关键词：文学、批评与理论导引》(*An Introduction of Literature Criticism and Theory*)为例，需要说明的是汉译书名上的"关键词"三个字是翻译者意译加上的，直译则没有。也就是说在原作者的意识里并不认为这是一本介绍文学理论关键词的书籍，这就是一本普通的文学基础理论著作，甚至可以作教材使用，只不过编写形式独特一点而已。中译本翻译的是本书的第三版，作者精选了文学理论领域当下的32个热词，像讲故事一样去排列这些词汇，从"开端"开始到"结局"结束，完全打破了一般词典音序排列的单调，充分体现了文学理论的"文学"特色。从学科的角度审视这32个关键词，既有传统文学理论经常讨论的开端、结局、作者、读者、人物、悲剧、悬念等，也有凸显文学理论社会文化属性的上帝、意识形态、殖民、性别差异、种族差异等，也有一些是文学理论界较新的议题，如创意写作、动态画面等，还有一些是稍嫌另类的，如幽灵、怪异、变异等，这些代表着两位作者的个性化选择①。从以上词语的选择看，我们根本无法从单一的学科角度去准确概括其学科归属，也不能清晰地界定其学科边界。但是，从动态的学科观念出发，或者说从学科演变的角度审视，这32个关键词背后隐含的20世纪西方文学理论流变的轨迹则比较明显。从20世纪初固守文本的形式主义到中期读者接受理论的兴起，以及晚近社会文化因素对文学理论的介入，在本书之中都有表征，全书学科互涉(inter-discipline)的特点非常突出。而这

---

① 参见安德鲁·本尼特、尼古拉·罗伊尔著：《关键词：文学、批评与理论导论》，汪正龙、李永新译，广西师范大学出版社2007年版。

正是20世纪西方文学理论学科流变的基本走向,在学科与学科的碰撞整合之中,学科的演化和创生还在进行。因此,在学科互涉的语境下,我们很难用一个纯净、稳固的学科标准去框定当下的文学理论。同样,我们也无法把这样的文学理论书写为一个光滑、流畅的知识体系,让其得以系统化和完整化。从这一意义上看,选择使用松散、简洁的方式去表征当下文学理论的学科边界和知识状况,可能还是一种较为理性的做法。这些关键词就像一个个的界桩,安置在学科的边界上,基本勾勒出文学理论的隐性边界,也可以说是对文学理论学科边界的一种测绘和感知。换句话说,关键词的出现与文学理论学科的松动和消解不无关系,或者说,正是学科边界的松动才使得文学理论体系的关键词书写成为可能。因此,当下很多的文学理论学者通过对文学研究中一些关键词汇和核心范畴的选择、排列和解读,一定程度上可以打下文学理论的学科界桩,大致描绘这一学科的面貌。

同时,这些关键词汇也组成了一个关于文学理论的概念网络,它们不仅对文学理论的学科边界进行测绘,也对文学理论的知识体系进行再造。纵观20世纪西方的文学理论,流派的更替演变是其基本特征,从20世纪初的苏俄形式主义、20—40年代的英美新批评再到世纪末的后殖民、女性主义等,这些流派在文学观念和理论主张上都多有不同甚至互相对立。但是,它们都为文学批评提供了新的视角和方法,而且大多时候还更新了文学理论的话语体系。从关键词和流派的关系来看,有两种情况非常明显:一是重要的关键词成为某一流派的标志。如陌生化之于苏俄形式主义,期待视野与读者接受理论,潜意识与精神分析,德里达的延异与解构,等等。二是大多流派都拥有自己的一个“概念群”。如英美新批评强调文本的形式、语言的张力,含混、话语的反讽,悖论,等等;后殖民理论主要关注殖民意识、文化错置、多元文化、身份认同、对位阅读、文化混杂等。也就是说,关键词已经成为文学理论知识生产的核心。从教材编写或者知识书写的角度看,西方的文学理论特别是流派型的理论著作呈现出明显的以关键词为中心的特征。有使用关键词凝聚理论流派的,以韦伯斯特的《文学理论研究入门》、格林和列俾汉的《批评与实践教程》为代表。前书在介绍理论流派的时候,有意地把流派提炼为几个关键概念，如叙事理论作者提炼为“语言与叙事”①，意识形态批评作者简练为“社会与个体”②，等等，以关键词引领流派，接受者容易理解、记忆。后书使用文学的语言、文学的结构、文学的历史等 7 个关键词，凝聚 20 世纪西方文学理论的基本问题③，在对问题的阐释过程之中，一边为学习者解困释惑，一边带动当代的理论流派。还有把流派分解为某几个关键词的，以多贝的《实践中的理论：一个文学批评的导引》为典型。书中把形式主义的阅读分解为形式、措辞、单元④，把神话学批评分解为典型、意象、位置⑤，线索清晰，容易理解和操作。应该说，关键词也正在成为文学理论书写的凝聚点。

托马斯·库恩在谈到爱因斯坦理论取代牛顿定律的革命性转换时指出“科学革命就是科学家观察世界的概念网络的变更”⑥。也就是说，从不同的角度观察世界，必然得到不一样的结论，为表述这个新结论，一定要使用新的概念术语或者对老的概念进行新的解读。20 世纪西方文学理论的流派更替，正是由于文学研究这个学术共同体的成员不断改变观察文学的立足点，文学研究的范式也随之频繁发生转换，同时，文学研究的“概念网络”也在不断地拆解、整合。如从意识形态的角度观察文学与从审美的角度观察文学，其生产的理论一定截然不同，自然，所使用的关键词汇也不会相同。因此，一定的意义上，文学理论知识的变更就是理论家据以观察文学的“概念网络”的变更。在此转换之中，一部分概念会被淘汰，另一部分概念会备受青

---

① Roger Webster: *Studying Literary Theory: An Introduction*, Oxford University Press, 1996, pp. 31-56.

② Roger Webster: *Studying Literary Theory: An Introduction*, Oxford University Press, 1996, pp. 57-96.

③ Keith Green, Jill LeBihan: *Critical Theory and Practice: A Course Book*, Routledge, 1996, pp. V-Viii.

④ Ann B. Dobie: *Theory into Practice: An Introduction to Literary Criticism*, Thomson Wadsworth, 2002, pp. 34-40.

⑤ Ann B. Dobie: *Theory into Practice: An Introduction to Literary Criticism*, Thomson Wadsworth, 2002, pp. 56-60.

⑥ 托马斯·库恩著：《科学革命的结构》，金吾伦、胡新和译，北京大学出版社 2003 年版，第 94 页。

睐,换句话说,文学理论流派的更替在显性层面上就是概念网络的转换。同理,某种程度上,关键词的转换也意味着理论本身正在发生变革。

总之,关键词既是进入文学理论的路标,又是理论范式转换的标志。因此,关键词汇和核心范畴的打磨和反思应该成为理论建构和书写的一种模式。

二、叙事链条的拆解与根茎知识的生成

从西方的学术史来看,人文性知识是伴随着学科分化一步步从自然科学中分离出来的,而学科分化的同时也是知识体系化的过程。19 世纪至今,人文知识学科化和体系化越来越强烈,特别是理论知识,大家认为某种理论一定是一个体系,基本成为一种常识。现在很多学者还认为,文学理论就必须是拥有一套关于文学方方面面的知识体系,从文学本质到文学批评,甚至关于文学史的书写都要有论述,而且最好是指导性的结论,否则就不是文学理论。在中西方现代文论史上,也有很多的文学理论都是立足于一个先验所指的基点上,建立了自己宏大的知识体系,如"审美""形式""人性""现实"都曾经做过这样的知识基点。这种理论帝国的形成完全依赖于稳定的学科边界和完整的知识体系。但是,随着解构思潮的出现和非本质主义的盛行,学科的稳定性和知识的有序性开始受到冲击。特别是新世纪以来的十几年,关键词型的文学理论开始出场,并越来越受到重视。这不仅是对文学理论纯净学科本位的检讨,更有着对完整知识体系的颠覆。代表着文学理论知识理念上的深层转换。这种转换主要表现在两点:

第一,表现为对知识叙事的怀疑。体系性的文学理论知识,叙事完整,层次分明,前后连贯,圆融自洽。以反映论为例,如果我们把文学定义为对现实的形象反映,那么真实性、典型性、形象性、历史性都应该是系统之中必然会出现的问题和命题,而且它们互相勾连,互相制约,如典型性的问题一定与真实性有关,同时还跟形象性有关,什么样的真实又跟历史性密切相关。知识似乎是自然而然生成的一个体系,其实,这种知识体系的产生,在非本质主义者看来,并非自然而然,是人为安排的结果,是一种强制的论述。这种"论述是指一套在一定的历史时空规限下相互联系的思想,它嵌在文

本、言词和各种践行之中，关涉寻找、生产和证实‘真理’的各种程序”[①]。也就是说这种体系型知识互相联系的证据是特意寻找的结果，知识内部的编码是经过精心策划的，整个体系是对独立、零散知识的一种收编，带着极强的驯服欲望。我们今天再去回顾那些曾经影响过我们的理论，如反映论、审美论和形式论等，会发现那些当初作为真理信奉的观点也只是关于文学的一种说法，是相对的；很多命题之间的逻辑关系也是暂时的、有局限性的。一种理论体系能够在一时占据统治的地位，可以说大多都是一种知识修辞策略运用的结果。所以，在当下，很多西方的非本质主义学者认为，对于文学理论，要做的事情不是去争论谁优谁劣、谁对谁错，“更重要的是为定义每一个词、每一个术语、概念或主题而付出努力”[②]。就是打破看似完美的理论体系，拆开理论之间的互联节点，让知识回归到一种较为原始的形态，如关键范畴、核心概念、基本语词等，让其重新开始进化生长，是有必要的。

第二，表现为对关键词意义的重建。当知识叙事的连贯性被打散，文学理论知识体系崩塌之后。很多理论家选中关键词建构自己的理论体系，其中一个重要的原因，就是20世纪以来的很多理论术语的内涵较之以前都发生了根本的变化，至少不是以前我们感受的那样。以“作者”为例。在文论史相当长的一段时间内，它有着稳定而清晰的内涵，外延所指对应着一个有某种特殊技能的群体。而在二十世纪结构主义以来的文学理论之中，由于写作行为本身的改变，作者却成为一个必须给予再次思辨和界定的概念。写作不再仅仅是一个个体沉思著述的结果——书的生成，而是一个文本编制流变的文化实践过程——意义的多解。在这个意义的多解空间之中，文本的制作者、语言结构、社会文化规则、意义的解读者都平等参与，互相渗透、互相抗争。由于读者权力的强调，文本的制作者——作者，不仅再也不能独占文本的物质生产和意义生成的结果，而且在这个无尽的意义解读游戏中只能处于守势——甚至只能站位于一个不断隐匿和消失的位置上。罗

---

① 麦克洛斯基等著：《社会科学的措辞》，许宝强等编译，生活·读书·新知三联书店2000年版，第79页。

② 于连·沃尔夫莱著：《批评关键词：文学与文化理论》，陈永国译，北京大学出版社2015年版，第336页。

兰·巴特称之为“作者的死亡”，这虽然是一种夸张的修辞表达，但也是一种对此状况的生动描述。福柯对作者的角色解读则更为悲观，他提出作者功能的观点，他认为写作作为一种话语制作行为，是创制了一个多声部、多形态的众声喧哗的话语体系，这个话语体系在创制过程之中，会受到各种各样的社会文化规则的制约，而且其他的文本和话语都在起作用，作者只不过在调用这些规则的范围、程度、结构，依据一定的程序来制作，作者只是偶然处在创制者的位置上，只是功能的一种体现，并非单纯地指实际的个人。作者不再是指实际的个人，而是一种功能和作用，作者由实体虚化为一种可以探讨的文本。所以，作者是什么？我们今天谈论作者的时候意味着什么？作者成为一个必须再解读的关键词汇，成为研习当代理论必须面对的一个问题。用此观点来看待其他的关键词，如读者、文本、阅读、殖民、性别、种族甚至文学本身，都在经历着这样的一个变更：由结果流动为过程，由稳定的意义播散为谱系的叙述。从认知的角度来看，这些著作的编（著）者是想打断读者原有的认知链条，让读者从一个崭新的视角来解读这些词汇和范畴。因为这些概念在非本质的语境之中，会完全丧失原知识体系之中那种不言自明的意义，在新的语境之中，人们会对这些概念的所指进行重新的思考和再次定位，甚至是重建这些概念的意义。

知识叙事的拆解和概念意义的重建，使得文学理论原有的知识形态开始逐步蜕变转型，那就是由“根—树”形象的体系型，转为概念打磨、原理清理、流派评述、问题彰显的“根茎型”[①]（德勒兹语）知识。

三、幽灵化的意义与多主题的变奏

如果从接受的角度观察关键词的书写，会发现关键词知识在呈现出来的时候，具有明显的多语境性。这种特性的第一个体现就是作者在书写的时候，往往会赋予关键词一个多学科的背景。如讨论酷儿（queer）的时候，除了给它一个文学的焦点之外，一定会论及它的生理学属性，因为酷儿本身有着对人类生理性别对抗的意味。同时，要论及此词的社会学意义，因为作为

---

① 参见德勒兹、加塔利著：《资本主义与精神分裂（卷2）：千高原》，姜宇辉译，上海书店出版社2010年版，导论部分。

一种极端的社会文化性征,更代表着这种亚文化群体在社会行为上的不同选择,以及这种选择在社会、文化上的特殊意涵。同样,殖民、性别、解构等词书写上均是如此。本尼特和罗伊尔的《关键词:文学、批评与理论导论》在书写时会更多地给予词汇多学科之间的张力。考察源头就可以知道,造成关键词知识呈现上的多语境性首先是跟关键词本身的学科互涉特征有关。就是说很多文学理论关键词本身带着多学科的出身,书写的时候,大多理论著作都会尊重关键词这种多学科的出身,尽量使关键词在多学科的场域之中敞开自己,让受众在学科互涉的氛围之中体验概念的不同意义。

如果说多学科造成的多语境性与关键词自身有关,那么,第二种多语境性则与作者的书写策略有关,那就是谱系化书写的选择。由于很多关键词的意义都处在一个重建的过程之中,理论界尚未形成统一的认知,因此,书写者大多都采取了一种反思和质疑的态度,这种态度在知识呈现上的主要表征就是不给关键词一个横向的定义和本质化的界定,以免落入本质主义的陷阱,更多的是采用一种纵向谱系化的叙事策略。如卡瓦拉罗的《文化理论关键词》就是如此。以"符号"一章为例:作者在叙述这一关键词的时候,首先是说到符号的希腊哲学源头,然后就是索绪尔的能指和所指界说,因为符号概念在20世纪的重新出场与索绪尔语言学的贡献密不可分,能指和所指的区分使语言这个复杂的符号系统在意义上不再依赖现实,而更多地依靠结构。紧接着苏俄形式主义以及法国结构主义符号论进入视野,雅各布逊、列维-斯特劳斯、热奈特等代表人物纷纷出场。但是,当结构也无法赋予一个符号稳定的意义时,以德里达为代表的解构主义就来临了,这时符号的稳定意义就开始被拆开和消解。当本章节的书写在这里停下的时候,受众是无法得到一个稳定单一的关于符号这一概念的意义,更多的是面对"符号"一词的多层语境,在此基础上,对"符号"意义的多边建构已经不可避免。

学科互涉的特征与谱系化的叙事,最终造成关键概念知识的多语境化呈现,这种多语境化的呈现一方面把关键词的"关键"功能发挥到极致,因为很多关键词型的理论著作都试图发挥关键词的知识凝聚作用,让每一个关键词都表征着一个文学理论的命题或问题,如孔帕尼翁的《理论的幽灵:文学与常识》有7个关键词,实际上是7个文学命题,如"读者"这一词汇关联的就是与读者有关的接受理论和其他读者理论。另一方面,多语境给受众更多选择的时候也带来了很大的挑战,概念的意义不是单一学科背景下的一重,而是在多学科的碰撞交织中的多重;不是在一个时间节点上被固化,而是在多维时间场域之中不断流变生成。关键词的意义既不是词语本身的某种属性,也不是书写者的预设,完全在于受众和关键词在何种语境相遇,相遇中如何生成。概念意义的生成性使意义变得多元流动、文本化,意义不断的自我生成、繁殖、疯长,关键词的意义完全"幽灵化",阅读和接受变得分化、个性。理论也开始变得多变,染上文学色彩,文学的理论变成了"理论的文学"。这种"理论的文学",在英美一些理论家看来是理论接受的优势,因为对一个关键词"真正的理解,如果真的能实现的话,也只能通过对透明性的抵制才能实现"①。换句话说,读者得到的透明、单一的意义是理论家硬塞给你的,是你"被动消费"的结果。如果,我们在接受的时候对理论或者关键词持一种开放的态度,那就必须接受关键词或者理论意义上的矛盾、含混和多元。

概念意义的流动性、理论的文学化,导致理论再也无法整体化——在一个框架之内完美控制,文学理论的体系性书写显得越来越僵化。因此,在一个宽松的框架之内,让理论碎片那种生产功能得到最大的发挥成为很多理论著作的书写选择。此种知识呈现方式的背后是理论帝国内部诸侯纷争、部落林立的隐喻和象征。本尼特和罗伊尔的《关键词:文学、批评与理论导论》书中有着互不联系的32个章节,孔帕尼翁的《理论的幽灵——文学与常识》有7个章节,形式上都独立成章。从接受的角度看,相对独立的章节,赋予了受众多种选择,可以凭兴趣从任何一章开始,也可以在任何一章结束。书中有多少个关键词,也就意味着有多少进入文学理论的入口,或者说有多少条探索的路径。关键词式样的著作编排,完全打乱了理论知识的有序性和系统性。《关键词:文学、批评与理论导论》之中的32个关键词都可以成为读者进入当代西方文学理论的入口。受众可以从意识形态开始读出理论的政治意涵;也可以从欲望开始,看出理论的心理属性;更可以从幽灵开始

---

① 于连·沃尔夫莱著:《批评关键词:文学与文化理论》,陈永国译,北京大学出版社2015年版,序言第6页。

读出文学的神秘和理论的多变;也可以从叙事和声音读出理论的技术参数。路径还有很多,研习者完全可以从任何一章开始阅读,进行自我的排列组合。正如到风景区游览,走不同的路径,一定会看到不一样的风景,形成自己独有的知识路径和理论风景。本尼特和罗伊尔也坦言:"本书虽然以这样一种方式组合在一起,却可以从其中任何一章开始阅读。例如,从'结局'这一部分阅读,也会是一个不坏的开始。"①作者在深层次相信知识的无序生成,相信知识本身和受众有一定的自组织能力,可以生成属于自己的文学理论,所以从哪里开始到哪里结束,都由读者和学习者自己决定,主动权完全赋予了阅读者。当然,这种生成不再遵循原有理论知识的秩序,完全是一种非线性的生成。

当理论在一种非线性的状态下生成的时候,便意味着研习者可以对理论有更大的自主解读空间和自由组装的权力。正如不同的演奏家面对同一个曲谱能够演奏出不同的主题一样,也可以称之为多主题的变奏。《文化理论关键词》是一本文化理论的准教材,分为 3 部分 18 个关键词,据英文名应该直译为《批判和文化理论》(*Critical and Culture Theory*)。作者在绪论中谈到如何阅读本书时指出,读者可以遵循线性路径也可以采用非线性路径去阅读,他说:"有无数的路线可供读者穿越批判及文化理论那变化多端的世界。本书想要强调的是,受到批判及文化理论影响的几个学科已经在广泛的主题上造成了激动人心的变奏;而更重要的,任何一位有一定好奇心的读者都可以继续前进,去演绎出她(他)自己的变奏。"②通过对不同关键词汇的排列、组合、阅读和理解,不断地开启理论的新视角,建构理论的新内涵。在阅读之中,多个向度穿越当下的文学理论世界。文学理论的接受正在由预设走向生成。

当作为文学理论知识体系的关键词书写出现的时候,深层次上,关键词也在重构着文学理论的学科边界,消解着知识叙事的内在逻辑,而且也在重

---

① 安德鲁·本尼特、尼古拉·罗伊尔著:《关键词:文学、批评与理论导论》,汪正龙、李永新译,广西师范大学出版社 2007 年版,序言第 2 页。

② 丹尼·卡瓦拉罗著:《文化理论关键词》,张卫东、张生、赵顺宏译,江苏人民出版社 2006 年版,总论第 7 页。

建着关键词汇的内在含义。与此相应,文学理论的接受者也开启了理论的非线性生成模式。这一切最终将促成文学理论知识形态的转型。

四、结论:多样、反思和生成的文学理论

文学理论在知识的生产上,已经没有了稳定的原点,而只拥有一些变动不居的知识空间,这就意味着再也不存在一个决定一切文学理论知识生产的“元文学理论”,就是说关于主流的文学理论、或者说宏大的文学理论已经丧失其合法的地位。塞尔登在其著名的教材《当代文学理论的导读》的再版序言之中感慨:“(后来的变化)首先,单数的、大写的‘理论‘迅速地发展成了小写的、众多的‘理论’——这些理论常常相互搭接,相互生发,但也大量的相互竞争。”[①]这些同时也表征出文学理论的知识群中没有了权威的文学理论。这种知识的生产假定,表现在文学理论的知识呈现之中,一定是各种理论的共存、共生和互相竞争,各种理论的互联互通、互相补充和互相映衬,而不是互相的吞食和决定。多样,需要的不是一种理论,而是多种,承认自己的文学理论只是文学理论之一种,而不是全部,是相对的,而不是绝对的。文学文本的丰富多彩正是来自不同向度的多元观照、多样的理论,而不是一种理论。这才是一种真正的理论状态,只有从不同的理论去阐释一个文学文本,才算是真正理解了一个文学文本,只有从不同的角度去审视一种理论,才算是真正把握了一种理论,让学生自己建构一种属于自己的理论,让理论在竞争之中自己生长、增值和灭亡。

文学理论作为一种文学的研究话语,就是通过一种视角,站在某种立场审视文学这一不断变化的客体而得到的一种理论话语。从发生的角度来讲,文学理论就处在众多学科的交叉之中。从学科定位的意义上来讲,仅从文学理论本身,或者是从语言学和美学等相近学科,也无法对文学理论准确定位,必须是在和社会学、哲学、心理学甚至是自然科学的等众多的对话和争论之中为自己进行不断的定位。所以在教学的实践中,它允许每一个学生在学习的过程之中平等地看待和接受每一种理论,而且通过自己的文学

---

① 拉曼·塞尔登等著:《当代文学理论导读》,刘象愚译,北京大学出版社 2006 年版,第 9 页。

经验,建构属于自我版本的文学理论。作为老师,在教学实践之中也应教授复数的小写的众多的文学理论,而不是那种单数的大写的单一的文学理论。如果我们把不同的理论视为反思文学的不同的立足点,那么老师给学生不同的理论,就意味着老师不仅交给了学生理论的知识,同时也给了学生反思理论、反思文学的力量。假如我们把阅读的行为本身看作读者自我建构和解构双向交流、交叉互渗的过程的话,那么一个学生拥有不同的理论,这也可能使学生拥有了改写自我的能力。所以通过传授给学生不同的理论知识,就有可能使学生拥有一个崭新的自我。

如果把文学理论理解为一种知识的实践和创新的话,文学理论就是一种在实践之中将要被体验的事物,而不是在任何一个文学理论的教材之中已经得到实现或者是已经体现了的知识。文学理论只能在实践之中现身,是一种在实践之中出现的新的知识,只有在实践之中才有可能突破旧的边界,找到新的边界。

文学理论的教学过程不仅仅是一个知识的传播过程,而且还是一个知识的显形过程。它如何出现、赋形不仅与知识本来的存在形象有关,还与受众的体验密不可分。所以文学理论的教学过程不是一个知识的复制和存储过程,而是一个知识的裂变、生长过程,是一个知识的差异生成过程,一个知识的建构创新过程。只有在承认理论多样性的基础之上才能进入真正的反思层面,建立在反思之上的理论才是一种真正的理论。伊格尔顿还认为只有开始反思自身的时候,理论才真正产生了,所以真正的文学理论一定是反思本身的理论。其实理论从一开始就把反思的利刃对准了自己,所以就文学理论的情况来看,教材里面首先要回答的问题就是,什么是文学理论,文学理论能用来做什么。就我国的情况来看,到了 20 世纪 90 年代,文学理论建设进入了反思和调整期的时候,理论本身的反思的分量就加大了。

文学理论的反思性还表现在,反思使对文学文本的研究和解读保持着一种警惕,偏离惯常的见解,走向一种习见的反思和对抗。作为一种批判实践的文学理论教学,很多理论背后都有一系列的假定,这些假定主要来自文本和世界、世界和主体、主体和意义,如后殖民、解构、读者反映理论。这些假定与其说是解读文本的原则和方法,不如说是引导读者、受众等怎样开掘文本意义，如何在文本意义的启发下审视生活、反思世界的问题。就是说从对生活的反思这一意义上来说，很多的文学理论与其说是方法论的不如说世界观的。所以我们在从事文学理论的教学的时候就不应该只是把文学理论作为一种方法论——一种阐释文本的工具交给学生，而应该把文学理论的学习过程作为一种文本、世界、意义、主体如何作用，怎样使主体以更多的视角看待世界。如果我们只是把文学理论看作是对文本意义阐释的工具，那么一个文本的无数意义，就会使我们的教学本身陷入泥潭，任何一种文学理论在对文学实践起作用的时候，更多关注的是人类的经验、世界的现状和反思，而不是只想增加一种解读文本的方法。所以我们更要在批评实践的理念上从事文学理论的教学。

此外，任何一种文学理论的知识构成都不是完全稳定和纯净的，中间一定存在着差异、争议等，所以我们要敢于把这些都带进课堂，大胆地怀疑这些看似已经定型了的文学理论知识本身，在批判的过程中学习，在学习的过程中批判，从而使文学理论本身继续发展。

结　语

第一节　英美教材的局限

纵观英美近30年文学理论的教材编著，除了以上的一些特点之外，一些局限也是比较明显的：

一、文学观念的意识形态化

从20世纪60年代之后，新批评所代表的审美观念被怀疑和颠覆了，知识政治的追求弥漫在西方的理论界，文学的意识形态性被激活和强化。这里所说的意识形态性是一种泛指，指的是文本背后的假定以及文学作为一种知识所可能表征的政治立场，也可称为“文本无意识”。文学意识形态性的强化，是由西方美学范式的转换带来的，影响西方近两百年的康德美学开始被质疑。康德认为文学艺术的本性是先验的，是一种精神真理或绝对精神，人们可以通过静观和沉思，进入高于日常生活的一个纯粹的世界，体验到这种崇高的人性或“神性”。此种文学观念在20世纪60年代之后，被西方的理论家颠覆，他们认为文学的本性是不存在的，或者说审美只是其中一种本性，一个文本能否成为文学要靠社会文化语境的造就，而这种社会文化语境又和一定的权力纠缠在一起，所以文学作为一种文本首先就被牢牢限制在现实的层面上，而不是超现实的层面上。因此，福柯认为文学文本和其他文本一样都是一种话语实践，都参与了现实的塑造；萨义德要求恢复文学的“烟火气息”和“档案性”都是这种观念的表现。就是说，一个文学或艺术作品不仅不能超越现实，而且还参与了现实世界的建构。在这种观念的支配之下，英美世界的文学理论教材编著大多强调文学的意识形态性，如伊格尔顿的著作最后的结论就是“政治批评”，“为社会的社会主义改造服务”。性别、民族和阶级等现实的文化身份和文本意义的关系，已经成为很多的文学理论教材都关注的问题，如《文学理论基础》《批评与实践教程》，以及克拉吉斯的《文学理论：迷途指津》等教材之中都有专章论述此类问题。而《文学理论：再引导》《文学的哲学引导》《文学和文化理论：从基本原则到高级应用》等书都写到了道德价值的判断问题。总之，近 30 年英美的主要文学理论教材都认为阅读词语就是阅读世界，理解文学就是创造现实，所以文学研究应该把文学、自我、身份和现实世界联系起来。

这种对文学物质性和文化性的强调，使得西方的文学研究成了现实各种权力斗争的场域，“因此，文学课程表完全变成了各种政治因素权衡的聚合体，它到头来，既无明晰可见的意见一致性，又无明晰可见的戏剧性冲突”[①]。文学研究完全失去对人们精神的超越性引领，人们不可能在阅读文学的时候进入一个非现实的世界之中，体验到一种从个别到一般，从物质到精神，从有限到无限的超越。从文学的现实性看，这种对文本无意识的强调是必要的，但是，正如审美不是文学的根本特性一样，意识形态也不可能是文学的本质属性，所以，文学理论没有理由从审美的城堡冲出之后，落入意识形态的泥潭。

二、理论观念的实用主义

理论观念的实用主义主要表现在理论上的三个不分：一是文学理论和批评理论不分，一些英美教材名为批评理论，但是研讨的是文学理论、文学问题，如泰森的《当代批评理论：使用者指南》；一些教材命名是文学理论，但

---

① 杰拉尔德·格拉夫：《理论在文学教学中的未来》，见拉尔夫·科恩主编《文学理论的未来》，程锡麟、王晓路、林比果、伍厚恺译，中国社会科学出版社 1993 年版，第 343 页。

是内容与批评理论大同小异，如卡特的《文学理论》，实际上还是西方的批评理论的流派罗列。二是文学理论和文化理论不分。首先，从教材的命名上看，有巴里的《理论起点：文学和文化理论导引》和霍尔的《文学和文化理论：从基本原则到高级应用》。其次，从教材的内容上，我们比较流派型的文学理论教材和文化理论的教材，例如拿塞尔登等的《当代文学理论导读》和斯道雷的《文化理论和大众文化导论》比较，就会发现两者的内容多有相似和重合。但是，需要说明的是英美国家的文化理论和文化研究学科也正处在整合之中，真正有学科意识的文化理论和文化研究教材还是和文学理论有本质上的区分，这一点可以参阅书后的附录三。三是理论和实践不分。英美的大部分教材不认真区分文学理论和文学批评两个概念，也不认为理论指导实践，反而认为理论不能离开实践，正是实践才生产出理论，才能发展理论。所以，很多教材都是理论和实践的混合类型。通览近 30 年的英美文学理论教材，在理论观念上的实用主义色彩非常浓厚。

三、知识观念的无政府主义

知识观念的无政府主义指英美的一些教材把关于文学的各种理论罗列在一起，既不分这些理论和文学本身距离的远近，也不去衡量它们在文学研究之中的作用大小，只要是对文学研究有用，和文学有关就可以入选。因为在很多英美的理论家看来文学理论就是学生在理论王国遨游的地图，是文学批评的工具箱，正是在这种实用编写理念的指导下，英美的一些教材一般不去探讨这些理论之间的内在联系，也不去探索这些理论和文学是否有内在的关联，更多关注于使用这些理论。这在一定程度上，造成英美教材结构上的松散性和选题上的随意性。在结构上，流派的随意增减成为正常的情况；在选题上，一些边缘性的最新议题，如酷儿批评（queer criticism）、非裔美国批评（African American criticism）等还未在现实之中沉淀就开始进入教材。

如果文学理论作为一个学科必须回答以下三方面的问题：文学是什么？文学理论是什么？文学理论能做什么？那么就英美近 30 年的情况而论，由于非本质主义思维方式的盛行，他们已经对这三个问题中的前两者不再做认知上的形而上学思考，更多的是一种历史和谱系学的推演。从教材的编著来看,英美理论界相比之下更加关注理论的实践和使用的问题,如何在具体的文学问题和文本的批评实践之中探讨、修正和发展理论。可以说是英美学界正推崇一种新的理论和实践观,因为“在最近的30年,然而,阐释和理论之间的关系越来越近,实际上,对于许多的批评家和理论家来说,阐释和理论就是根本不能分开的”①。这种理论的观点是以理论的实践替代实践的理论,在此种理论观念的指引下,西方和英美的文学理论学科不断动荡,持续沉淀,形成明显的以史代论,批评实践和基础理论混杂不分的理论形态和学科意识,特别是以批评替代理论的趋势越来越明显。我们以流派型为例,20世纪80年代编著的教材都是流派概述型的,到了90年代就改为流派实践性的,就是纵向流派加上横向的批评实践,上文已经有论述,21世纪的前十年,批评实践性的教材越来越多,一般原理型的教材已经很少见到。当然,这种教材理论模式和教材体例能否适合我国的教学实际,还是需要区别对待的。因为我国的课程设置与英美国家不同,有专门的基础理论课,有文学理论史课和文学批评课程,它们各有职能,又都有着自己相对应的课程教材,不能够互相替代。从英美自身的理论发展情况看,对以批评实践替代理论的做法提出批评也不绝于耳。韦勒克是对这种情况提出批评比较早的英美学者,除了韦勒克之外,还有安纳·杰弗森(Ann Jefferson)、戴维·罗比(David Robey)等(《西方现代文学理论概述与比较》),较近的有格里高利·卡斯托(《布莱克威尔文学理论指南》),都要求文学理论和批评要有所区分。

第二节 我国教材的前瞻
——面向实践,建构一种开放的理论学习体系

综上所述,笔者认为,我国的文学理论教材需要在知识体系的建构上,摆脱文学观念和本质主义束缚,直面当下文学实践和批评实践,打破学科藩

① Hans Bertens: *Literary Theory: The Basics*, Routledge, 2001, p. ix.

篱,以学生需求为中心,建构开放的理论学习体系。

一、面向实践

一是要面向广阔的文学实践。是说我们教材之中的理论知识要建基于文学现实之上,而不是在某种本质性的文学观念之上,也不是在学科自律之上;同时,面向文学现实,是说教材的理论书写还要敢于吸纳新的文学经验,在新的文学经验的基础之上,激活、修正或是重建我们的文学理论体系。二是要面向批评实践,着眼于学生批评实践能力的提高。我们编著文学理论教材的其中一个重要目的就是为培养和形成学生的批评实践提供帮助,切实提高学生或是受众的文本解读能力。所以,教材的编著一定要顾及理论的实践品性以及教学之中的实践环节,这样,我们才能"在教学过程中突出实践环节,自觉形成实践性的生动流程"①。在这方面,英美教材注重文学理论实践品格的做法很值得我们借鉴。

但是,这并不意味着我们提倡一种实践的本位,使理论和实践之间亦步亦趋。理论和实践有一定的距离,既是理论的需要也是正常的。但是,脱离了文学实践的理论或是固守某种文学观念的文学理论,将会使文学理论知识处于高风险的状态,或是造成文学理论的知识危机。

二、开放的体系

首先是视野的开放。就目前我国文学理论的建构和教材编著来看,我们应该超越文学与文化二元对立思维,进入一个更加多元、灵动的理论空间之中。重视自律,固守某一文学观念或是某种文学活动的框架,只是一味强调文学的独特性一面,就无法使文学乃至文学理论拥有阔大的社会文化语境,会使我们的文学理论越来越脱语境化,从而会丧失对文学命题和文本的批评能力。因为现代文学理论兼收了一些本来产生于非文学情境中的理论,因而它在许多方面与其他学科诸如人类学、心理分析学、语言学、历史学等融为一体。文学理论有时不能保护其对象——文学的独特性,那也不应

① 胡有清著:《文科理论教学论》,南京大学出版社1999年版,第42页。

该看作是理论的破产,相反倒应该看作是一种智力探险。在激烈变化的文学场域之中,文学理论的跨学科或者超学科,是一种正常的选择。但是,文学理论的学科互涉,并不意味着文学理论学科本位的完全丧失,也不意味着文学理论可以完全走进文化研究的视域之中,依靠文化场的他律进行自己的理论创新。因此,我们应该在多元理论的论述之中,始终保留一个"文学的焦点",既保持文学的诗情画意,又揭示文学背后的社会文化权力运作,这是我们当下文学理论一体建构的两个重要维度。

其次是结论的开放性。文学作为一种不断流变的事物,根本不可能被一种理论所完全把握和阐释,所以,文学理论的争议性和文学理论知识的不确定性是必然存在的。但我们以往的教科书过于追求文学理论知识的"圆融和自洽",当然这种追求与教科书的稳定性品格是一致的,可过度的圆融和自洽,会使教材成为知识的终点,而不是起点,最终造成的是接受的危机。因为"文学理论是一个复杂和变化着的领域,跟以前的批评传统不同,文学理论的品质更多的是一种差异而不是一致性"①,所以,一定程度上,放弃文学理论的确定性修辞,在教材中"有的放矢地介绍学科领域内的重大争论问题和新动向也是十分必要和有益的"②。如何既不偏离文学理论的一般性结论,又能把争议性和创新性的议题引入文学理论教材,为教师的开放式教学、学生的探究式学习打下良好的基础,成为文学理论教材编著的一个挑战性的课题。

最后,学习体系的建构。所谓的学习体系,是相对于学科知识体系来说的。我们进行文学研究可以不顾及教学和学习的需要,但是教材作为一种学生和教师在教学活动中使用的媒介,就必须考虑学生的接受。就当前的我国的文学理论教材情况来看,大多数的教材在建构知识体系的时候,还是一种学科本位,认为教材就是本学科知识系统完整的体现,追求知识的完整性和系统性,很少考虑到教师教学和学生学习需要。因此,我们有必要在文学理论的教材编著之中提倡一种学习化的转向,就是把在学科自律基础之

---

① Roger Webster: *Studying Literary Theory: An Introduction*, Oxford University Press, 1996, p. 3.

② 胡有清著:《文科理论教学论》,南京大学出版社 1999 年版,第 71 页。

上形成的学科知识体系,转变为以学生学习为中心的学习知识体系,可以模拟文学理论的学习过程结构全书,形成学习型的体系,也可以想象学生在学习中可能会遇到的困惑和问题,然后在教材中有目的地给予解答,形成问题研讨型的体系,等等,方法不一而足。以学定教,以学定编应该成为教材编写的基本原则。

总之,就文学理论教材编著来说,我们应该以学生的学习和发展为中心,以提高学生文学批评能力为目的,打破文学理论的知识体系,融通文学理论的学科体系,建立服务于学生学习的理论体系。当然,这种观念的形成和转变,也需要一定的时间。

附录一
英美教材和读本的版本信息

一、近30年汉译的主要英美教材和读本

（一）汉译英美教材（多个中译本的不重复计算）

1. 阿特金斯等著:《当代文学理论》,张双英、黄景进等译,合森文化事业有限公司1992年版。

2. 安德鲁·本尼特、尼古拉·罗伊尔著:《关键词:文学、批评与理论导论》,汪正龙、李永新译,广西师范大学出版社2007年版。

3. 史笛文·邦尼卡斯尔著:《寻找权威:文学理论概论》,王晓群、王丽莉译,吉林大学出版社2003年版。

4. 佛克马、易布思著:《二十世纪文学理论》,林书武等译,生活·读书·新知三联书店1988年版。

5. 安纳·杰弗森、戴维·罗比等著:《西方现代文学理论概述与比较》,包华富、陈昭全、樊锦鑫编译,湖南文艺出版社1986年版。

6. 乔纳森·卡勒著:《文学理论入门》,李平译,译林出版社2008年版。

7. 迈克尔·莱恩著:《文学作品的多重解读》,赵炎秋译,北京大学出版社2006年版。

8. 刘若愚著:《中国文学理论》,杜国清译,江苏教育出版社2006年版。

9. 拉曼·塞尔登等著:《当代文学理论导读》,刘象愚译,北京大学出版社2006年版。

10. 彼得·威德森著:《现代西方文学观念简史》,钱竞、张欣译,北京大学出版社2006年版。

11. 韦勒克、沃伦著:《文学理论》,刘象愚等译,江苏教育出版社 2005 年版。

12. 朱利安·沃尔弗雷斯编著:《21 世纪批评述介》,张琼、张冲译,南京大学出版社 2009 年版。

13. 特雷·伊格尔顿著:《二十世纪西方文学理论》,伍晓明译,北京大学出版社 2007 年版。

14. 沃尔夫冈·伊瑟尔著:《怎样做理论》,朱刚、谷婷婷、潘玉莎译,南京大学出版社 2008 年版。(作者虽为德国人,但是在美国出版,用英语写作)

(二)汉译的准教材

1. 科里·贝尔著:《文学》,苏福忠译,生活·读书·新知三联书店 2002 年版。

2. J. 希利斯·米勒著:《文学死了吗》,秦立彦译,广西师范大学出版社 2007 年版。

(三)汉译的读本

1. 戴维·洛奇编著:《二十世纪文学评论》(上册),葛林等译,上海译文出版社 1987 年版。

2. 戴维·洛奇编著:《二十世纪文学评论》(下册),葛林等译,上海译文出版社 1993 年版。

3. 拉曼·塞尔登编著:《文学批评理论:从柏拉图到现在》,刘象恩、陈永国等译,北京大学出版社 2003 年版。

二、近 30 年英语原版的主要教材、读本及文学批评史

(一)英文文学理论教材(含指南类的准教材)

1. David Ayers: *Literary Theory: A Reintroduction*, Blackwell Publishing, 2008.

戴维·艾尔斯著:《文学理论:再引导》,布莱克威尔出版社 2008 年版。

2. Peter Barry: *Beginning Theory: An Introduction to Literary and Cultural Theory*, Manchester University Press, 2002.

皮特·巴里著:《理论起点:文学和文化理论导引》,曼彻斯特大学出版

社 2002 年版。

3. Catherine Belsey: *Critical Practice*, Routledge, 2002.

凯瑟琳·贝尔西著:《批评实践》,劳特里奇出版社 2002 年版。

4. Hans Bertens: *Literary Theory: the Basics*, Routledge, 2001.

汉斯·伯顿斯著:《文学理论基础》,劳特里奇出版社 2001 年版。

5. David Birch: *Language, Literature and Critical Practice Ways of Analysing Text*, Routledge, 1989.

戴维·伯奇著:《语言、文学和批评实践:分析文本的方法》,劳特里奇出版社 1989 年版。

6. M. Keith Booker: *A Practical Introduction to Literary Theory and Criticism*, Longman Publishers USA, 1996.

M. 凯思·布克尔著:《文学理论和批评实践导引》,朗文出版社(美国)1996 年版。

7. Richard Bradford: *The State of Theory*, Routledge, 1993.

理查德·布拉德福德著:《理论的国度》,劳特里奇出版社 1993 年版。

8. Charles E. Bressler: *Literary Criticism: An Introduction To Theory and Practice* (3rd edition), Pearson Education, 高等教育出版社, 2004.

查尔斯·E. 布莱斯勒著:《文学批评:理论与实践导论》(第 3 版),培生教育出版集团,高等教育出版社 2004 年版。

9. David Carter: *Literary Theory*, Poket Essentials, 2006.

戴维·卡特著:《文学理论》,口袋精华 2006 年版。

10. Gregory Castle: *The Blackwell Guideto Literary Theory*, Blackwell Publishing, 2007.

格里高利·卡斯托著:《布莱克威尔文学理论指南》,布莱克威尔出版社 2007 年版。

11. Peter Collier, Helga Geyer-Ryan: *Literary Theory Today*, Polity Press, 1990.

皮特·科利尔、海尔格·戈耶尔-赖安著:《今天的文学理论》,政体出版社 1990 年版。

12. Ann B. Dobie: *Theory into Practice: An Introduction to Literary Criticism*, Thomson Wadsworth, 2002.

安·B.多贝著:《实践中的理论:一个文学批评的导引》,汤姆森·瓦兹沃斯出版社 2002 年版。

13. Alan Durant, Nigel Fabb: *Literary Studies in Action*, Routledge, 1990.

艾伦·杜兰特、尼格尔·法比著:《操作中的文学研究》,劳特里奇出版社 1990 年版。

14. Simon Eliot, W. R. Owens: *A Handbook to Literary Research*, Routledge, 1998.

西蒙·艾略特、W. R. 欧文斯著:《文学研究指南》,劳特里奇出版社 1998 年版。

15. Joanna Gavins, Gerard Steen: *Cognitive Poetics in Practice*, Routledge, 2003.

乔安娜·加文、杰拉德·斯蒂恩编:《在实践之中认知诗学》,劳特里奇出版社 2003 年版。

16. Keith Green, Jill LeBihan: *Critical Theory and Practice: A Course Book*, Routledge, 1996.

基思·格林、吉尔·列俾汉著:《批评与实践教程》,劳特里奇出版社 1996 年版。

17. Wilfred L. Guerin, Earle Labor, Lee Morgan: *A Handbook of Critical Approaches to Literature* (5th Edition), Oxford University Press, 2005.

威尔弗雷德·L.古尔灵、埃利·雷伯,李·摩根著:《文学批评方法指南》(第 5 版),牛津大学出版社 2005 年版。

18. Donald E. Hall: *Literary and Culture Theory: From Basic Principles to Advanced Application*, Houghton Mifflin Company, 2001.

唐纳德·E.霍尔著:《文学和文化理论:从基本原则到高级应用》,霍顿·米夫林出版公司 2001 年版。

19. Mary Klages: *Literary Theory: A Guide for the Perplexed*, 上海外语教育出版社, 2009.

玛丽·克拉吉斯著:《文学理论:迷途指津》,上海外语教育出版社 2009 年版。

20. Mario Klarer:*An Introduction to Literary Studies*,Routledge,2004.

马里奥·克拉尔著:《文学研究导引》,劳特里奇出版社2004年版。

21. Simon Malpas,Paul Wake:*The Routledge Companion to Critical Theory*,Routledge,2006.

西蒙·迈尔帕斯、保尔·维克著:《劳特里奇批判理论指南》,劳特里奇出版社2006年版。

22. Christopher New:*Philosophy of Literature An Introduction*,Routledge,1999.

克里斯托夫·纽著:《文学的哲学引导》,劳特里奇出版社1999年版。

23. Suresh Rava: *Grounds of Literary Criticism*, University of Illinois Press,1998.

苏瑞希·纳华著:《文学批评基础》,伊利诺伊大学出版社1998年版。

24. Thomas A. Schmitz: *Modern Literary Theory and Ancient Texts: An Introduction*,Blackwell Publishing,2007.

托马斯·A.施密茨著:《现代文学理论和古典文本导引》,布莱克威尔出版社2007年版。(本书是作者1997—2000年,在德国的基尔大学和法兰克福大学的"现代理论课"的讲稿,2002年德文版,2007年英文版。)

25. Shirley F. Staton:*Literary Theories in Praxis*,University of Pennsylvania Press,1987.

雪莉·F.斯塔顿编:《应用中的文学理论》,宾夕法尼亚大学出版社1987年版。

26. Peter Stockwell: *Cognitive Poetics* :*An introduction*, London and New York:Routledge Taylor & Francis Group,2002.

皮特·斯托克沃尔著:《认知诗学:一个导引》,劳特里奇泰勒及弗兰西斯集团2002年版。

27. Lois Tyson:*Critical Theory Today*:*A User-Friendly Guide*,Routledge,2006.

罗易斯·泰森著:《当代批评理论:使用者指南》,劳特里奇出版社2006年版。

28. Roger Webster: *Studying Literary Theory*: *An Introduction* (2nd ed), Oxford University Press,1996.

罗杰·韦伯斯特著:《文学理论研究入门》(第 2 版),牛津大学出版社 1996 年版。

29. Julian Wolfreys: *Literary Theories: A Reader and Guide*, Edinburgh University Press. 1999,

朱利安·伍尔夫雷著:《文学理论:读本和指南》,爱丁堡大学出版社 1999 年版。

30. Julian Wolfreys: *Introduction Literary Theory: A Guide and Glossary*, Edinburgh University Press,2001.

朱利安·伍尔夫雷著:《文学理论导引:理论指南和词汇》,爱丁堡大学出版社 2001 年版。

31. Julian Wolfreys, William Baker: *Literary Theory: A Case Study in Critical Performance*, Macmillan, 1996.

朱利安·沃尔弗雷斯、威廉·贝克编著:《文学理论:批评实践案例研究》,麦克米伦出版社 1996 年版。

(二)文学批评史

1. Gary Day: *Literary Criticism: A New History*, Edinburgh University Press,2008.

加里·戴著:《文学批评新史》,爱丁堡大学出版社 2008 年版。

2. M. A. R Habib: *A History of Literar Criticism From Plato to the Present*, Blackwell Publishing,2005.

哈比比著:《文学批评史:从柏拉图到现在》,布莱克威尔出版社 2005 年版。

(三)英语原版的读本

1. Lucy Burke, Tony Crowley, Girvin Alan: *The Routledge Language and Cultural Theory Reader*, Routledge, 2000.

露西·伯克、托尼·克劳利、艾伦·格文编:《劳特里奇语言和文化理论读本》,劳特里奇出版社 2000 年版。

2. Terry Eagleton, Drew Milne: *Marxist Literary Theory :A Reader*, Blackwell Publishing, 1996.

特雷·伊格尔顿、德鲁·米尔恩编:《马克思主义文学理论读本》,布莱克威尔出版社 1996 年版。

3. Adams Hazard, Leroy Searle: *Critical Theory Since* 1965, Florida State University Press, 1986.

哈泽德·亚当斯、勒罗伊·塞尔编:《1965 年以来的批评理论》,佛罗里达州立大学出版社 1986 年版。

4. Adams Hazard, Leroy Searle: *Critical Theory Since Plato*, Thomson Wadsworth, 2005(北京大学出版社 2006 年影印本).

亚当斯·海兹尔德、勒罗伊·塞尔编:《柏拉图以来的批评理论》,汤姆森·瓦兹沃斯出版社 2005 年版(北京大学出版社 2006 年影印本)。

5. Vincent B. Leith: *The Norton Anthology of Theory and Criticism*, W. W. Norton & Company, 2001.

文森特·B. 列奇总编:《诺顿文学理论与批评选集》,诺顿出版公司 2001 年版。

6. David Lodge (ed.), Revised and expanded by Nigel Wood: *Modern Criticism and Theory: A Reader*, Pearson Education, 2000.

戴维·洛奇编选,尼尔·伍德修订:《现代批评和理论读本》,培生教育出版集团 2000 年版。

7. Niall Lucy: *Postmodern Literary Theory: An Anthology*, Blackwell Publishing, 2000.

尼尔·路西编:《后现代文学理论选集》,布莱克威尔出版社 2000 年版。

8. K. M. Newton: *Twentieth-Century Literary Theory: A Reader*, Macmillan, 1997.

K. M. 牛顿编:《二十世纪文学理论读本》,麦克米伦出版社 1997 年版。

9. Daphne Patai, Will H. Corral: *Theory's Empire: An Anthology of Dissent*, Columbia University Press, 2005.

达芬·帕泰、韦尔·H. 考拉尔编:《理论的帝国:一个观点差异的选本》,哥伦比亚大学出版社 2005 年版。

10. Philip Rice, Patricia Waugh: *Modern Literary Theory: A Reader*, Hodder Arnold, 1989.

菲利普·莱斯、帕特里夏·沃夫编:《当代文学理论读本》,霍德·阿诺德公司 1989 年版。

11. Julie Rivkin, Michael Ryan: *Literary Theory: An Anthology*, Blackwell Publishing, 2004.

朱莉·瑞金、迈克尔·莱恩编:《文学理论文选》,布莱克威尔出版社 2004 年版。

附录二
本书参考的英文教材、读本的目录信息

一、重点分析的文学理论原版教材目录（译文由作者负责）

1. David Ayers：*Literary Theory*：*A Reintroduction*，Blackwell Publishing，2008.

戴维·艾尔斯著：《文学理论：再引导》，布莱克威尔出版社 2008 年版。

目录：

引导

1. 英语作为一个普遍的学科

2. 新批评和超越

3. 重构英语研究

4. 理论的政治

5. 从作品到文本

6. 启蒙和现代性

7. PC（political correctness）战争

8. 伦理

注释

参考书目

索引

2. Peter Barry：*Beginning Theory*：*An Introduction to Literary and Cultural Theory*，Manchester University Press，2002.

皮特·巴里著：《理论起点：文学和文化理论导引》，曼彻斯特大学出版社 2002 年版。

目录:

一、"理论"之前的理论——自由人文主义

1. 英语研究的历史

2. 停下来,想一想

3. 自由主义的十条规定

4. 从亚里士多德到里维斯的自由人文主义

5. 一些关键时刻

6. 实践中的自由人文主义

7. "理论"的超越

8. 批评理论中的观点回潮

9. 选文阅读

二、结构主义

三、后结构主义和解构主义

四、后现代主义

五、精神分析批评

六、女性主义批评

七、男/女同性恋批评

八、马克思主义批评(其他流派之下的小节目录基本相同,不再重复译出。)

1. 马克思主义的开始和基础

2. 马克思主义文学批评:总论

3. 列宁主义的文学批评

4. 恩格斯主义的文学批评

5. 当前:阿尔都塞的影响

6. 停下来,想一想

7. 马克思主义批评做什么

8. 马克思主义批评:一个范例

9. 选文阅读

九、新历史主义和文化唯物主义

十、后殖民主义批评

十一、风格

十二、叙事学

十三、生态批评

3. Catherine Belsey: *Critical Practice*, Routledge. 2002.

凯瑟琳·贝尔西著:《批评实践》,劳特里奇出版社 2002 年版。

目录:

序言

第一章 传统批评和共同感

第二章 挑战表现现实主义

第三章 批评和意义

第四章 位置和主体

第五章 协商中的文本

第六章 阅读中的作品

第七章 解构和差异生成

第八章 朝向一种生产性的批评实践

进阶阅读

注释

参考书目

索引

4. Hans Bertens: *Literary Theory: The Basics*, Routledge, 2001.

汉斯·伯顿斯著:《文学理论基础》,劳特里奇出版社 2001 年版。

目录:

1. 意义的阅读:实用批评和新批评

2. 形式的阅读 1:形式主义和早期结构主义 1914—1960

3. 形式的阅读 2:法国结构主义,1950—1975

4. 政治的阅读:1970—1980

5. 后结构主义者的革命:德里达,解构和后现代主义

6. 后结构主义续:福柯、拉康和法国女性主义

5. Charles E. Bressler: *Literary Criticism: An Introduction To Theory and Practice* (3rd edition), Pearson Education, 高等教育出版社, 2004.

查尔斯·E. 布莱斯勒著:《文学批评:理论与实践导论》(第3版),培生教育出版集团,高等教育出版社2004年版。

目录:

5. 需分析的问题

6. 批评样篇

7. 进阶阅读

8. 有关网站

9. 学生批评文选

第四章　读者反应批评

第五章　结构主义

第六章　解构主义

第七章　精神分析批评

第八章　女性主义

第九章　马克思主义

第十章　文化诗学或新历史主义

第十一章　文化研究

附录:作品选

词汇表

参考书

致谢

索引

6. David Carter:*Literary Theory*,Poket Essentials,2006.

戴维·卡特著:《文学理论》,口袋精华 2006 年版。

目录:

1. 导引

2. 文学经典和新批评

3. 俄国形式主义

4. 结构主义

5. 马克思主义理论

6. 精神分析主义

7. 解释学和接受理论

8. 女性主义理论

7. Ann B. Dobie: *Theory into Practice*: *An Introduction to Literary Criticism*, Thomson Wadsworth, 2002.

安·B. 多贝著:《实践中的理论:一个文学批评的导引》,汤姆森·瓦兹沃斯出版社 2002 年版。

目录:

4. 帮助过程

合作

参考资料

5. 概括

6. 推荐的网站

一般网站

文学批评的网站

7. 建议阅读

第二章 熟悉的方法

1. 阅读文学的普通方法

一种社会视野

文类的效应

2. 关于文学写作的一般方法

详细阐释

分析

比较

研究一个作者的作品

3. 概括

4. 推荐的网站

5. 学生的范文

第三章 形式主义

1. 历史背景

2. 作为形式主义的阅读

形式

措辞

单元

什么不能出现在形式主义的批评之中

内容

意图

传记

效应

3. 写一个形式主义的分析

写前准备

起草和修正

导引

主体

结论

4. 形式主义批评有用词汇汇编

5. 推荐网站

6. 学生范文

第四章　精神分析批评

1. 历史背景

2. 精神分析批评实践

弗洛伊德的原则

　无意识

　三重分裂

　性的意味

　梦的重要性

　象征

　创造

　概括

卡尔荣格和神话学批评

　典型

　意象

　位置

诺思普莱和神话学批评

雅克拉康:弗洛伊德的更新

3. 写精神分析批评文章(每一流派后面的栏目和以上的流派一样,所以不再重复译出，下同。)

第五章 马克思主义批评

1. 历史背景

2. 从马克思主义的视野阅读文本

经济力量

唯物主义 VS 唯心主义

阶级冲突

艺术、文学和意识形态

3. 写一个马克思主义的文学分析

……

第六章 女性主义批评

1. 历史背景

2. 一个女性主义的阅读

差异的研究

力量的研究

女性经验的研究

3. 写一个女性主义的批评

……

第七章 读者反应批评

1. 历史背景

2. 做一个读者的反应

得到起点

同文本互动

文本的力量

读者作为文本的生产

读者和文本的共同生产

时代反应，接受者

3. 写一个读者反应分析

……

第八章　解构主义

1. 历史背景

2. 解构主义实践

3. 解构主义的制作

4. 写一个解构主义的分析

……

第九章　文化研究:新历史主义

1. 文化研究的一个通览

2. 假定、原则和新历史主义的目标

传统的历史主义

新历史主义

新的文学历史主义

3. 历史背景

4. 作为新历史主义的阅读

作者和文本的世界

文本中的话语

意图和接受

5. 写一个新历史主义的文学分析

……

第十章　更多的文化研究:后殖民主义和多元文化主义

1. 后殖民主义

历史背景

基本假定

作为后殖民主义的阅读

殖民主义的表征

人物的处理

叙事的有效性

本土主义(民族主义)的表达

循环的主体和主题

语境

政治叙述和影射

模仿

后殖民研究使用术语汇编

2. 美国的文化多元主义

非—美文学

作为一种文化多元主义的阅读

叙述形式

措辞

风格

写一个文化研究的分析

……

文选

信息一瞥

目的和假定

策略,力量和弱点

索引

8. Alan Durant,Nigel Fabb:*Literary Studies in Action*,Routledge,1990.

艾伦·杜兰特、尼格尔·法比著:《操作中的文学研究》,劳特里奇出版社1990年版。

目录:

导引

1. 当你研究“英语文学”的时候,你让自己做什么?

1.1 你个人的目的是研究英语文学。

1.2 你怎么在课程之中让你自己的研究动机和公共的正义联系起来?

1.3 你的研究动机来自哪里?

1.4 你期待课程之中包含什么内容?

1.5 一个“经典”

1.6 你,阅读和研究英语中的文学。

4.5 呈现你的发现方法

4.5.1 写随笔

4.5.2 使用图表

5. 文本的分类

6. 文本语言

7. 阐释

8. 流变中的理论

9. 从你的研究到世界

活动的选择回应

注释和进阶阅读

参考文献

9. Simon Eliot, W. R. Owens: *A Handbook to Literary Research*, Routledge, 1998.

西蒙·艾略特、W. R. 欧文斯著:《文学研究指南》,劳特里奇出版社 1998 年版。

目录:

致谢

1. 手册的导引

第一部分:入门的工具

2. 图书馆的使用和研究的工具

3. 使用网络进行文学研究

第二部分:文学的学术成就和书的历史

4. 参考文献

5. 书的历史

6. 编辑文学文本

第三部分:文学研究和文学理论

7. 从新批评到结构主义

8. 文学、性别和性别批评

9. 解构主义

10. 读者反应批评和接受理论

10. Keith Green, Jill LeBihan: *Critical Theory and Practice: A Course Book*, Routledge, 1996.

基思·格林、吉尔·列俾汉著:《批评与实践教程》,劳特里奇出版社1996年版。

目录:

宏观层——语法

微观层——文本的句法

叙述的结构分析

结构和意图

符号学

符号学的失败

3. 文学和历史

什么是历史

文学史

文学分层

新历史主义

福柯和历史

历史主义,人类学和深描

文本的意识形态

4. 主体,精神分析和批评

定义主体

文学和精神分析

弗洛伊德的精神分析

性身份和精神分析

拉康的精神分析

拉康和语言

一个拉康式的阅读

5. 阅读,写作和接受

读者的角色

阅读与身份

从微观到宏观阅读

开放和封闭的阅读

作者之死和读者诞生

反形式主义,结构和格式塔

11. Donald E. Hall: *Literary and Culture Theory: From Basic Principle to Advanced Application*, Houghton Mifflin Company, 2001.

唐纳德·E. 霍尔著:《文学和文化理论:从基本原则到高级应用》,霍顿·米夫林出版公司 2001 年版。

目录:

12. Mary Klages:*Literary Theory*:*A Guide for the Perplexed*,上海外语教育出版社,2009.

玛丽·克拉吉斯著:《文学理论:迷途指津》,上海外语教育出版社2009年版。

目录:

4. 解构主义

双重抵抗

中心的角色

拼凑物

5. 精神分析

西蒙·弗洛伊德

拉康

提示插入：自我到主体

6. 女性主义

前–后结构主义女性文学理论

后结构主义女性文学理论

海伦西苏和美杜莎的笑

伊瑞格瑞和这不是一个人的性

7. 酷儿理论

灵活的性感

男女同性恋研究

提示插入：从历史到历史主义

人文主义者的历史

新历史主义

8. 意识形态和话语

马克思主义理论：一些基本知识

阿尔都塞和意识形态

巴赫金和小说中的话语

福柯：话语，知识权利和作者功能

9. 种族和后殖民主义

殖民主义和“英语”

盖茨和意指的猴子

后殖民主义和东方主义

巴巴和文化的地方性

格洛丽亚·安扎尔多瓦和边疆:新生混血女儿

10. 后现代主义

现代性

让波德里亚

利奥塔

吉尔·德勒兹和迦达利

11. 代码:现在是什么?

13. Mario Klarer:*An Introduction to Literary Studies*, Routledge, 2004.

马里奥·克拉尔著:《文学研究导引》,劳特里奇出版社 2004 年版。

目录:

1. 什么是文学,什么是文本?

(1) 文类,文本类型和话语

(2) 主要和次要的资源

2. 文本研究中的主要文类

(1) 小说

(2) 诗歌

(3) 戏剧

(4) 电影

3. 英语文学时期

4. 文学的理论向度

(1) 以文本为导向

(2) 以作者为导向

(3) 以读者为导向

(4) 以语境为导向

(5) 文学批评和评估

5. 在哪里如何找到第二手的文学资料

6. 怎样写一篇学术论文

7. 进一步阅读的建议

8. 文学词汇和电影术语

14. Christopher New: *Philosophy of Literature An Introduction*, Routledge, 1999.

克里斯托夫·纽著:《文学的哲学引导》,劳特里奇出版社 1999 年版。

目录:

15. Suresh Rava: *Grounds of Literary Criticism*, University of Illinois Press, 1998.

苏瑞希·纳华著:《文学批评基础》,伊利诺伊大学出版社 1998 年版。

目录:

8. 惯例、改变和传统

16. Thomas A. Schmitz: *Modern Literary Theory and Ancient Texts*: *An Introduction*, Blackwell Publishing, 2007.

托马斯·A. 施密茨著:《现代文学理论和古典文本导引》,布莱克威尔出版社 2007 年版。(本书是作者 1997—2000 年在德国的基尔大学和法兰克福大学的"现代理论课"的讲稿,2002 年德文版,2007 年英文版。)

目录:

导引

什么是文学理论? 我们研究文学理论的目的是什么?

文学理论和古典文本

反对文学理论的各种理由

如何使用本书

文学理论的引导

1. 俄国形式主义

文学性的问题

罗曼·雅克布森的语言交流模式

陌生化的诗歌语言

进阶阅读

2. 结构主义

结构主义的基础:费尔南德·索绪尔

索绪尔的语言符号定义

意义的差异

结构主义和主体

结构主义人类学

结构主义阐释的可能性是什么

文学文类的结构主义定义

进阶阅读

3. 叙事学

弗拉基米尔·普罗普的民间故事分析

8. 解构主义

基础:德里达对逻各斯中心主义的批评

美国的解构主义

反对解构主义

作者的角色

斯坦利·费什的阐释共同体模式

阐释的反应

解构的价值和反价值

古典时代的解构:苏格拉底和普罗泰格拉斯

进阶阅读

9. 米歇尔·福柯和话语分析

话语的力量

反对福柯的话语分析

福柯和古典

关于福柯和古典时代性的争论

进阶阅读

10. 新历史主义

新历史主义和解构主义

新历史主义和米歇尔·福柯

反对新历史主义

新历史主义和古典

进阶阅读

11. 女性方法/性别研究

女性主义运动和"妇女"的定义

文学批评之中的女性主义

法国女性主义

文学批评之中的实用女性主义

从妇女的想象到性别的研究

酷儿理论

17. Shirley F. Staton: *Literary Theories in Praxis*, University of Pennsylvania Press, 1987.

雪莉·F. 斯塔顿编:《应用中的文学理论》,宾夕法尼亚大学出版社 1987 年版。

目录 1　按流派排列:

目录 2　按照被批评的文本排列:

现象学

精神分析 1

精神分析 2

解构主义

2. 霍桑的《胎记》(以下同上都是关于文本的批评流派分类,不再一一译出。)

3. 狄金森的《我挺立的生命》

4. 叶芝的《驶向拜占庭》

5. 福克纳的《致艾米丽的玫瑰》

6. 海明威《一个短故事》

7. 弗兰纳里·奥康纳《启示录》

8. 文化

18. Peter Stockwell:*Cognitive Poetics* :*An introduction*,Routledge,2002.

皮特·斯托克沃尔著:《认知诗学:一个导引》,劳特里奇出版社 2002 年版。

目录:

1. 导引:身体,心灵和文学

2. 图示和基础

述评

链接文学批评概念

图示和基础

要点

讨论

认知诗学分析:泰德·休斯

探索

进阶阅读和注释

3. 原型和阅读

述评

链接文学批评概念

注释

认知诗学之中的关键阅读

参考书

词语索引

19. Lois Tyson: *Critical Theory Today: A User-Friendly Guide*, Routledge, 2006.

罗易斯·泰森著:《当代批评理论:使用者指南》,劳特里奇出版社2006年版。

目录:

1. 你想知道但又害怕去问的关于批评理论的一切事情

2. 精神分析批评

无意识的来源

自卫、焦虑和核心的问题

梦和梦的象征

死亡的意义

性的意义

拉康的精神分析

经典的精神分析和文学

精神分析批评家向文学文本提出的一些问题

"爱的获得和对待":对《了不起的盖茨比》的精神分析阅读

进一步实践之中的问题:精神分析批评对待其他文学作品的方式

进阶阅读

致高级读者

3. 马克思主义批评(其他流派之下的小节目录基本相同,以下不再重复译出。)

马克思主义的基本假定

美国的阶级系统

意识形态的角色

人类的行为、商品和家庭

20. Roger Webster:*Studying Literary Theory:An Introduction*,Oxford University Press,1996.

罗杰·韦伯斯特著:《文学理论研究入门》,牛津大学出版社1996年版。

目录:

意图和意义

作品和文本

读者

3. 语言和叙事

语言

理论和符号

文学语言

文学语言和文学性

什克罗夫斯基和陌生化

巴赫金/弗洛西诺夫和对话

雅克布森、隐喻和转喻

叙述

叙事学:叙述和叙事

4. 社会和个体

阶级

意识形态

霸权

话语

马克思主义批评

性别

妇女与文学

女性主义理论和批评

性身份

主体

主体性和品格

精神分析的路径

5. 互文本性

文本的理论

文本间性

21. Peter Widdowson: *Literature*, Routledge. 2004.

彼得·威德森著:《文学》,劳特里奇出版社 2004 年版。(已有北京大学出版社译本,这里再译,做参考)

目录:

22. Julian Wolfreys: *Introduction literary theory: A Guide and Glossary*, Edinburgh University Press, 2001.

朱利安·沃尔弗雷斯著:《文学理论导引:理论指南和词汇》,爱丁堡大学出版社 2001 年版。

目录:

《青年艺术家肖像》的阅读笔记

进阶思考题(以下每一章都有此相同 3 项,不再一一译出。)

主要参考书目简介

补充参考书目

2. 罗兰·巴特和结构主义批评(K. M. 牛顿)

《米德镇的春天》的阅读笔记

……

3. 女性主义理论请站起来(露丝·罗宾森斯)

《米德镇的春天》和《达洛维夫人》的阅读笔记

……

4. 文学的政治:马克思主义文学理论(马拉·哈斯莱特)

《达洛维夫人》的阅读笔记

……

5. 没有像读者反应理论这种事情。(马丁·麦克里兰)

《达洛维夫人》的阅读笔记

……

6. 自我,其他和文本:精神分析批评(吉尔·柏克)

《暴风雨》阅读笔记

……

7. 解构,还剩下什么未读(朱利安·沃尔弗雷斯)

《纪念 A. H. H.》阅读笔记

……

8. 批评和创造:后结构主义理论(马克·科里)

《达洛维夫人》阅读笔记

……

9. 文学虚构之中历史,权利和政治:新历史主义(约翰·布兰妮甘)

《暴风雨》和《纪念 A. H. H.》阅读笔记

……

10. 冲突和抵触:文化唯物主义(约翰·布兰妮甘)

另一种目录:

后结构主义理论

读者-反应理论

4.《青年艺术家肖像》

巴赫金和对话批评

5.《游泳池图书馆》

文化研究

男同研究/酷儿理论

后殖民主义

6.《暴风雨》

文化唯物主义

新历史主义

后殖民主义

后现代主义

精神分析批评

23. Julian Wolfreys, William Baker: *Literary Theory: A Case Study in Critical Performance*, Macmillan, 1996。

朱利安·沃尔弗雷斯、威廉·贝克编著:《文学理论:批评实践案例研究》,麦克米伦出版社1996年版。

目录:

第二幕　政治和意识形态的描述

5. 农业和无政府主义：一个关于《大雪灾》的马克思主义阅读　杰斯卡·梅纳德

6. 权利及其表征：一个关于杰弗里斯《大雪灾：一个槲寄生的故事》的新历史主义阅读　约翰·布兰妮甘

加演一曲

7. “雪灾的经济学”和页边空白，或者，一种边缘书写：是关于杰弗里斯的一种解构吗？

朱利安·沃尔弗雷斯

参考书目

二、部分英语原版读本目录

1. Vincent B. Leith: *The Norton Anthology of Theory and Criticism*, W. W. Norton & Company, 2001.

文森特·B. 列奇总编:《诺顿文学理论与批评选集》，诺顿出版公司2001年版。

一、编年的总目录，四个分目录：(一)现代和当代的流派和运动；(二)文类；(三)历史分期；(四)问题和主题。

2. David Lodge (ed.), Revised and expanded by Wood, Nigel: *Modern Criticism and Theory: A Reader*, Pearson Education, 2000.

戴维·洛奇编选，尼尔·伍德修订:《现代批评和理论读本》，培生教育出版集团2000年版。

本选本有两个目录，一个是按照时间的先后顺序，历史性地把20世纪以来的理论家的文章节选后加以排列，因为，在作者看来，这是为了使读者“能够理解现代理论和批评的历史线索，特别是从结构主义到后结构主义的发展路径”。另一个目录是按照流派划分，就是把理论家的文章分属于不同的理论流派之下，但是也有很多理论家是兼跨不同的理论流派的。

3. Julie Rivkin, Michael Ryan: *Literary Theory: An Anthology*, Blackwell Publishing, 2004.

朱莉·瑞金、迈克尔·莱恩编:《文学理论文选》,布莱克威尔出版社2004年版。

目录:

第一 形式主义:俄国形式主义和新批评

第二 结构主义、语言学和叙事学

第三 修辞、现象学和读者反映

第四 后结构主义、解构主义和后现代主义

第五 精神分析和心理学

第六 历史主义

第七 政治批评:从马克思到文化唯物主义

第八 女性主义

第九 性别研究

第十 伦理批评和文化研究、种族批评理论

第十一 殖民、后殖民和跨民族研究

第十二 文化研究

附录三

本书参考的英美文化理论(研究)主要教材及其目录

（除署名的外,译文由作者负责）

1. Dani Cavallaro:*Critical and Culture Theory*,The Athlone Press,2001 .

丹尼·卡瓦拉罗著:《文化理论关键词》,张卫东、张生、赵顺宏译,江苏人民出版社2006年版。

目录:

2. Simon During: *Cultural Studies: A Critical Introduction*, Routledge, 2005.

西蒙·杜瑞英著:《文化研究的批判引导》,劳特里奇出版社 2005 年版。

目录:

3. Andrew Milner, Jeffrey Browitt: *Contemporary Cultural Theory*, Allen & Unwin, 2002.

安德鲁・米尔恩,杰弗瑞・布鲁维特著:《当代文化理论》,艾伦 & 昂温出版社 2002 年版。

目录:

文化研究和文化理论

文化和社会:反功利(工具)主义和现代性

工具主义和他的他者

第二章 文学和社会:从文化主义到文化唯物主义

德国文化主义:解释学和历史主义

英国文化主义:从阿诺德到里维斯

新左派:汤普森、霍加特和威廉姆斯

文化唯物主义

新历史主义

文化研究:从霍加特到霍尔

第三章 文化理论:从意识形态到文化的社会

马克思、韦伯和弗洛伊德

卢卡奇、葛兰西和西方马克思主义的渊源

齐泽克:批判理论到拉康

布尔迪厄:从文化的社会到批判理论

第四章 符号学:从结构主义到后结构主义

迪尔凯姆和索绪尔

俄罗斯形式主义:从申克罗夫斯基到巴赫金

正盛的结构主义(High Structuralism)

后结构主义:解构主义和谱系学

后结构主义:拉康、德勒兹和迦达利

第五章 有差异的文化政治

性、性别和性感

民族主义、多元文化主义和后殖民主义

在黑人和拉丁美洲人中的民族和种族研究

第六章 后现代主义和文化理论

后现代主义、后现代性和战后的晚期资本主义

现代主义、后现代主义和大众

后现代的标志:利奥塔和波德里亚

4. David Oswell: *Culture and Society: An Introduction to Cultural Studies*, SAGE Publications Ltd, 2006.

戴维·奥斯维尔著:《文化与社会:文化研究导引》,赛奇出版公司2006年版。

目录:

5. Michael Ryan:*Cultural Studies A Practical Introduction*,Wiley-Blackwell,2010.

迈克尔·莱恩著:《文化研究:一个实用的导引》,威利-布莱克威尔出版社2010年版。

目录:

6. Philip Smith:*Cultural Theory*:*An Introduction*,Wiley-Blackwell,2001.

菲利普·史密斯著:《文化理论:导论》,张鲲译,商务印书馆2008年版。

目录:

7. John Storey: *Cultural Theory and Popular Culture An Introduction*, Pearson Education, 2009.

约翰·斯道雷著:《文化理论与大众文化导论》,常江译,北京大学出版社 2010 年版。

目录:

理查德·霍加特:《识字的用途》

雷蒙德·威廉斯:文化分析

E. P. 汤普森:《英国工人阶级的构成》

斯图亚特·霍尔与派迪·维诺:《大众艺术》

当代文化研究中心

第四章 马克思主义

经典马克思主义

法兰克福学派

阿尔都塞主义

霸权

后马克思主义与文化研究

第五章 精神分析

弗洛伊德精神分析学说

拉康精神分析学说

电影精神分析

斯拉沃热·齐泽克与拉康式幻想

第六章 结构主义与后结构主义

费尔迪南·德·索绪尔

克劳德·列维-斯特劳斯、威尔·赖特与美国的西部电影

罗兰·巴尔特:《神话学》

后结构主义

雅克·德里达

话语与权力:米歇尔-福柯

全景敞视机制

第七章 性别与性取向

女性主义

电影中的女性形象

解读言情小说

《观看(豪门恩怨)》

附录四

本书参考的我国教材的版本信息

1. 蔡仪主编:《文学概论》,人民文学出版社 1979 年版。

2. 陈文忠主编:《文学理论》,安徽大学出版社 2002 年版。

3. 董学文、张永刚著:《文学原理》,北京大学出版社 2001 年版。

4. 葛红兵著:《文学概论通用教程》,上海大学出版社 2002 年版。

5. 龚鹏程著:《文学散步》,世界图书出版公司 2006 年版。

6. 郭育新、侯建主编:《文艺学导论》,高等教育出版社 1989 年版。

7. 胡有清著:《文艺学论纲》,南京大学出版社 2006 年版。

8. 胡有清主编:《文艺学撷英》,南京大学出版社 2007 年版。

9. 胡有清主编:《文艺学研习》,南京大学出版社 2007 年版。

10. 黄世瑜主编:《文学理论新编》,华东师范大学出版社 1986 年版。

11. 黄展人主编:《文学理论》,暨南大学出版社 1990 年版。

12. 李春青、赵勇著:《反思文艺学》,北京师范大学出版社 2009 年版。

13. 林焕平主编:《文学概论新编》,广东教育出版社 1986 年版

14. 刘安海、孙文宪主编:《文学理论》,华中师范大学出版社 1999 年版。

15. 鲁枢元等主编:《文学理论》,华东师范大学出版社 2009 年版。

16. 南帆主编:《文学理论新读本》,浙江文艺出版社 2002 年版。

17. 裴斐著:《文学原理》,中央民族学院出版社 1990 年版。

18. 钱剑平著:《文学原理导论》,华东理工大学出版社 2002 年版。

19. 沈谦著:《文学概论》,(台北)五南图书出版股份有限公司 2001 年版。

20. 十四院校《文学理论基础》编写组编:《文学理论基础》,上海文艺出

版社 1985 年版。

21. 陶东风主编:《文学理论基本问题》,北京大学出版社 2004 年版。

22. 陶东风主编:《文学理论基本问题》,北京大学出版社 2007 年版(修订本)。

23. 唐正序编著:《文艺学基础》,陕西人民出版社 1984 年版。

24. 童庆炳著:《文学概论》,红旗出版社 1984 年版。

25. 童庆炳主编:《文学概论》,武汉大学出版社 1989 年版。

26. 童庆炳主编:《文学理论教程》,高等教育出版社 1992 年版。

27. 童庆炳主编:《文学理论要略》,人民文学出版社 1995 年版。

28. 童庆炳主编:《文学理论新编》,北京师范大学出版社 2005 年版。

29. 童庆炳主编:《文学理论教程》,高等教育出版社 2004 年版。

30. 王士达等编写:《文艺学常识》,湖南文艺出版社 1986 年版。

31. 王先霈、孙文宪主编:《文学理论导引》,高等教育出版社 2005 年版。

32. 王一川著:《文学理论》,四川人民出版社 2003 年版。

33. 王一川主编:《批评理论与实践教程》,高等教育出版社 2005 年版。

34. 王元骧主编:《文学原理》,浙江教育出版社 1989 年版。

35. 王元骧主编:《文学原理》,广西师范大学出版社 2002 年版。

36. 王振铎、鲁枢元主编:《新编文学概论》,河南大学出版社 1987 年版

37. 汪正龙等编著:《文学理论研究导引》,南京大学出版社 2006 年版。

38. 吴中杰著:《文艺学导论》,复旦大学出版社 2002 年版。

39. 杨明琪、霍彦儒主编:《新编文学原理》,陕西人民出版社 1989 年版。

40. 易健主编:《文艺学原理》,陕西人民出版社 1990 年版。

41. 以群主编:《文学的基本原理》,上海文艺出版社 1980 年版。

42. 余虹著:《文学知识学》,北京大学出版社 2009 年版。

43. 张建业、吴思敬主编:《文学原理》,中国社会科学出版社 1998 年版。

44. 张利群、张荣翼、张小元主编:《文艺学概论》,成都天地出版社 2001 年版。

45. 张豫林主编:《文学概论教程》,河南人民出版社 1988 年版。

参考文献[①]

一、中文文献

1. 阿尔都塞. 保卫马克思[M]. 顾良,译. 北京:商务印书馆,2006.

2. 阿伦特. 启迪:本雅明文选[M]. 张旭东,王斑,译. 北京:生活・读书・新知三联书店,2008.

3. M. H. 艾布拉姆斯. 镜与灯:浪漫主义文论及批评传统[M]. 郦稚牛,张照进,童庆生,译. 北京:北京大学出版社,2004.

4. 昂热诺,贝西埃,佛克马,等. 问题与观点:20 世纪文学理论综论[M]. 史忠义,田庆生,译. 天津:百花文艺出版社,2000.

5. 巴赫金. 诗学与访谈[M]. 白春仁,顾亚玲,译. 石家庄:河北教育出版社,1998.

6. 罗兰・巴尔特. 符号学原理[M]. 李幼蒸,译. 北京:中国人民大学出版社,2008.

7. 罗兰・巴尔特. 符号学历险[M]. 李幼蒸,译. 北京:中国人民大学出版社,2008.

8. 罗兰・巴尔特. 文艺批评文集[M]. 怀宇,译. 北京:中国人民大学出版社 2010.

9. 罗兰・巴特. 文之悦[M]. 屠友祥,译. 上海:上海人民出版社,2002.

10. 罗兰・巴特. S/Z[M]. 屠友祥,译. 上海:上海人民出版社,2000.

11. 欧文・白壁德. 文学与美国的大学[M]. 张沛,张源,译. 北京:北京大学出版社,2004.

12. 浜田正秀. 文艺学概论[M]. 陈秋峰,杨国华,译. 北京:中国戏剧出版社,1985.

---

① 附录之中已列出的教材这里不再重复。

13. 鲍德韦尔,卡罗尔. 后理论:重建电影研究[M]. 麦永雄,柏敬泽,译. 北京:中国社会科学出版社,2000.

14. 亨克·德·贝格. 被误读百年的弗洛伊德[M]. 季广茂,译. 北京:金城出版社,2010.

15. 本雅明. 发达资本主义时代的抒情诗人[M]. 王才勇,译. 南京:江苏人民出版社,2005.

16. 本雅明. 单向道[M]. 王才勇,译. 南京:江苏人民出版社,2006.

17. 卡尔·波普尔. 通过知识获得解放[M]. 范景中,李本正,译. 北京:中国美术学院出版社,1996.

18. 波斯彼罗夫. 文学原理[M]. 王忠琪,徐景安,张秉真,译. 北京:生活·读书·新知三联书店,1985.

19,布尔迪厄. 文化资本与社会炼金术[M]. 包亚明,译. 上海:上海人民出版社,1997.

20. 布迪厄. 艺术的法则[M]. 刘晖,译. 北京:中央编译出版社,2001.

21. 布朗肖. 文学空间[M]. 顾嘉琛,译. 北京:商务印书馆,2003.

22. 布鲁克斯. 精致的瓮[M]. 郭乙瑶,王楠,姜小卫,等译. 上海:上海人民出版社,2008.

23. 程正民,程凯. 中国现代文学理论知识体系的建构[M]. 北京:北京大学出版社,2005.

24. 陈永国. 游牧思想:吉尔·德勒兹,菲利克斯·瓜塔里读本[M]. 长春:吉林人民出版社,2003.

25. 德勒兹. 德勒兹论福柯[M]. 杨凯麟,译. 南京:江苏教育出版社,2006.

26. 德勒兹,迦塔利. 什么是哲学[M]. 张祖建,译. 长沙:湖南文艺出版社,2007.

27. 德勒兹. 哲学的客体:德勒兹读本[M]. 陈永国,尹晶,主编. 北京:北京大学出版社,2010.

28. 雅克·德里达. 文学行动[M]. 赵兴国,译. 北京:中国社会科学出版社,1998.

29. 雅克·德里达. 书写与差异[M]. 张宁,译. 北京:生活·读书·新知三联书店,2001.

30. 雅克·德里达. 多重立场[M]. 佘碧平,译. 北京:生活·读书·新知三联书店,2004.

31. 德曼. 阅读的寓言[M]. 沈勇,译. 天津:天津人民出版社,2008.

32. 小威廉姆斯·E. 多尔. 后现代课程观[M]. 王红宇,译. 北京:教育科学出版社,2000.

33. 小威廉姆斯·E. 多尔. 课程愿景[M]. 张文军,张华,余洁,等译. 北京:教育科学出版社,2004.

34. 董学文. 文学理论学导论[M]. 北京:北京大学出版社,2004.

35. 董学文,金永兵. 中国当代文学理论(1978—2008)[M]. 北京:北京大学出版社,2008.

36. 米盖尔·杜夫海纳. 美学文艺学方法论[M]. 朱立元,程未介,编译. 北京:中国文联出版公司,1992.

37. 杜书瀛,钱竞. 中国20世纪文艺学学术史[M]. 北京:中国社会科学出版社,2007.

38. 马克斯·范梅南. 生活体验研究:人文科学视野中的教育学[M]. 宋文广,译. 北京:教育科学出版社,2003.

39. 莱斯利·费德勒. 文学是什么?[M]. 陆扬,译. 上海:译林出版社,2011.

40. 斯坦利·费什. 读者反应批评:理论与实践[M]. 文楚安,译. 北京:中国社会科学出版社,1998.

41. 米歇尔·福柯. 词与物:人文科学考古学[M]. 莫伟民,译. 上海:上海三联书店,2002.

42. 米歇尔·福柯. 知识考古学[M]. 谢强,马月,译. 北京:生活·读书·新知三联书店,2003.

43. 米歇尔·福柯. 规训与惩罚[M]. 刘北成,杨远婴,译. 北京:生活·读书·新知三联书店,2007.

44. 米歇尔·福柯. 福柯读本[M]. 汪民安,主编. 北京:北京大学出版社,2010.

45. 傅莹. 中国现代文学理论发生史[M]. 上海:上海文艺出版社,2008.

46. 克利福德·格尔兹. 地方性知识[M]. 王海龙,王家瑄,译. 北京:中央编译出版社,2000.

47. 迈克尔·格洛登,马丁·克雷斯沃思,伊莫瑞·济曼. 霍普金斯文学理论和批评指南[M]. 王逢振,马海良,王安,等译. 北京:外语教学与研究出版社,2011.

48. 纳尔逊·古德曼. 构造世界的多种方式[M]. 姬志闯,译. 上海:上海译文出版社,2008.

49. 瓦·叶·哈利泽夫. 文学学导论[M]. 周启超,王加兴,黄玫,等译. 北京:北京大学出版社,2006.

50. 琳达·哈琴. 后现代主义诗学:历史·理论·小说[M]. 李杨,李锋,译. 南京:南京大学出版社,2009.

51. 杰弗里·哈特曼. 荒野中的批评[M]. 张德兴,译. 天津:天津人民出版社,2008.

52. 戴维·哈维. 后现代的状况:对文化变迁之缘起的探究[M]. 阎嘉,译. 北京:商务印书馆,2003.

53. 海德格尔. 尼采[M]. 孙周兴,译. 北京:商务印书馆,2002.

54. 海德格尔. 林中路[M]. 孙周兴,译. 上海:上海译文出版社,2004.

55. 海德格尔. 在通向语言的途中[M]. 孙周兴,译. 北京:商务印书馆,2004.

56. 海德格尔. 演讲与论文集[M]. 孙周兴,译. 北京:生活·读书·新知三联书店,2005.

57. 胡有清. 文科理论教学论[M]. 南京:南京大学出版社,1999.

58. 华勒斯坦,儒马,凯勒,等. 开放社会科学:重建社会科学报告书[M]. 刘锋,译. 北京:生活·读书·新知三联书店,1997.

59. 华勒斯坦,霍金斯,麦克夫,等. 学科·知识·权利[M]. 刘建芝,编译. 北京:生活·读书·新知三联书店,1999.

60. 季摩菲耶夫. 文学原理[M]. 查良铮,译. 上海:平明出版社,1955.

61. 金永兵. 文学理论本体研究[M]. 北京:北京大学出版社,2007.

62. 约翰·凯里. 艺术有什么用?[M]. 刘洪涛,谢江南,译. 上海:译林出版社,2007.

63. 拉尔夫·科恩. 文学理论的未来[M]. 程锡麟,王晓路,林比果,等译. 北京:中国社会科学出版社,1993.

64. 柯理格. 近代美国理论:建制·压抑·抗拒[M]. 单德兴,编译. 台北:书林出版有限公司,1995.

65. 莫瑞·克里格. 批评旅途[M]. 李自修,译. 北京:中国社会科学出版社,1998.

66. 安托万·孔帕尼翁. 理论的幽灵:文学与常识[M]. 吴泓缈,汪捷宇,译. 南京:南京大学出版社,2011.

67. 托马斯·库恩. 科学革命的结构[M]. 金吾伦,胡新和,译. 北京:北京大学出版社,2003.

68. 老舍. 文学概论讲义[M]. 上海:复旦大学出版社,2004.

69. 让-弗朗索瓦·利奥塔尔. 后现代状态:关于知识的报告[M]. 车槿山,译. 北京:生活·读书·新知三联书店,1997.

70. 保尔·利科. 虚构叙事中时间的塑形:时间与叙事(第2卷)[M]. 王文融,译. 北京:生活·读书·新知三联书店,2003.

71. 保罗·利科. 活的隐喻[M]. 汪堂家,译. 上海:上海译文出版社,2004.

72. 鲁迅. 鲁迅全集(第九卷)[M]. 北京:人民文学出版社,2005.

73. 理查德·罗蒂. 偶然、反讽与团结[M]. 徐文瑞,译. 北京:商务印书馆,2003.

74. 理查德·罗蒂. 后哲学文化[M]. 黄勇编,译. 上海:上海译文出版社,2004.

75. 理查德·罗蒂. 哲学、文学和政治[M]. 黄宗英,孟亮,姜君,等译. 上海:上海人民出版社,2009.

76. 詹姆斯·洛温. 老师的谎言[M]. 马万利,译. 北京:中央编译出版社,2009.

77. 麦克洛斯基,尼尔逊,梅基尔,等. 社会科学的措辞[M]. 许宝强,刘建芝,罗永生,等编译. 北京:生活·读书·新知三联书店,2000.

78. 马尔赫恩. 当代马克思主义文学批评[M]. 刘象愚,陈永国,马海良,译. 北京:北京大学出版社,2002.

79. 厄尔·迈纳. 比较诗学:文学理论的跨文化研究札记[M]. 王宇根,宋伟杰,覃学岚,等译. 北京:中央编译出版社,1998.
80. 毛庆耆,董学文,杨福生. 中国文艺理论百年教程[M]. 广州:广东教育出版社,2004.
81. J. 希利斯·米勒. 重申解构主义[M]. 郭英剑,译. 北京:中国社会科学出版社,1998.
82. J. 希利斯·米勒. 土著与数码冲浪:米勒中国讲演集[M]. 易晓明,编. 长春:吉林人民出版社,2011.
83. 扎娜·明茨,伊·切尔诺夫. 俄国形式主义文论选[M]. 王薇生,译. 郑州:郑州大学出版社,2005.
84. 南帆. 理论的紧张[M]. 上海:上海三联书店,2003.
85. 南帆. 文学的维度[M]. 北京:中国人民大学出版社,2009.
86. 钱谷融. 当代文艺问题十讲[M]. 上海:复旦大学出版社,2004.
87. 钱中文. 文学理论:走向交往对话的时代[M]. 北京:北京大学出版社,1999.
88. 钱中文,刘方喜,吴子林. 自律与他律[M]. 北京:北京大学出版社,2005.
89. 爱德华·W. 萨义德. 文化与帝国主义[M]. 李琨,译. 北京:生活·读书·新知三联书店,2003.
90. 爱德华·W. 萨义德. 人文主义与民主批评[M]. 朱升坚,译. 北京:新星出版社,2006.
91. 爱德华·W. 萨义德. 权利、政治与文化:萨义德访谈录[M]. 单德兴,译. 北京:生活·读书·新知三联书店,2006.
92. 爱德华·W. 萨义德. 东方学[M]. 王宇根,译. 北京:生活·读书·新知三联书店,2007.
93. 史密斯. 全球化与后现代教育学[M]. 郭洋生,译. 北京:教育科学出版社,2000.
94. 戴维·斯沃茨. 文化与权力:布尔迪厄的社会学[M]. 陶东风,译. 上海:上海译文出版社,2006.
95. 让-伊夫·塔迪埃. 20 世纪的文学批评[M]. 史忠义,译. 开封:河南大学出版社,2009.

96. 陶东风,徐艳蕊. 当代中国的文化批评[M]. 北京:北京大学出版社,2006.

97. 童庆炳. 新时期高校文学理论教材编写调查报告[M]. 沈阳:春风文艺出版社,2006.

98. 茨维坦·托多罗夫. 批评的批评:教育小说[M]. 王东亮,王晨阳,译. 北京:生活·读书·新知三联书店,2002.

99. 茨维坦·托多罗夫. 巴赫金、对话理论及其他[M]. 蒋子华,张萍,译. 天津:百花文艺出版社,2001.

100. 茨维坦·托多罗夫. 象征理论[M]. 王国卿,译. 北京:商务印书馆,2004.

101. 汪正龙. 西方形式美学问题研究[M]. 哈尔滨:黑龙江人民出版社,2007.

102. 王一川. 文学理论讲演录[M]. 桂林:广西师范大学出版社,2004.

103. 韦勒克. 批评的概念[M]. 张今言,译. 北京:中国美术学院出版社,1999.

104. 雷蒙·威廉斯. 马克思主义和文学[M]. 王尔勃,周莉,译. 开封:河南大学出版社,2008.

105. 伊曼纽尔·沃勒斯坦. 否思社会科学[M]. 刘琦岩,叶萌芽,译. 北京:生活·读书·新知三联书店,2008.

106. 叶易. 走向现代化的文艺学[M]. 南京:江苏文艺出版社,1988.

107. 英格丽德·约翰斯顿. 重构语文世界[M]. 郭洋生,邓海,译. 北京:教育科学出版社,2007.

108. 特里·伊格尔顿. 理论之后[M]. 商正,译. 北京:商务印书馆,2009.

109. 詹明信. 晚期资本主义的文化逻辑[M]. 张旭东,编译. 北京:生活·读书·新知三联书店,1997.

110. 詹姆逊. 文化转向[M]. 胡亚敏,译. 北京:中国社会科学出版社,2000.

111. 张法. 走向全球化时代的文艺理论[M]. 合肥:安徽教育出版社,2005.

112. 张法,张旭春. 世界语境中的中国文学理论[M]. 合肥:安徽教育出版社,2010.

113. 张法. 20世纪中西美学原理体系比较研究[M]. 合肥:安徽教育出版社,2007.

114. 张隆溪. 中西文化研究十论[M]. 上海:复旦大学出版社,2005.

115. 张未民,朱竞,孟春蕊. 新世纪文艺学的前沿反思[M]. 北京:人民文学出版社,2007.

116. 赵宪章. 文艺学方法通论[M]. 杭州:浙江大学出版社,2006.

117. 赵一凡. 西方文论讲稿[M]. 北京:生活·读书·新知三联书店,2007.

118. 赵一凡. 西方文论讲稿续编[M]. 北京:生活·读书·新知三联书店,2009.

119. 周宪. 审美现代性批判[M]. 北京:商务印书馆,2005.

120. 朱立元. 接受美学[M]. 上海:上海人民出版社,1989.

二、英文文献

1. ATHERTON CAROL. Defining Literary Criticism[M]. New York: Palgrave Macmillan, 2005.

2. ATTRIDEG DEREK. The Singularity of Literature[M]. London: Routledge, 2004.

3. BERNARD-DONALS MICHAEL F. The Practice of Theory: Rhetoric, Knowledge, and Pedagogy in the Acade[M]. Cambridge: Cambridge University Press, 1998.

4. BRAFORD RICHARD. Teaching Theory[M]. New York: Palgrave Macmillan, 2011.

5. BUTLER JUDITH, GUILLORY JOHN, THOMAS KENDALL. What's Left of Theory[M]. New York: Routledge, 2000.

6. CLARK MICHAEL P. Revenge of the Aesthetic: The Place of Literature in Theory Today[M]. Los Angeles: University of California Press, 2000.

7. DAVIS COLIN. After Poststructuralism: Reading, Stories and Theory[M]. London, New York: Routledge, 2004.

8. CULLER JONATHAN. The Pursuit of Signs: Semiotics, Literature, Deconstruction[M]. London, New York: Routledge Classics, 2001.

9. DOZIER CHERYL, JOHNSTON PETER, ROGERS REBECCA. Critical Literacy/Critical Teaching[M]. New York, London: Teachers College Press, 2006.

10. EAGLETON TERRY. The Meaning of Life: A Very Short Introduction[M].

Oxford:Oxford University Press,2008.

11. EASTHOPE ANTONY. Literary into Cultural Studies [M]. London, New York:Taylor & Francis Routledge,2004.

12. EDDINS DWIGHT. The Emperor Redressed:Critiquing Critical Theory[M]. Tuscaloosa:University of Alabama Press,1995.

13. ELLIS JONH M. Literature Lost: Social Agendas and the Corruption of the Humanities[M]. Yale:Yale University Press,1997.

14. FRANK MANFRED,BOWIE ANDREW. The Subject and the Text:Essays On Literary Theory and Philosophy [M]. Cambridge: Cambridge University Press, 1997.

15. GAUT BERYS, LOPES DOMINIC MCIVER. The Routledge Companion To Aesthetics[M]. London,New York:Taylor & Francis Routledge,2005.

16. GILLESPIE MICHAEL PATRICK. The Aesthetics of Chaos:Nonlinear Thinking and Contemporary Literary Criticism [M]. Gainesville: University Press of Florida,2003.

17. GRAFF GERALD. Professing Literature:An Institutional History[M]. Chicago:The University of Chicago Press, 2007.

18. HAWISHER GAIL E. On Literacy and Its Teaching:Issues in English Education[M]. Albany:State University of New York Press,1990.

19. KOLBAS DEAN. Critical Theory and the Literary Canon[M]. Boulder:Westview Press,2001.

20. KRONICK JOSEPH G. Derrida and the Future of Literature[M]. New York: State University of New York Press,1999.

21. LARSON JOANNE, MARSH JACKIE. Making Literacy Real[M]. London: SAGE Publications Ltd, 2005.

22. LENTRICCHIA FRANK. After the New Criticism[M]. Chicago:The University of Chicago Press, 1980.

23. MCQUILLAN MARTIN. Post-theory:New Directions in Criticism[M]. Edinburgh:Edinburgh University Press,1999.

24. NIETO SONIA. Language, Culture, and Teaching[M]. Mahwah: Lawrence Erlbaum Associates, Inc. ,2002.

25. NORRIS CHRISTOPHER. Deconstruction Theory and Practic [M]. 3rd ed. London,New York:Routledge, 2002.

26. PAHL KATE,ROWSELL JENNIFER. Literacy and Education[M]. London: SAGE Publications Ltd, 2005.

27. PAYNE MICHAEL, SCHAD JOHN. Life After Theory[M]. London, New York:Continuum, 2003.

28. PERLOFF MARJORIE. Differentials:Poetry, Poetics, Pedagogy[M]. Tuscaloosa:The University of Alabama Press, 2004.

29. RABATé JEAN-MICHEL. The Future of Theory[M]. Oxford:Blackwell Publishers,2002.

30. LANE RICHARD J. Fifty Key Literary Theorists[M]. London, New York: Routledge Taylor and Francis Group,2006.

31. SCHOLES ROBERT E. The Rise and Fall of English:Reconstructing English As a Discipline[M]. New Haven:Yale University Press,1998.

32. SCHWARTZ RICHARD B. After the Death of Literature[M]. Carbondale , Edwardsville:Southern Illinois University Press, 1997.

33. SPIVAK GAYATRI CHAKRAVORTY. Death of a Discipline[M]. New York: Columbia University Press,2003.

34. SUSSMAN HENRY S. High Resolution: Critical Theory and the Problem of Literacy[M]. Mahwah:Lawrence Erlbaum Associates, Inc. , 2002.

35. VASQUEZ VIVIAN MARIA. Negotiating Critical Literacies With Young Children[M]. Mahwah:Lawrence Erlbaum Associates, Inc. , 2002.

人名索引

主题索引